PAUL LASCAUX

Berner Revolte

SCHWARZES SCHAF Vor vielen Jahren aus Bern verschwunden, taucht Martin Schnyder plötzlich wieder in der Stadt auf. Die Größe der 1980er-Bewegung wurde tot auf einer Dachterrasse gefunden. Der Reporter Simon Bauer möchte einen längeren Artikel über Schnyder verfassen und begibt sich auf dessen Spuren. Diese führen ihn zur Detektei Müller & Himmel. Durch Detektiv Müller erhält Bauer Zugang zu Kommissar Markus Forrer von der Police Bern und erfährt: Die Polizei hat Schnyders Tod längst als Suizid zu den Akten gelegt. Aber Simon Bauer und Heinrich Müller können das nicht glauben. Gemeinsam finden sie heraus, dass der Verstorbene mit Geldern von alten Freunden ein Finanzkonglomerat aufgebaut hat, das offenbar auch zur Geldwäsche diente. Eine seiner Firmen kaufte in Bern Bauland für die Errichtung einer sozialen Alterssiedlung. Als auf dem Grundstück eine skelettierte Leiche gefunden und Bauer mit einem Pflasterstein attackiert und verletzt wird, nimmt die Police Bern den Fall wieder auf.

Paul Lascaux ist das Pseudonym des Schweizer Autors Paul Ott. Der studierte Germanist und Kunsthistoriker lebt seit 1974 in Bern und hat in den letzten 40 Jahren zahlreiche literarische Veröffentlichungen realisiert. Einige seiner Kurzkrimis liegen als Übersetzungen in Polen und in den USA vor. Im Jahr 2020 erhielt er den Spezialpreis der Deutschsprachigen Literaturkommission des Kantons Bern. 2021 wurde das von Paul Ott initiierte »Schweizer Krimiarchiv Grenchen« eröffnet. 2024 erhielt er vom Syndikat den Ehren-Glauser für seinen unermüdlichen Einsatz für die Kriminalliteratur.

PAUL LASCAUX

Berner Revolte

KRIMINALROMAN

GMEINER

Im Ehnried 5, 88605 Meßkirch
Telefon 07575/2095-0
info@gmeiner-verlag.de

1. Auflage 2025

Satz: Mirjam Hecht
Umschlaggestaltung: U.O.R.G. Lutz Eberle, Stuttgart
unter Verwendung eines Fotos von: © Krol:k, CC BY-SA 3.0 <https://creativecommons.org/licenses/by-sa/3.0>, via Wikimedia Commons; https://commons.wikimedia.org/wiki/File:Reitschule_DSC04012.jpg
Druck: CPI books GmbH, Leck
Printed in Germany
ISBN 978-3-8392-0751-2

»Im Verkehr mit Menschen muss man mit vertraulichen Geständnissen sparsam sein. Die Zahl der tatsächlichen Ereignisse, die man mit Stillschweigen übergehen muss, ist weit größer als die der erfundenen, die sich offen erzählen lassen.«

Giacomo Casanova: »Geschichte meines Lebens« (1797)

PROLOG: VERGANGENHEIT

»Ich höre auf«, sagte Heinrich Müller am fünften Januar 2024 zu Nicole Himmel, die er in das gemeinsame Detektivbüro gebeten hatte. »Ich stehe nur noch für Beratungen zur Verfügung.«

Er hatte zwei Gläser mit bestem Champagner gefüllt und eines davon Nicole in die Hand gedrückt.

»Die *Detektei Müller & Himmel* ist Geschichte.«

Der späte Morgen war ungewöhnlich düster. Winteröde. Es hatte wieder Regen eingesetzt, der die melancholische Stimmung unterstützte. Nicole war über den Zeitpunkt der Erklärung überrascht, aber sie nahm sie sportlich und nicht wie jemand, der bei einer Entscheidung übergangen worden war.

»Ich habe lange darüber nachgedacht«, sagte Heinrich. »Einmal muss man einen Schlussstrich ziehen. Ich werde bald neunundsechzig, und an Geld mangelt es nicht.«

Mit spürbarer Erleichterung erwiderte Nicole: »Endlich keine Leichen mehr im Haus. Noch nicht einmal in Gedanken.« Und sie fragte sich, ob sie recht behalten würde.

Müller ergänzte: »Es sei denn, du möchtest die Detektei alleine oder mit einem neuen Partner weiterführen.«

Sie winkte ab. Dann fügte sie an: »Bei historischen Recherchen stehe ich zur Verfügung.«

Die drei Grazien waren anderweitig beschäftigt, meinten später aber nur: »Du wirst bestimmt rückfällig.«

Kommissar Markus Forrer und die Rechtsmediziner Dr. Augsburger und Laura de Medico wussten noch länger nichts von Heinrichs Entschluss.

Heinrichs Miene hellte sich auf. Dann kam er auf sein neues Hobby zu sprechen, zu dem ihn der letzte Fall inspiriert hatte. Er pflegte hin und wieder auf Online-Plattformen zu stöbern und klickte durchaus einmal zu oft auf den Kaufen-Button. Nun hatte er private Briefe gefunden, die um das Jahr 1850 herum geschrieben worden waren und in jeweils unterschiedlicher Manier eine beunruhigende Phase im Leben eines Menschen dokumentierten. Heinrich hatte einen Bekannten darum gebeten, die in Kurrent geschriebenen Texte zu transkribieren. Sie gingen an Xaver Siegwart in Thorbach bei Flühli im Kanton Luzern. Der wohnte bei seinem Vater, Johann Joseph Siegwart.

Bevor der Detektiv die Briefe gekauft hatte, schlug er in Online-Verzeichnissen die genannten Namen nach. Dabei stellte er fest, dass die weitverzweigte Familie Siegwart als Glasmachersippe in die Geschichte eingegangen war. Sie war hauptsächlich im neunzehnten Jahrhundert vor allem im Schwarzwald und im Entlebuch tätig geworden, also in waldreichen Gebieten, die sie wohl mit wenig Rücksicht auf die Ressourcen der Gegend für die energieintensive Glasbläserei abgeholzt hatten, bis sie an einen anderen Ort weiterzogen und dort von Neuem begannen. Das alles sehr zum Unmut der ansässigen bäuerlichen Bevölkerung, der der Wald nicht etwa als romantischer Rückzugsort diente, sondern in erster Linie zur Brennholzgewinnung, aber auch zum Jagen und Sammeln.

In Thorbach zwischen Flühli und Sörenberg stand die größte dieser Hütten, die jahrzehntelang das nach ihr benannte Flühli-Glas produzierte, zuerst vor allem Alltagsglas, dann aber auch ein paar Kunstgläser, die zu feierlichen Anlässen benutzt wurden – als Taufflaschen oder zu Hochzeiten – und die mit mehr oder weniger kunstvollen Malereien verziert worden waren und deshalb heute, mit dem gebührenden historischen Abstand, gerne gesammelt wurden. Käuflich zu erwerben waren sie jedoch selten, hauptsächlich fand man sie in kleineren Museen oder privaten Sammlungen.

Heinrich Müller war dieses Thema komplett fremd. Zwar hatte er Hergiswil schon einmal besucht – die Siegwarts gehörten auch zur Gründergeneration dieser heute unter anderer Besitzerschaft stehenden Glashütte – und hatte als Tourist auch schon im venezianischen Murano in Kunstglasbläsereien gestanden und zugesehen, wie mit schnellen, geschickten Handgriffen aus dem zähflüssigen Material Tiere und andere Gegenstände gezogen und in Form geblasen wurden. Aber einen Bezug zu Glaswaren hatte er dadurch nicht aufgebaut. Dennoch faszinierte ihn der Gedanke an diese frühe industrielle Kultur, die zumindest in der Schweiz fast vollständig verschwunden war.

Die Gemeinde Flühli immerhin erinnerte an die Geschehnisse mit einem Glasereipfad. Beginnend beim heute ohne h geschriebenen Torbach fand man die erste Hinweistafel, bevor man dem Rotbach in den Chragen hinein folgte. Und hinter einem Haus, das früher als Kneipe gedient und die Glasbläser nach ihrem anstrengenden Arbeitstag um ihren Lohn erleichtert haben mochte, erhob sich eine steile Felsfluh, aus der im Chessiloch ein Wasserfall hervorbrach, der bei passablem Wetter ein paar Wandervögel anlockte. An die Glasbläserei erinnerte jedoch kaum etwas. Ein paar verrottete Baumstämme lagen als frühere Wassersperren noch im Wildbach, vielleicht hätte man auch ein paar Mauerreste finden können. Der Wald war entweder nachgewachsen oder durch Alpwirtschaft ersetzt worden. Nichts, was die Vorstellungskraft besonders provozierte.

Und doch faszinierte Heinrich diese Ausgangslage. Er erkannte darin kein Thema für sich selbst, aber die Grundlage dessen, wie er jeweils bei einem Fall gearbeitet hatte. Die Geschichte setzte sich aus zahlreichen Leerstellen zusammen. Die konnte man zwar mit einiger Fantasie füllen, dennoch blieb es Stückwerk. Zeitzeugen gab es keine mehr, auch Berichte von damals waren spärlich. Dennoch waren Lücken in einer Erzählung oft das Einzige, wovon er ausgehen konnte. Denn es war das Verborgene, worauf es ankam, das Nicht-Gesagte, das Verschwiegene, was nicht dasselbe sein musste. Etwas nicht zu erwähnen, konnte mit einer Scham zusammenhängen, mit dem Vergessen von Details oder damit, dass man Dinge für selbstverständlich hielt, von denen der Gesprächspartner keine Kenntnis hatte. Das Verschweigen hingegen war ein bewusster Akt, mit dem man verhindern wollte, dass jemand Kenntnis von bestimmten Vorgängen erhielt.

Blieben die Briefe, die Müller zum wiederholten Mal näher betrachtete. Er nahm den einen zur Hand und zeigte ihn Nicole, die ihre braunen Locken aus der Stirn schob. Er war in Waldshut abgestempelt. Eine Frau, die leider nicht unterzeichnet hatte, richtete sich an ihren Bruder in Flühli. Sie hatte offenbar ins Ausland geheiratet und wurde nicht glücklich damit, denn sie schrieb: »Die meinigen werden wohl gisagt haben ich möge nichts verleiden [...] so ist es nicht wenn ich es so machen thäte so würde ich schon lange im küllen Grabe liegen [...]. Wen ich dir wolte schreiben wie mein Mann mit mir und meinen Kinder umgegangen ist du würdest sagen ist es auch möglich aber lieber Theurer Bruder ich kann dir mit freudigem Herzen melden daß sich mein Mann nicht mehr so grob mit mir benimmt Gott seÿ dank mein Gebet und Seufzen sind erhert worden.«

Bald kommen neue Ängste: »Theurer lieber Bruder ich kann nicht unterlaßen zu melden ob auch unsers Marili beÿm Hr Bruder ist oder ob es auf der Post ein Unglük widerfahren ist daß mir kein schreibens von ihm kommt es sind doch bald 4 Wochen verflosen und noch keine Antwort alle Leute wer im kent fragen ihm nach du kanst dir vorstellen welchen kummer ich habe wegen dem Kind.«

Dass eine Frau das Scheitern ihrer Ehe eingestehen muss, sich nur dem Bruder anvertrauen kann, beunruhigte Heinrich über die Jahrhunderte hinweg, denn er hatte längst begriffen, dass er hier wie auch in den anderen Briefen ein Schicksal in Händen hielt, das er nicht mehr verändern konnte, zu dem er nichts beizutragen hatte. Das beschäftigte ihn über alle Maßen, auch wenn die Siegwarts kaum unter Hunger litten. Allerdings hatte er in der Familiengeschichte gelesen, dass erstaunlich viele Familienmitglieder an Typhus verstorben waren.

Die Gedanken schweiften ab. Heinrich dachte darüber nach, weshalb er so wenig über die Glasbläserei im neunzehnten Jahrhundert gehört hatte, und stellte fest, dass er generell nicht viel über diese Zeit und die damals ausgeübten Tätigkeiten wusste.

Was konnte man überhaupt von der Vergangenheit kennen? Aus dem Mittelalter? Oder gab es etwas, das von den Römern überlebt hatte? Gab es noch Berufe, die man vor zweitausend Jahren bereits ausgeübt hatte, so wie man sie heute noch kannte? Müller dachte an die Winzer, aber nicht ohne vorher aufzustehen und die angebrochene Flasche Champagner aus dem Kühlschrank zu holen. Da erkannte er den doppelten Fehler. Erstens gab es damals keine Kühlmöglichkeiten, zweitens kein wie heute vinifiziertes Getränk, denn die römischen Weine besaßen nicht die jetzige Fruchtigkeit und Geschmeidigkeit, nein, man sagte ihnen nach, sie seien entweder als mit Wasser verdünntes Alltagsgetränk zu sauer oder als Dessertwein zu süß. Selbst wenn es also Traditionen gab, die bis zu den Römern zurückreichten, existierte doch nichts mehr aus der Zeit.

Nicole Himmel unterbrach seine Gedankengänge, die er teilweise laut ausgesprochen hatte, und fragte: »Wie kommt es, dass du ausgerechnet diese Briefe gekauft hast?«

Da fiel es ihm wie Schuppen von den Augen und er erzählte: »Ich bin wohl nicht aus reinem Zufall darauf gestoßen. Denn aus meiner Vergangenheit tauchte das Bild einer lebhaften Frau auf. Ich hatte sie damals auf einer Reise zum Carnevale di Venezia kennen und lieben gelernt, und wir blieben für die nächsten Monate zusammen. Das hat zwar keinerlei Einfluss auf meine heutigen Entscheidungen. Dennoch: Sie hieß Siegwart, und wahrscheinlich ist in meinem Hirn eine Erinnerung aufgeploppt, als ich den Namen wieder las.«

»Gibt es denn einen Zusammenhang zur Glasbläserfamilie aus dem neunzehnten Jahrhundert?«

»Das weiß ich nicht mehr. Allerdings braucht es immer einen Anstoß zu einer Entscheidung. Der Familienname war der eine, der Ortsname Flühli der andere. Denn von dort aus habe ich mit einem inzwischen verstorbenen Bekannten eine Wanderung begonnen, die uns zwischen Schrattenfluh und Hohgant zum Kemmeriboden-Bad geführt hat, wo nach den konsultierten Unterlagen ebenfalls eine Glasbläserei gestanden hatte. Man kann es als Reihung von Zufällen bezeichnen oder als sich selbst erweiterndes Konglomerat. Egal. Ich habe jedenfalls eine neue Bestimmung gefunden.«

»Ist das nun die Vergangenheit oder die Gegenwart?«, fragte Nicole.

Heinrich konterte: »Ich würde meinen, es betrifft die Zukunft.«

1

Ihm war schwindlig vor lauter Zahlen. Sie nannten es Businessplan. Er erkannte vor allem Ausgaben und wenig Einnahmen. Außerdem war er hungrig. Er hatte gehofft, man würde ihn zum Essen einladen, denn sie trafen sich zur Mittagszeit im Restaurant Du Nord eingangs des Lorrainequartiers. Aber das ließ das enge Budget wohl nicht zu. Rundherum räumten sie bereits die Tische ab, während sie immer noch vor ihrem ersten Kaffee saßen und von der Bedienung missbilligend begutachtet wurden. Die Küche würde bald schließen. Und er würde sich im Lokal nicht mehr sehen lassen können, während es die andern beiden nicht beeindruckte. Er, das war Simon Bauer, und er betonte gern, dass ihn die Eltern so genannt hatten, damit alle Vokale in seinem Namen vorkamen. Sozusagen als Basis für sein zukünftiges Leben als Reporter. Die anderen, das war einerseits Amanda Bergmann, eine kühle Brünette gegen Ende dreißig mit klaren Konturen in Gesicht und am Körper, eine Frau, die man umstandslos als schön bezeichnet hätte, wenn nicht diese gewisse Härte in ihren Gesichtszügen gewesen wäre. Andererseits saß ihm Leo Feuz gegenüber, ein Mann um die dreißig, also etwas jünger als er selbst, mit noch jungenhaftem Gesicht und einer Langhaarfrisur mit Mittelscheitel, wie er sie zum letzten Mal auf Schallplatten aus den Sechzigerjahren gesehen hatte.

Die beiden betrieben das Online-Magazin »Sondernummer« und hatten es sich auf die Fahne geschrieben, einen unerschrockenen, investigativen Journalismus an die Leute zu bringen. Ob es dafür auch einen Markt gab, hatten sie wohl nicht genügend abgeklärt. Oder sie lebten vom Prinzip Hoffnung. Denn es existierten keine Redaktionsräume, das Ganze wurde aus der eigenen Wohnung heraus konzipiert und online gestellt, und man traf sich mit Menschen irgendwo in Cafés oder Restaurants, wo man einen WLAN-Zugang hatte.

Die fehlende Marktsicherheit und die Aussicht auf brotlose Arbeit hinderte sie aber nicht daran, Kritik zu üben, denn Amanda sagte nun: »Dein letzter Text hat uns nicht gerade von den Socken gehauen. Da war zu wenig Biss drin. Man merkt, dass die zugrunde liegenden Informationen nicht ausreichten und du zu viel spekulieren musstest.«

Das war zwar korrekt, dennoch kam die Gegenfrage nicht über seine Lippen, die da gelautet hätte: »Wann kommt der Gehaltsscheck?« Irgendwann musste ja Geld fließen, denn sonst lag für den freien Reporter Simon Bauer keine andere Arbeit auf dem Tisch. Also mal hören, was sie zu bieten hatten.

Feuz begann: »Ich habe den Auftrag, die Berichterstattung sozusagen aufzuräumen, also zu überblicken, was noch aufgearbeitet oder weiter recherchiert werden könnte. Deshalb gehe ich auch die Polizeirapporte und die Todesanzeigen durch. Dabei ist mir aufgefallen, dass am achtzehnten Oktober 2023 ein Martin Schnyder tot aufgefunden wurde. Die näheren Umstände wurden nicht kommuniziert. Man bekommt allerdings den Eindruck, dass der Mann Suizid begangen hat.«

»Dieser Schnyder war vierundsechzig Jahre alt und ist von einem längeren Auslandsaufenthalt zurückgekehrt«, ergänzte Bergmann. Sie bemerkte erfreut das Staunen in Simons Augen. »Ich war Mitte Januar am Galerienwochenende unterwegs und habe das eine oder andere Gespräch aufgeschnappt. Eine mir bekannte Galeristin hat sich zu einer Besucherin, alle im Vorpensionsalter oder knapp darüber hinaus, über den Verstorbenen geäußert. Niemand glaubt an eine Selbsttötung.«

Bauer hakte nach: »Wieso hat sie der Tod des Mannes noch zwei Monate später beschäftigt? Das ist ungewöhnlich.«

»Genau, du sagst es«, antwortete Amanda. »Der Mann war ein Exponent der Achtzigerbewegung, also der Berner Revolte vor über vierzig Jahren. Wir sind alle viel zu jung, um davon etwas mitbekommen zu haben. Deine Aufgabe besteht nun darin, in einer ausführlichen Reportage die damaligen Ereignisse neu aufleben zu lassen und sie mit dem Tod von Martin Schnyder zu verknüpfen. Umfang spielt keine Rolle. Aber knackig und emotional muss es sein.«

»Wühl ruhig ein bisschen im Dreck«, setzte Leo nach. »Du kannst ja suggerieren, dass du nicht an Suizid glaubst und die Polizei schlechte Arbeit geleistet hat. Kommt gerade gut an.«

Bergmann fügte an: »Die Galeristin hat erwähnt, dass sie den Tod noch mal untersuchen lassen würde, wenn sie ein persönliches Interesse an diesem Schnyder hätte.«

»Und, hatte sie?«, fragte Simon.

»Mögen die Eichhörnchen Nüsse?«, gab sie zurück. »Sie hat noch eine Detektei erwähnt, die sie bei der Lösung eines Falles beeindruckt hatte. Ich glaube, sie hieß *Müller & Himmel* oder in die Richtung. Vielleicht können die helfen?«

»Bis wann willst du einen Text?«

Amanda erklärte: »Hängt davon ab, was du zusammenträgst. Wenn es sich lohnen sollte, machen wir eine Serie. Falls wir jemanden aufscheuchen, der etwas zu verbergen hat, warten wir ab.«

Simon Bauer stand an einem Wendepunkt in seinem Leben. Insgeheim hatte er schon länger gespürt, dass sich etwas ändern musste. Da er aber nicht genau wusste, was ihn störte, noch, worauf es hinauslaufen könnte, blieb es vorerst bei der inneren Unruhe.

Er war 1989 geboren, am Tag, als in Berlin die Mauer fiel. Auch wenn er in Bern zur Welt gekommen war, blieb sein erster Tag auf dieser Erde für immer mit dem epochalen Ereignis vom neunten November verbunden. Er war also sozusagen seit seinem ersten Tag in eine Welt voller Veränderungen hineingeworfen, von denen er nichts mitbekommen hatte.

Seither war sein Lebensweg in geruhsamen Bahnen verlaufen. Natürlich nicht ohne die privaten Aufregungen, durch die jeder hindurchmusste. Auch nicht ohne den einen oder andern aufregenden Zwischenfall im Weltgeschehen. Aber insgesamt in geordneten Verhältnissen und in mehr oder weniger finanzieller Sicherheit.

Nach der schulischen Laufbahn und einem Studium in Germanistik und Journalistik hatte er eine Anstellung bei einer bedeutenden Tageszeitung gefunden, die er vor einigen Jahren infolge von Strukturbereinigungen wieder verloren hatte. Seither arbeitete er als unabhängiger Reporter mit einem Faible für Fotografie, sodass er oft beide Bereiche abdecken konnte, was im Normalfall für den Lebensunterhalt sorgte.

Obwohl er in seinem Alter durchaus noch viel Zukunft vor sich sah, fiel es Simon zunehmend schwerer, Themen für seine Reportagen zu finden, die auch in den Printmedien Anklang fanden. Er war noch vom alten Schlag, hütete sich vor jeder übertriebenen Darstellung und vor kurzlebigen Schnellschüssen oder gar fingierten Textteilen, die einem schnell das Genick brechen konnten, denn in den letzten Jahren waren die Redaktionen hellhörig geworden, wenn etwas Spektakuläres auf ihrem Tisch landete. Sie hatten zu viele Beispiele von Reportern erlebt, die mehr vortäuschten als lieferten.

Darunter litt nun auch Bauer. Stets sollte er die von ihm ausgesuchten Geschichten der Redaktionskonferenz zum Absegnen vorlegen und lief dadurch immer wieder Gefahr, dass sich jemand seines Themas bemächtigte und einen Text veröffentlichte, bevor er in seiner gemächlichen Arbeitsweise zum Ziel gekommen war. Deshalb blieb er lieber im Vagen und verriet nicht allzu viel von seiner Idee, was wiederum zu manchem Stirnrunzeln führte, weil die Redaktionen zu wenig Fleisch am Knochen sahen. Da war der Anruf von Amanda Bergmann gerade rechtzeitig gekommen, auch wenn keine finanzielle Garantie damit verbunden war. Simon fühlte sich oft in die Welt hinausgeworfen, zumindest bis die Chefredaktorin sagte: »Lass alles stehen und liegen, an dem du gerade arbeitest. Wir brauchen dich.«

Nach dem Treffen im Du Nord fuhr er mit dem Fahrrad hinauf zum Viktoriaplatz und von dort Richtung Obstberg, vorbei am Rosengarten und an der berüchtigten Geschwindigkeitsradaranlage, die genau dort stand, wo man am wieder abfallenden Hang richtig Fahrt aufnahm. Gut, er musste sowieso bremsen, denn er wohnte an der Bantigerstrasse, in einem Haus, in dessen Parterre jahrzehntelang eine Tierarztpraxis existiert hatte, die vor Kurzem erst umgebaut und dann endgültig geschlossen worden war. Nun wusste niemand so genau, wie es mit dem Haus weiterging und ob einem die Wohnung früher oder später wegen Luxussanierung gekündigt würde.

2

Die Schildpattkatze Lucy, inzwischen im Alter, das sie laut Katzenfutterverpackung als »adult« auswies, lag schon seit Stunden auf der Bettdecke und hatte sich in einem kugeligen Zustand in den Schlaf gemümmelt, aus dem sie nur ungern geweckt wurde. Und sie tat lange Zeit so, als ob sie überhaupt nicht aufwachen könnte, als Heinrich Müller ins Bett stieg und seinen Platz unter dem Duvet beanspruchte.

Da es nun einmal nicht anders ging, stellte sich Lucy auf ihre Pfoten, streckte Beine und Rücken durch und gähnte herzhaft. Wo sie gelegen hatte, hinterließ sie eine aufgeheizte Schlafdelle. Dann guckte sie um sich, reckte den Schwanz in die Höhe und stakste auf Heinrichs Kopf zu. Langsam senkte sie ihr Haupt und näherte sich, bis ihr feuchtes Näschen Heinrichs Nasenspitze stupste, dabei den Geruch überprüfend. Als das zufriedenstellend ausfiel, setzte sie sich auf die Hinterpfoten und begann unter kräftigem Schnurren mit rhythmischen Milchtritten, was nach konzentrierter Arbeit aussah, denn alle fünf bis sechs Mal hielt sie die linke Pfote für ein paar Sekunden angewinkelt in der Luft und schien zu überlegen, bevor sie die Pfote wieder auf die Decke setzte. Dann endlich drückte sie sich in die Kuhle bei Heinrichs Bauch und schlief beglückt ein, während er sich noch etwas hin und her wälzte und die Ereignisse des Tages überdachte.

Am nächsten Morgen, Heinrich war unüblich früh aufgestanden, markierte Lucy mit den Wangen seine Beine und maunzte mit einer bestimmten Absicht vor sich hin. Müller kannte diesen Ton, stand auf und folgte ihr in die Küche …

Dann setzte er sich vor den Computer und schaute eine Skiabfahrt der Damen an, während er auf einen Simon Bauer wartete, der irgendein Begehren hatte, das er am Telefon nicht ausführen konnte. Eben hatte eine Fahrerin in einer engen Kurve fast das Gleichgewicht verloren. Der Co-Kommentator, ein früherer Trainer, bemerkte in nüchternem Ton: »Zu viel Rotation im Oberkörper, dann geht das Heck weg vom Ski.«

Müller quittierte mit einem sarkastischen Lächeln. Er mochte die Sprachpoesie der Sportreporter.

Vor dem Haus, das man Simon Bauer angegeben hatte, versperrte ein Laster die Straße, auf die schwere Nassschneeflocken fielen. Auf der Plane stand »TKF«. Was ennet des Ozeans als cooles Kürzel einer Hip-Hop-Band durchgegangen wäre, hieß diesseits einfach nur »Tiefkühl-Fredy«. Der Kleinlaster blockierte die gesamte Einbahnstraße, weil Fredy ein Päckli gefrorene Pouletflügeli abliefern musste. Als ob es das nicht auch im nebenan gelegenen Supermarkt zu kaufen gegeben hätte. Aber manche Leute waren inzwischen zu faul, deswegen aus dem Haus zu gehen. Wann muss man ihnen wohl das Essen direkt in den Rachen stopfen, sinnierte Fredy, der eben ins Führerhaus zurückgekehrt war, und dachte an Gänseleber, bevor er den nächsten Kunden anpeilte.

Der Reporter hatte noch nie mit einem Detektiv zu tun gehabt, deshalb wusste er nicht, was ihn erwartete. Er stand im Breitenrain vor dem ehemaligen Lokal »Schwarzer Kater«. Die Schrift über der Eingangstür war verblasst, die Buchstaben c und w abgestürzt. Rechts daneben fand Bauer den Hauszugang, neben dem auch fünf Briefkästen übereinander angeordnet waren. Der unterste war zugeklebt, er hatte der Kneipe gedient. Der zweite trug den Namen der *Detektei Müller & Himmel.* Auf dem dritten stand »Heinrich Müller«, darüber »Nicole Himmel« und zuoberst »Helbling, Käsbleich und Rauch«, worauf er sich keinen Reim machen konnte. Genauso waren die Klingeln angeordnet. Er drückte diejenige der Detektei. Ohne großen Verzug summte der Öffner, Simon stieß die helle Holztür auf und trat in einen schmalen Gang mit orangeblassen Fliesen.

»In den ersten Stock«, hörte er die Stimme eines Mannes.

Oben angekommen, begrüßte ihn anscheinend Heinrich Müller und führte ihn in das Büro der Detektei, in dem eine beträchtliche Unordnung herrschte.

»Entschuldigen Sie das Chaos«, sagte er, während er einen Stuhl freiräumte, damit der Ankömmling sitzen konnte. Vor dem Detektiv saß ein Mittdreißiger mit dunkelbraunen Haaren, die oben hell aufblondiert waren und doch die Geheimratsecken nicht verstecken konnten. Eher kantige, streng wirkende Gesichtszüge, eine gerade Nase, ein schmallippiger Mund, der in Grübchen endete, und wache hellgrüne Augen.

»Sie sind also Herr Bauer«, stellte Müller fest. »Auch wenn es nicht so aussehen mag: Ich bin am Aufräumen. Die Detektei wird entrümpelt und steht nicht mehr für Ermittlungen, sondern nur noch für Beratungen zur Verfügung. Ich habe es Ihnen bereits am Telefon erklärt. Wie kann ich helfen?«

»Man hat Sie mit dem Hinweis empfohlen, Sie könnten über die Berner Achtzigerbewegung Auskunft geben«, sagte Simon Bauer.

»Kann schon sein«, entgegnete Heinrich. »Aber wer will das wissen und wozu?«

»Mein Name ist, wie Sie bereits wissen, Simon Bauer. Ich soll im Auftrag des Online-Magazins ›Sondernummer‹ eine Reportage über einen Martin Schnyder schreiben.« Als keine Reaktion kam, fügte er an: »Falls es sich lohnt.«

Dann zog er eine Kopie der Todesanzeige aus seinem Rucksack und reichte sie über den Tisch, wo Heinrich Müller im Bürostuhl fläzte. Aufmerksam las der Detektiv den Text:

»Bern, 25.10.2023

Wir nehmen Abschied von unserem guten
Freund und alten Kollegen

Martin Schnyder
24.6.1959–18.10.2023

Er hat unter seiner fortschreitenden Krankheit nicht lange leiden müssen und ist im Frieden mit sich selbst von uns gegangen.

Möge deine unstete Reise ein glückliches Ende gefunden haben.

Die Beisetzung hat im kleinsten Kreis bereits stattgefunden. Es werden keine Trauerzirkulare verschickt.«

Unterzeichnet ohne Adressangabe von Alexandra Zbinden, Yvonne Käser, Ariane Stettler und Tim Stettler.

»Das tönt nach Exit, einem Verein, der Sterbehilfe und Suizidbegleitung anbietet«, sagte Heinrich. »Wissen Sie mehr?«

»Leider nicht«, antwortete Bauer. »Exit wird keine Auskunft gebe. Falls sie überhaupt beteiligt waren.«

»Das nicht. Aber möglicherweise die Polizei?«, schlug Müller vor.

Der Reporter sagte: »Ich habe den Polizeiticker vom letzten Oktober durchgeschaut. Es war nichts Auffälliges dabei.«

»Wenn es um Sterbebegleitung oder einen Suizid geht, wird das auch nicht öffentlich gemacht«, erwiderte Müller. »Das heißt aber nicht, dass der Todesfall nicht untersucht wurde. Haben Sie eine der Unterzeichnerinnen der Todesanzeige konsultiert?«

»Nein. Ich wollte damit warten, bis ich weiß, ob sich die Recherche lohnt.«

Der Detektiv erkannte: »Wäre also noch nachzuholen. Eine Frage zwischendurch: Sie wollen mich engagieren?«

Simon räusperte sich: »Ich wollte mich erst einmal erkundigen, ob sich das rechnet.«

»Wenn Sie es als Spesen bei Ihrem Online-Magazin abbuchen können«, meinte der Detektiv und nannte seinen Stundenansatz.

Bauer kicherte hilflos.

»Bevor Sie jetzt gleich in Ohnmacht fallen: Der Name Martin Schnyder sagt mir nichts. Ich habe jedoch ein schlechtes Namensgedächtnis. Außerdem trugen viele von uns damals Spitznamen und gaben ihre weiteren Daten nur ungern bekannt. Hilfreich wären Fotos aus der Zeit, vielleicht erkenne ich das Gesicht.«

»Genau deswegen wollte ich Sie persönlich treffen«, nahm der Reporter die Initiative an sich. »Ich habe nicht nur Zugang zu den Plattformen wie e-periodica, also den digital abrufbaren Zeitungsarchiven, sondern könnte auch die Archive im Keller der größten Tageszeitung nutzen, für die ich auch schon gearbeitet und wo ich deshalb nach wie vor Zutritt habe. Dort findet sich auch alles, was nicht publiziert wurde, aber dennoch wert war, es aufzuheben. Dazu gehören vor allem Bilder. Nicht alle Fotos haben die vierzig Jahre seither gut überstanden, vielleicht helfen sie trotzdem bei der Identifizierung von einzelnen Personen, nach denen ich dann weitersuchen kann.«

Er legte Heinrich Müller einen kleinen Stapel Schwarz-Weiß-Fotos vor, den dieser akribisch musterte. Der Detektiv drehte sie um und erkannte: »Es stehen nirgends Namen drauf. Offenbar haben die Fotografen nicht gewusst, wen sie aufnehmen. Das überrascht mich ein wenig, denn aus unserer Sicht waren das potenzielle Helfer der Polizei, die mit den Aufnahmen gezielt Personen aus der Masse hätten herauspicken können.«

»Die Fotos sind nicht aus dem Haus gegangen«, behauptete Bauer.

Müller entgegnete: »Nicht glaubwürdig. Möglicherweise sind die Negative an die Polizei überreicht worden. Egal. Nichts, was mich heute noch beschäftigen würde.« Dann setzte er sein Fazit: »Ich erkenne André, Adrian, Benjamin, den Echsenmann, Stefanie, Susanne und Claire. Über die Nachnamen muss ich mir erst noch klar werden. Und ja, die Stettler und Zbinden sind auch dabei, aber nicht die Käser. Und hier haben wir wohl den Martin Schnyder.« Er zeigte auf einen kleinen Mann hinter einem Transparent, auf dem nicht genau zu lesen war, was draufstand. »Es ist der Mann mit den langen Haaren, der Skibrille und der Skimütze, die er auch im Sommer trug, weil er glaubte, man würde ihn nicht erkennen. Besonders viel bringt es allerdings nicht.«

»Nun gut, immerhin haben wir nun eine beträchtliche Liste von Namen und somit einen Ansatz, auf dem sich aufbauen lässt.«

»Wen meinen Sie mit ›wir‹?«, fragte Müller.

»Sie sind doch mit dabei?«, fragte Bauer.

Der Detektiv seufzte vernehmlich und lotste den Reporter in das Parterre, wo er ihn an die Bar setzte und aus dem Kühlschrank eine Flasche Neuenburger Weißwein holte, zwei Gläser damit füllte und beim Anstoßen sagte: »Ich bin Heinrich.«

»Simon«, gab der andere zurück.

»Jetzt finden wir erst einmal die genauen Todesumstände heraus. Ich rufe Kommissar Forrer an und frage, ob er Zeit hat.«

3

Der Weg führte die beiden über den Breitenrainplatz und dann die Breitenrainstrasse hinunter, beim Spielplatz rechts, und nach knapp zehn Minuten standen sie vor der Hinterseite der Police Bern. Sie nahmen die Rampe, wo sich im Untergeschoss früher das Gantlokal befand, und stiegen auf der anderen Seite wieder hoch, um zum Haupteingang am Nordring zu gelangen.

»Unser Detektiv ist in voller Fahrt«, begrüßte Kommissar Markus Forrer die beiden, »mit einem Lehrling im Schlepptau.« Er strich sich mit der Linken durch sein immer noch kräftiges dunkles Haar, das erste Silberstreifen zeigte, bevor er ihnen die Hand schüttelte.

Heinrich antwortete: »Lehrling ist nicht passend. Ich stelle dir Simon Bauer vor. Er ist freier Reporter und recherchiert im Auftrag eines Online-Magazins. Ich bin ihm wahrscheinlich behilflich.«

»Was bedeutet ›wahrscheinlich‹?«, wollte Forrer wissen.

Simon schaltete sich ein: »Wir brauchen zuerst genügend Informationen. Bisher besitzen wir einzig eine Todesanzeige, und man hört Gerüchte.«

»Welcher Art?«, fragte der Kommissar.

»Nun, die Todesanzeige suggeriert einen Suizid oder eine Sterbebegleitung. Aber man glaubt allgemein nicht an eine Selbsttötung. Was genau dahinterstecken könnte, wissen wir nicht. Deshalb sind wir hier.«

»Setzen Sie sich erst einmal«, sagte Forrer und wies auf die Besucherstühle. »Nach deinem Anruf habe ich die Akte holen lassen.« Er wiederholte und wandte sich besonders an Simon Bauer: »Ja, es existiert eine Akte, denn die Polizei wird bei jedem nicht natürlichen Todesfall beigezogen. Wir werden meist von Ärzten gerufen, denen die Todesumstände sonderbar vorkommen, manchmal auch von Menschen, die einen Toten gefunden haben. Logischerweise vor allem dann, wenn es sich nicht um Angehörige handelt.«

»Wer erben kann, ruft selten die Polizei«, machte Heinrich einen Witz, der nicht nur gut ankam.

»Mag sein«, brummte der Kommissar. »Hier lag der Fall jedoch anders. Im Prinzip handelte es sich um eine besondere Form von Stalking, bei der ein Mensch nur beobachtet wird, jedoch vorderhand nichts davon mitbekommt.«

Müller sagte: »Jetzt machst du mich neugierig.«

»Eine Frau stieg am achtzehnten Oktober 2023 als erste nach der Öffnung der Wendeltreppe auf den Münsterturm. Im Winterhalbjahr ist das ab zwölf Uhr mittags möglich. Sie klettert die zweihundertvierundfünfzig Stufen auf die Viereckgalerie hoch, also nicht bis ganz nach oben zur Achteckgalerie. Denn erstens ist die Dame leicht übergewichtig und deswegen vielleicht nicht besonders treppengängig, und zweitens hat sie von dort aus den besseren Überblick über die Altstadt. Sie hat nämlich einen Militärfeldstecher mit zehnfacher Vergrößerung dabei, weil sie jemandem ins Fenster gucken will. Wem, das hat sie uns nicht verraten. Sie genießt die meditative Ruhe der Beobachterin, bevor der Turm von anderen Menschen bestiegen wird. Die meteorologischen Verhältnisse sind ausgezeichnet, das helle Herbstlicht hilft bei der Beobachtung.«

»In meiner kleinen Kamera habe ich einen vierzigfachen Zoom«, wandte Bauer ein, »damit erreicht man ganz andere Vergrößerungen und kann gleichzeitig Fotos machen.«

»Unsere Dame wählt den klassischen Weg«, fuhr Markus fort. »Sie lässt den Blick über die Dachlandschaft schweifen und guckt sich die verschiedenen Dachterrassen an, die sich in den Innenhöfen verstecken und von unten her nicht eingesehen werden können. Kleine Paradiese, wenn da diese Turmsicht nicht wäre. An einer Plattform bleibt ihr Blick hängen, denn dort liegt ein Mann in einer seltsamen Position. Bei genauerem Hinsehen stellt sie fest, dass er an einem Seil hängt, das an einem Trocknungsgestell befestigt ist. Sie zieht keine weiteren Schlüsse, sondern nimmt ihr Smartphone und ruft die Polizei an.«

»Damit hat sie sich selbst verraten«, schloss Müller.

Forrer sagte: »Daran hat sie in diesem Moment keinen Gedanken verschwendet, zu tief saß der Schock. Jedenfalls musste einer von uns auch erst auf den Turm klettern, um von oben den ungefähren Standort zu bestimmen. Und wir erwischten drei falsche Eingänge, bis wir das richtige Haus fanden. Darum hat sich die Bereitschaftspolizei gekümmert. Der Kriminaltechnische Dienst war vor Ort, sicherte die Beweislage, kam aber zum Schluss, dass es sich um einen Suizid handle. Bevor sie abzogen, haben sie die Kriminalabteilung informiert, und ich habe mir die Gesamtlage angeschaut, ehe der Leichnam abgeholt und in die Rechtsmedizin überführt wurde.«

»Was ist deine Einschätzung?«, fragte Heinrich.

»Der Mann hing an einem Wäscheseil, das seinerseits wieder an einem Haken der Aufhängevorrichtung angebracht war, und zwar so, dass sich der Knoten nicht von selbst öffnen konnte. Wobei *hängen* etwas missverständlich tönt, denn das Metallgestell war nicht hoch genug. Der Mann hing zwar im Seil, aber seine Füße berührten den Boden, und sein Hintern befand sich nur zwanzig Zentimeter darüber. Die Erdrosselung erfolgte also nur über das Eigengewicht, und er hätte sich jederzeit aufrichten können.«

»Wenn er also nicht betäubt war und ihn jemand in die Vorrichtung sozusagen eingehängt und ihn möglicherweise an den Schultern niedergedrückt hätte, dann hat er sich freiwillig in diese Position begeben?«, fragte der Detektiv.

»So sah es am Ende der Untersuchung aus«, erklärte der Kommissar. »Für eine Fremdeinwirkung ist ein bedeutender Kraftaufwand nötig, und wir konnten keine Indizien dafür feststellen. Auch die Rechtsmedizin hat keine klaren Hinweise darauf gefunden, aber das können sie euch selbst erzählen, ihr geht ja bestimmt noch dort vorbei.«

»Sie bleiben also bei Suizid?«, mischte sich der Reporter wieder ins Gespräch ein.

»Ja. Soweit es die Todesumstände angeht, haben wir keine anderen Erkenntnisse gewonnen.«

»Wie sieht es mit den erweiterten Umständen aus?«, fragte Müller.

»Wir haben untersucht, wie Herr Schnyder auf die Dachterrasse gekommen ist. Dabei hat eine Frau Yvonne Käser ausgesagt. Sie ist die Mieterin der darunterliegenden Wohnung, die zwar nur drei Zimmer aufweist, aber auf zwei Stockwerken. Sie hat ausgesagt, dass Herr Schnyder ein alter Bekannter sei, der sich nach Jahrzehnten wieder bei ihr gemeldet habe. Das war im Frühling. Er wusste nicht, wo er unterkommen sollte. So hat sie ihm vorübergehend das kleine Dachzimmer angeboten, das sie nur selten nutzte.«

»Sie hat nichts von dem bemerkt, was auf der Terrasse geschehen ist?«, fragte Bauer.

Forrer erklärte: »Sie hat ausgesagt, sie sei früh schlafen gegangen und habe nicht gehört, wann Herr Schnyder in sein Zimmer hinuntergestiegen sei.«

»Was er gar nicht getan hat«, fügte Bauer an.

»Es geht um die Wahrnehmung der Frau Käser«, fuhr der Kommissar fort. »Am Morgen sei sie früh zur Arbeit gegangen und habe die Polizei bei sich angetroffen, als sie am Nachmittag nach Hause kam. Sie konnte oder wollte also keine näheren Angaben zu den Vorkommnissen machen.«

»Diese vorübergehende Unterkunft hat also ein halbes Jahr gedauert«, stellte Heinrich fest.

»Ja, das hat mich auch verwundert. Er hatte nicht viel Besitz bei sich, ein paar Kleider, ein Necessaire, Ausweispapiere. Dabei ist aufgefallen, dass er kein Schweizer Dokument besaß, sondern einen in St. Lucia ausgestellten Pass, der allerdings auf den anglisierten Namen

Martin Snider lautete. Offenbar hat er sich in der Karibik eingebürgert. Ob er also mit einem Touristenvisum in die Schweiz eingereist ist oder ob er doch noch Schweizer Papiere besaß, konnten wir nicht klären. Als ich Frau Käser darauf ansprach, hat sie gesagt, er habe es ihr erst nach einigen Wochen erklärt und behauptet, er besitze nur noch die Staatsbürgerschaft von St. Lucia, und deswegen habe er große Probleme, hier unterzukommen, denn er erhalte wohl auch keine AHV und keine anderen Unterstützungsleistungen, sondern befürchte, er müsse wieder ausreisen, wenn er sich bei irgendwelchen Behörden melde. So kam also Frau Käser bis auf Weiteres für ihn auf.«

Der Reporter erkannte: »Das muss durchaus eine engere Bekanntschaft gewesen sein. War der Mann denn aktenkundig?«

»Worauf wollen Sie hinaus?«, fragte der Kommissar.

»Die Gerüchte, Sie wissen schon. Martin Schnyder soll in der Achtzigerbewegung sehr aktiv gewesen sein. Es wäre also möglich, dass er polizeilich registriert war.«

»In der vorliegenden Akte steht nichts davon. Auch der Computer hat nichts ausgespuckt. Und wenn es keine massiven Vergehen waren, ist das alles viel zu lange her, als dass darüber noch Aufzeichnungen existieren. Man müsste Leute fragen, die damals dabei gewesen sind. Allerdings gibt es keinerlei Anhaltspunkte, dass spätjugendlicher Übermut bei seinem Tod über vierzig Jahre später irgendeine Rolle gespielt haben könnte. Deswegen vergeuden wir auch nicht unsere Zeit.«

»Für eine Reportage könnte es dennoch eine gute Klammer geben«, stellte Simon Bauer fest. »Denn dass er ausgerechnet bei einer alten Bekannten unterkriecht, zeigt doch, dass da mehr Fleisch am Knochen ist, als man auf den ersten Blick meinen könnte.«

»Spekulationen sind nicht so unsere Sache«, entgegnete Forrer. »Aber ich sehe, was Sie meinen. Wir bräuchten allerdings schon bedeutende, neue Erkenntnisse, dass wir einen als Suizid abgelegten Fall neu aufrollen würden. Konkrete Hinweise auf ein Tötungsdelikt wären das Mindeste. Ich wünsche Ihnen viel Glück.«

4

Kommissar Forrer hatte die beiden Herren in der Rechtsmedizin angemeldet. Sie wurden an der Murtenstrasse gegenüber dem Inselspital von Dr. Augsburger und Laura de Medico empfangen. Heinrich Müller war den beiden bereits aus mehreren Fällen bekannt, hingegen begegneten sie Simon Bauer mit einem gewissen Misstrauen, denn als Reporter war er angekündigt, und solche Leute wurden normalerweise von der Presseabteilung betreut und nicht mit Untersuchungsergebnissen gefüttert. Sie hießen ihn also willkommen, nicht ohne beizufügen: »Alles, was Sie hier sehen, bleibt unter Verschluss. Jede Veröffentlichung muss mit uns abgesprochen werden.«

Der Reporter gab ihnen als Bestätigung die Hand.

»Irgendetwas Neues im Institut?«, fragte der Detektiv.

»Wir haben ein interessantes Projekt am Laufen«, antwortete de Medico, die durch die Beförderung vor zwei Jahren an Energie gewonnen hatte, ganz im Gegensatz zu ihrem früheren Chef, der sich ungewohnt gehen ließ, indem er einen Mehrtagebart präsentierte. »Wir arbeiten an einem Verfahren, das DNA-Spuren auch von großen Oberflächen sammeln und auswerten kann. Wir verlieren jeden Tag Millionen von Hautzellen, die sich im Hausstaub sammeln. Bisher hat niemand diese Informationsquelle nutzen können. Wir entwickeln eine Art Staubsauger, der mit einem speziellen Filter ausgerüstet ist und mit dem wir Bodenproben nehmen können, um die Anwesenheit von Menschen in einem Raum zu dokumentieren. Während man das Hinterlassen von Fingerabdrücken durch Handschuhe einfach verhindern kann, ist es so gut wie unmöglich, keine Hautzellen zu hinterlassen. Da müsste man schon in einem Ganzkörperkondom antanzen, und darauf fällt ein potenzielles Opfer eher nicht herein.«

»Aber das ist noch nicht einsatzreif?«, fragte Heinrich nach.

»Nein«, sagte sie, »sonst hätten wir die gesamte Dachterrasse abgesaugt, auf der Martin Schnyder gefunden wurde. Deswegen seid ihr doch hier, oder?«

»Genau«, entgegnete Bauer. »Kommissar Forrer hat uns bereits darüber informiert, dass keine verwertbaren Spuren gefunden wurden. Ist das nicht eher ungewöhnlich?«

Dr. Augsburger richtete seine klobige Brille und sagte: »Selbst wenn wir den Staubsauger hätten, würden wir damit nur beweisen, wer sich alles dort aufgehalten hat. Wenn also die Hausgemeinschaft ab und zu eine kleine Party auf der Dachterrasse feiert, haben alle ihre Spuren hinterlassen. Die sind aber keiner bestimmten Zeit zuzuordnen. Außerdem kann der Wind weitere Spuren herangetragen haben. Wir können im Moment nur etwas tun, wenn wir Spuren am Mann feststellen. Und da haben wir nichts gefunden.«

»Auf Kleidern sind DNA-Spuren schwierig zu generieren«, fügte Laura an. »Und wenn sich Menschen bei der Begrüßung oder beim Abschied umarmen, lassen sie auch Haare und beim Küssen Speichel zurück. Wir können also eine Fremdeinwirkung weder beweisen noch ausschließen. Eine Sache ist aber klar: Egal, was die Ursache für den Tod von Herrn Schnyder war: Es muss vor Ort stattgefunden haben. Nach dem Ereignis ist der Mann nicht mehr bewegt worden.«

»Es ist also ausgeschlossen, dass er anderswo erdrosselt und dann auf der Dachterrasse deponiert worden ist?«, fragte der Reporter und schob nach: »Entschuldigen Sie meine laienhafte Frage.«

»Geht schon in Ordnung«, antwortete de Medico. »Wir stellen diese Überlegungen auch immer an, um keine Möglichkeit außer Acht zu lassen. Hier ist es allerdings so, dass Herr Schnyder mit einem Gewicht von um die neunzig Kilogramm deutlich zu schwer war, um von einer Einzelperson die schmale Treppe hochgewuchtet worden zu sein. Also müssten mehrere Personen daran beteiligt gewesen sein, und das hinterlässt automatisch eine Menge Spuren.«

»Die es in diesem Fall nicht gibt«, schloss Augsburger und fragte den Detektiv: »Existieren denn neue Verdachtsmomente, die auf eine Fremdeinwirkung schließen lassen?«

»Nein«, erwiderte Heinrich. »Es gibt Gerüchte, Menschen, die mit einem Suizid nicht klarkommen. Wir machen uns ein Bild von diesem Mann. Bisher ist weniger sein Tod, sondern sein Leben rätselhaft.«

»Wie muss ich das verstehen?«, fragte der Rechtsmediziner.

Simon Bauer griff ein: »Der Mann war mit einem Pass aus der Karibik unterwegs und hat sich sozusagen bei einer alten Bekannten eingemietet, die er seit Jahrzehnten nicht mehr gesehen hat und die ihn gleich über mehrere Monate hinweg bei sich wohnen ließ.«

»Alte Liebe rostet nicht«, sagte Laura süffisant.

»Mag sein«, antwortete der Reporter. »Doch ich möchte verstehen, warum der Mann verstorben ist.«

»Darüber können wir keine Auskunft geben«, sagte Augsburger, »nur über das Wie können wir Sie informieren. Bitte, Frau de Medico, übernehmen Sie.«

Die Angesprochene führte die Besucher in ein Besprechungszimmer, das auch als Pausenraum genutzt wurde, und bot den beiden einen Kaffee an.

»Das Erhängen definieren wir als Strangulation mit Hilfe eines Werkzeugs, meist eines Seils, und unter der Einwirkung des Körpergewichts. Seit es keine Hinrichtungen mehr gibt, lautet die der Erfahrung geschuldete Lehrmeinung: Das Erhängen ist zu weit mehr als neunzig Prozent als Suizid anzusehen. Das gilt insbesondere, wenn die Füße den Boden berühren. Die Konsequenz daraus ist, dass man beim Auffinden eines Erhängten zuerst einmal nach Anzeichen einer Selbsttötung sucht und vielleicht manchmal nicht das gesamte Programm der Tatortsicherung durchführt. Das ist verständlich, birgt jedoch die Gefahr, dass in den sehr seltenen Fällen, in denen es sich um ein Tötungsdelikt handelt, wertvolle Spuren übersehen oder zerstört werden.«

Simon fragte: »Was genau geschieht, wenn sich ein Mensch erhängt?«

»Beim Erhängen«, fuhr de Medico in ihren Erläuterungen fort, »so viel weiß auch der Laie, wird früher oder später die Sauerstoffzufuhr unterbrochen und man erstickt. Das kann etwas dauern, abhängig vom Material des Seils und vom Gewicht des Körpers sowie von der Fallhöhe, aber es kann auch sehr schnell gehen. Häufig tritt vor dem eigentlichen Tod eine Ohnmacht ein. Dieses Problem beschäftigt uns bei autoerotischen Strangulationen, bei denen ein Mensch hofft, einen erotischen Kitzel aus einer reduzierten Sauerstoffzufuhr zu gewinnen. Da man bei dieser Art sexueller Befriedigung meist allein ist, ist der exakte Moment, an dem der Prozess nicht mehr aufzuhalten ist, schwer abzuschätzen. Meist ist keine Rettung mehr möglich, wenn man ihn bemerkt. Selbst wenn eine Zweitperson beteiligt ist, besteht das Problem, dass schwer zu unterscheiden ist zwischen einem Schrei aus Not und einem Lustschrei aus Erregung. Jedenfalls sagen das die wissenschaftlichen Daten«, beeilte sie sich zu erklären und errötete, was unter der leichten Wintersportbräune des Gesichts kaum zu erkennen war.

»Sie gehen also von einer autoerotischen Asphyxiophilie aus, also von einem Betriebsunfall?«, fragte Bauer.

Müller überlegte, ob er den jungen Reporter unterschätzt hatte.

Der zwinkerte ihm zu und sagte: »Ich habe den Film von Nagisa Oshima gesehen, ›Im Reich der Sinne‹.«

De Medico entgegnete: »Ich sehe, Sie haben sich kundig gemacht. Im vorliegenden Fall würde ich sagen: Wir können nicht endgültig entscheiden, ob es sich um – wie Sie sagen – einen Betriebsunfall oder um einen Suizid handelt. Die vollständige Bekleidung des Opfers deutet eher auf Letzteres hin. Allerdings ist es Freunden und Angehörigen oft peinlich, wenn die Geschlechtsorgane entblößt sind, und sie ziehen dem Opfer ganz wörtlich die Hose wieder hoch.«

»Nun ja«, räusperte sich Müller, »wir haben keinen Hinweis darauf, dass die Dame, die Herrn Schnyder mit dem Feldstecher vom Münsterturm aus entdeckt hat, etwas von einem sichtbaren Geschlechtsorgan gesagt hätte. Das müsste ihr aufgefallen sein.«

»Stimmt schon«, erwiderte Laura, »es sei denn, jemand anderer hätte den Mann schon früher am Tag entdeckt und entsprechende Veränderungen an ihm vorgenommen, ohne die Polizei zu informieren. Gründe dafür würde man bestimmt finden. Wie gesagt, das sind allgemeine Überlegungen, die in unserem Untersuchungsbericht keinen Widerhall finden. Je nachdem was Ihre Recherchen zutage bringen, müsste man die ganze Sache aus einem anderen Blickwinkel betrachten, und wenn ich dazu beitragen könnte, die Palette der Möglichkeiten zu erweitern, dann freut mich das.«

5

Simon Bauer und Heinrich Müller trafen sich im Rosengarten, und zwar unterhalb des Restaurants an der Einsteinbank, die durch eine Metallskulptur des Physikers, der in Bern die Relativitätstheorie entwickelt hatte, besetzt war. Einzelne Stellen waren durch engen Körperkontakt von übergriffigen Menschen glänzend berieben, die ihn für ein Selfie missbraucht hatten.

»Der Platz ist emotional belastet«, sagte Heinrich, »lass uns ein paar Schritte weitergehen.«

So setzten sie sich unterhalb der Sandsteinmauer auf eine Bank und überblickten die Berner Altstadt: den Aargauerstalden, die Felsenburg, die Untertorbrücke, die Aareschlaufe, die Matte.

»Dort hinten beim Alten Tramdepot hat alles begonnen«, berichtete Müller und zeigte auf das längst renovierte Gebäude, das eines der beliebtesten Restaurants und eine Bierbrauerei enthielt. Auch der Blick die ganze Altstadt hinauf bis über das Münster und das Bundeshaus hinaus auf die höher gelegene Universität und darüber hinweg war berauschend. Den Mantel musste man zuziehen, denn es war zwar mild, doch der feuchte Wind, der von Südwesten her aus den Wolken heraus auf die beiden blies, ließ sie durch den Chill-Effekt leicht frösteln.

»Du wolltest mit mir über die Achtzigerbewegung reden«, sagte der Detektiv und erwartete eine Bestätigung.

»Ja. Ich möchte erfahren, wie es dazu gekommen ist«, meinte Simon. »Ich habe zwar die Unterlagen konsultiert, und sie haben mir einige Erkenntnisse gebracht, aber die Gründe dafür von einem damals Aktiven zu hören, ergibt doch noch einmal ein ganz anderes Bild.«

»Ein bisschen Vorgeschichte braucht es schon, um zu verstehen, was damals geschehen ist.«

»Kein Problem. Ich habe Zeit. Falls es mir zu lange dauert, können wir das Gespräch auch in einem Lokal fortsetzen.«

Heinrich begann ohne weitere Vorerklärungen: »Es ist schwierig, einen genauen Ablaufplan zu skizzieren, denn was für mich Vorläuferbewegungen waren, waren für andere Lebensinhalt, der ebenso auf früheren Ereignissen gründete. Für einen 1955 geborenen, also von Eltern, die den Krieg miterlebt hatten und von der auch in der Schweiz fühlbaren Mangellage geprägt waren, bestand der erste Kontakt mit aufständischen Bewegungen anlässlich der 68er-Proteste, für die ich allerdings zu jung war. Ich konnte mich nur erinnern, dass ich als Dreizehnjähriger bereits regelmäßig Zeitung las und die Nachrichten schaute, und da fiel mir eines Tages die Besetzung eines Bunkers in Zürich durch langhaarige Rocker auf. Die Bilder haben mich gleichzeitig bestürzt und fasziniert, und als kurze Zeit später aus Kalifornien von der Hippie-Bewegung berichtet wurde, begannen mich diese Formen des Protests zu interessieren. In der Zeit an der Kantonsschule, wie man in St. Gallen das

Gymnasium nennt, gab es Konflikte zwischen Schülern und dem Rektorat, es wurde eine nicht genehme Liebesgeschichte zwischen einem Schüler und einer Schülerin aufgedeckt, und die beiden sollten der Schule verwiesen werden. Daraus entstand die Aktion Rotes Herz, und natürlich stand ich auf der Seite der Gemaßregelten, denn ich sah nicht ein, warum die Liebe zwischen zwei Menschen zu einem erzwungenen Abbruch der Ausbildung führen sollte. Die Stadt war halt noch sehr konservativ und katholisch geprägt.«

»Du hast noch nicht in Bern gelebt?«, fragte Bauer.

»Nein«, erwiderte Müller. »Ich bin 1974 zum Studienbeginn hierhergezogen. Und das war ein Befreiungsschlag. Ich geriet in eine aufgewühlte Mixtur an sozialen und politischen Bewegungen und Parteien, die sich alle zu etablieren begannen. Da musste man zuerst ein bisschen Übersicht gewinnen. Es war die frühe Welle der Frauenbefreiungsbewegung, die 1977 einen Dämpfer erhielt, als in einer Abstimmung die Einführung legaler Schwangerschaftsabbrüche scheiterte, obwohl die Initiative im Kanton Bern knapp angenommen worden war. Es entstanden die Homosexuellen-Arbeitsgruppen, die in der Altstadt ein Lokal betrieben, das wir politisch Unabhängigen jeweils einen Abend pro Woche nutzen durften und wo wir uns gegenseitig bekochten. 1975 wurde der für das AKW Kaiseraugst vorgesehene Bauplatz monatelang besetzt und der Bau nach landesweiten Protesten nicht begonnen. Du siehst, Themen wie Gleichberechtigung, Genderfragen und Umweltschutz waren alle bereits in den Siebzigerjahren angelegt.«

»Das ist fünfzig Jahre her«, meinte Simon, »und nicht mehr allen bewusst. Mir ist vor allem das Waldsterben erinnerlich.«

»Das versetzt einen in die Achtzigerjahre, war aber natürlich prägend, denn im Verlauf dieser Debatte sind die grünen Parteien entstanden. In der Nachkriegszeit gab es vor allem konservative Parteien, daneben die Sozialdemokraten, die erst seit der Einführung der Zauberformel 1959 mit zwei Bundesräten in der Regierung vertreten waren. Eine kommunistische Partei war in den Kriegsjahren verboten worden. Die Nachfolgepartei nannte sich Partei der Arbeit. Von ihr spalteten sich im Zuge der 68er-Bewegung die Progressiven Organisationen der Schweiz, kurz POCH, und die trotzkistische Revolutionäre Marxistische Liga RML ab. Die beiden Gruppierungen, die sich nicht grün waren, lösten sich später wieder auf und trafen sich innerhalb der linken Grünen wieder. Neben ein paar versprengten Maoisten existierte nur noch die Außerparlamentarische Opposition, Anarchisten unterschiedlichster Art, und Spontis, die ursprünglich im ›Schinagu‹ organisiert waren. Das ist der berndeutsche Begriff für ›harte Arbeit‹.«

»Wo warst du dabei?«, wollte Bauer wissen.

»Überall und nirgends«, erklärte Müller und lachte. »Von meinem Politikverständnis her war ich ein Individualanarchist. Organisiert jedoch nur im Soldatenkomitee, das antimilitaristische Arbeit machte und vor den Kasernen Flugblätter verteilte. Nun war es aber so, dass die etablierten Gruppierungen überall die Kontrolle haben wollten und in jede sich bildende Gruppe ihre Delegierten sandten, damit sie über alle Entwicklungen informiert waren und sie gegebenenfalls beeinflussen konnten. So kam es oft zu ermüdenden ideologischen Auseinandersetzungen, die überhaupt nichts mit dem Anliegen der Gruppe zu tun hatten. Und da es insgesamt doch nicht so viele aktive Leute gab, kannten sich mit der Zeit durchaus alle und wussten bereits zum Voraus, wie sich die Einzelnen positionieren würden. Allerdings haben sich auch einige Freundschaften entwickelt, schließlich arbeitete man übergeordnet doch an ähnlichen Zielen. Ich bewegte mich mehr in den Sponti-Gruppen, kannte die Politrocker der Roten Steine sowie die Hausbesetzerszene und stieg nach Mitte der Siebzigerjahre voll in der Punk-Bewegung ein. Das war in etwa die Gemengelage in der Schweiz. Wovon wir verschont blieben, und ich sage das als alter Pazifist laut und deutlich, waren die gewaltbereiten Gruppen wie die Rote-Armee-Fraktion und die Revolutionären Zellen in Deutschland oder die Brigate Rosse in Italien. Natürlich waren auch hier einzelne gewaltbereite Leute darunter, aber zu solchen Exzessen kam es nie.«

Simon fragte: »Daraus entstand die Achtzigerbewegung?«

»Das waren die Voraussetzungen dafür. Gegen Ende der Siebzigerjahre wurde die Frustration immer größer, weil viele gesellschaftspolitische Forderungen nicht erfüllt wurden und die Repression immer bedeutender wurde. Ohne diese organisierten und spontaneistischen Gruppen wäre die nachfolgende Revolte nicht möglich gewesen.«

»Und wie siehst du dich im Ganzen?«, wollte Bauer wissen, nun ganz Reporter. »Welche Rolle hast du gespielt?«

»Ich erzähle dir zwei Geschichten«, setzte Heinrich an. »Die erste spielt in London, wohin ich von 1976 bis 1981 mehrere Male pro Jahr gereist bin, immer auf der Suche nach allem, was im Punk neu war. Ich habe die vielen kleinen und größeren Plattenfirmen aufgesucht, dort Schallplatten und Promomaterial gesammelt und Konzerttickets besorgt, sodass ich jeden Abend in einem anderen Lokal eine Party feiern durfte. Zu Hause habe ich dann in unserem Fanzine oder in Zeitungen über meine Erlebnisse berichtet. Und Erlebnisse gab es wahrlich genug. Mich faszinierte die rohe Gewalt der Musik, das Dreckige im Sound, die Unbekümmertheit um alle Konventionen, und dass das alles bald einmal auch noch erfolgreich war und Trends setzte, fand ich aufregend. Gleichzeitig gab es die Nähe der englischen Working-Class-Kids zu den schwarzen Musikern aus Jamaika, die mit dem Reggae im Schlepptau von Bob Marley die Welt eroberten. Dahinter steckte kein politisches Programm, keine künstlich geschaffene Aufmerksamkeit für koloniale Probleme, die England ja zur Genüge hatte, sondern Sympathie und eine gemeinsame Sprache. Und es gab innerhalb des Punks die politische Organisation ›Rock Against Racism‹ mit ihren weitreichenden Informationskampagnen und vielen Konzerten, die ihre Botschaft transportierten. Auch bei ihnen stand ich eines Tages in der Kampagnenzentrale und ging schwer beeindruckt von der Selbstverständlichkeit dieses Engagements wieder zurück nach Bern, um hier davon zu berichten. Musik und Spaß statt bierernster Linientreue.«

»Wenn ich dich richtig verstehe«, sagte Simon, »hast du hauptsächlich spontane Bewegungen ohne Ideologie gemocht und dich davon angezogen gefühlt. Das gefällt mir. Ich mag das Parteigehabe auch nicht.«

»In meinem Reisetagebuch vom Frühling 1977 steht Folgendes: ›Da kann man sich einmal richtig das tierische Wesen des Menschen vor Augen führen lassen: das grunzt und schnarcht und furzt und speut; dann wieder einer, der ab und zu mal spricht, ein anderer zieht seinen Rotz hoch, der dritte hustet und räuspert sich ganz vehement unanständig.‹«

»Keine Traumdestination«, erkannte Bauer.

Heinrich lachte und fuhr fort: »Ich war unterwegs nach Triest und strandete in Verona, wo ich kein Bett fand, da irgendein Fest gefeiert wurde und alle Zimmer belegt waren. Also musste ich in der Bahnhofshalle übernachten. Ich hab's dann aber doch noch irgendwie nach Triest geschafft und meinen Kumpel vor Ort getroffen. Wir sind dann auf abenteuerlichen Wegen mit Zug und Bus an der damals jugoslawischen Küste entlang bis nach Dubrovnik gereist, wo wir auf eine Fähre nach Italien umsteigen konnten, die bis Bari fuhr. Dort wieder mal die Suche nach einer Unterkunft. Ein Zöllner schickt uns ins Casa dello Studente. Ein guter Tipp.« Heinrich zog ein paar bedruckte Blätter aus der Innentasche seines Mantels. »Aus dem Reisetagebuch: ›Die Atmosphäre ist wahnsinnig, mehr ein stark frequentierter Wartsaal als ein Zimmer, total bekifft die meisten Leute. Es gibt einige Einblicke in die autonome Studentenbewegung und ins Milieu der Anarchisten und der Indiani Metropolitani. Einer will mich gleich nach Griechenland mitnehmen, ein paar andere wollen nachts um zwei eine Ladung Anarchisten aus Bergamo vom Bahnhof abholen, die zum Prozess eines Genossen kommen, während auf den Straßen Faschisten zirkulieren.‹«

Simon kommentierte: »Aufregend. Aber was sind Indiani Metropolitani?«

»Ja, für meinen Kumpel zu aufregend. Er hat mich anderntags verlassen, und die lieben Leute, die ich kennengelernt habe, sind nach Rom gereist, also habe ich mich auch auf den Weg gemacht. Ich war mit Autostopp unterwegs, ein Geflügeltransporter hat mich mitgenommen, musste aber einen Umweg durchs Gebirge fahren, wo wir fünf Stunden warteten, bis die gefrorenen Hühner aufgeladen waren. Irgendwann erreichte ich die Ewige Stadt dann doch. Die Stadtindianer waren das Pendant zu den Spontis bei uns, sie waren der Nährboden für das revolutionäre Potenzial, das sich damals auf Italiens Straßen austobte und Demos mit Hunderttausenden von Leuten veranstaltete. ›Presto occuperemo il paradiso‹ malte der eine an die Wand, während die andere unten ergänzte ›e l'inferno‹*. Diese Doppeldeutigkeit und Leichtigkeit faszinierte mich. ›Oggi è solo primavera – tremate tremate arriverà l'estate‹.**«

»Mit solchen Jugendbewegungen bringe ich Italien gar nicht in Verbindung«, sagte Simon nachdenklich.

»›Einem Tipp hingegen verdanke ich einem Nebenweg nahe der Piazza Navona: Morgen ist ein großes Treffen der Indiani Metropolitani! [...] Nach einer langen Wanderung fanden wir schließlich die Leute

---

* Bald besetzen wir das Paradies – und die Hölle.

** Heute ist erst Frühling – zittert, zittert, es kommt bald der Sommer.

an einem ganz anderen Ort. Anyway, es waren nicht so viele, aber wir setzten uns und genossen die Sonne. Dabei gab es einige gute Leute, wie Anna und Carla oder auch Giancarlo, der gegen den Abend hin ein äußerst hübsches Mädchen mitbringt: Sara. Sie sagt nachher, es sei ihr nicht zu wohl gewesen mit diesen Leuten, da ich mehr als eine Art Attraktion betrachtet worden sei. Sie ist mir sofort sehr sympathisch (ich ihr auch, wie ich später erfahre).

Dann hat es plötzlich Tausende von Leuten. Sie beginnen, Kreise zu bilden. In einem bereiten sich einige auf die Vorstellung eines Pantomimen vor, nach dem heißen Tag schminken sich ein paar Jugendliche; und schließlich beginnt auch ein wildes Tanzen, wohin mich Sara mitzieht, unter den drohenden Augen von Giancarlo, aber was soll's.

Jedenfalls beginnt ein fantastischer Abend mit Tänzen, Slogans und Manifestationen, dann auf dem Gelände zwischen den zwei Hügeln eine fingierte Indianerschlacht.

Dann umarme ich Sara, und in einem sehr schönen Kuss liegen wir einander in den Armen. Sie ist wirklich ein aufregendes Mädchen, schwarze Haare, das eine Auge grün, das andere blau, und ein sehr sanftes Gesicht. Sie erzählt von ihrer Familie, von ihrer Mutter, die keine Ahnung von nichts hat. Dann spricht sie über die Brutalisierung der politischen Kämpfe, vor allem zwischen den Faschisten und der extremen Linken, und dass ihr das nicht mehr passt.‹«

Bauer erkannte: »Du hast das Politische mit dem Privaten verknüpft.«

Heinrich brummte: »Muss wohl so sein, denn was hätte es sonst für einen Sinn. Hör zu, was Sara erzählte: ›Ich war auch an der großen Demo am 12. März. Das war der totale Horror. Tausende von Leuten trieben einfach durch die Stadt bis zur nächsten Polizeisperre. Dann flutete das Ganze wieder zurück oder in eine andere Richtung, dauernd in Begleitung von Steinen, Mollis und so auf die mondänen Geschäfte und Bars. Das dauerte stundenlang, so von mittags um zwei bis spätabends. Einige Grüppchen haben den Kampf in die Nacht hinein durchgezogen. Ich war zum Glück um neun zu Hause, denn von da an war es unmöglich, auf der Straße zu sein. Wer auch nur im Geringsten in Verdacht geriet, bei den Unruhen dabei gewesen zu sein, wurde gnadenlos auf den Polizeiposten mitgeschleppt. Ich habe gehört, dass auf dem Bahnhof Termini Hunderte Zivilpoliziotti in die Züge stiegen und jeden Jugendlichen herauszerrten und verhafteten. Die meisten konnten nach ein paar Stunden wieder gehen, aber inzwischen sind schon mehrere Dutzend zu Gefängnisstrafen zwischen zwei und achtundzwanzig Monaten verurteilt worden. Das Schlimmste war jedoch das Tränengas, bei mir sowieso, weil ich Kontaktlinsen trage. Ich war einfach aufgelöst in eine Masse Tränen. Während die Polizei langsam vorrückte und den Platz räumte, saß ich unbeweglich auf den Knien mitten im Tränengasnebel mit strömendem Augenwasser, ich konnte mich absolut nicht von der Stelle rühren. Bis mich dann ein Compagno packte und mich anschrie und mit sich fortzerrte, da kam ich langsam wieder zu mir.‹«

Heinrichs Erzählung stockte, seine Stimme brach.

»Du warst verliebt«, stellte Simon fest. »Hast du Sara noch einmal gesehen?«

»Nein.« Er seufzte vernehmlich und ergänzte: »Ich habe mich damals nicht entblödet, Sara nach meiner Rückkehr einen Brief mit deutlichen sexuellen Anspielungen zu schreiben. Etwas vom Dümmsten, was ich in meinem Leben jemals gemacht habe. Ich schäme mich heute noch dafür.«

*

Wasserwerfer

Ich hatte mich mit Susanne in meiner Bude auf den Ausgang eingestimmt. Das Saxofon von Enzo Jannaccis »Quelli che« eröffnete den Abend. Der Sprechgesang adressierte auch »quelli che non hanno mai avuto un incidente mortale …«. Susanne interessierte sich weder für die einen noch die anderen, sondern nur für uns beide. Und wir wollten ja an der Demo teilnehmen.*

Wir versammelten uns auf dem Waisenhausplatz, vor dem Restaurant Thurm. Donnerstag. Abendverkauf bis neun Uhr. Es war erst sieben. Die Markthändler begannen bereits, ihre Stände abzuräumen. Sie hatten die unruhigen Abende satt. Wir spürten die Feindseligkeit rundum bis in die Knochen. Keiner hätte auch nur den kleinen Finger für unsere Anliegen gerührt. Also war es uns egal. Weniger egal war der Wasserwerfer, der links auf der Straße stand und

* Wer noch nie einen tödlichen Zwischenfall gehabt hat …

um den herum die Polizeigrenadiere nun einen Kordon bildeten, um uns von der Polizeikaserne her Richtung Bärenplatz zu drängen. Das gewohnte Ritual zweier urbaner Stammesgesellschaften, die sich gegenseitig bekämpften.

Wenn du ganz vorne an der Demo stehst, dann bist du nervös, weil du nie weißt, was als Nächstes passiert. Adrenalin pur. Da brauchst du keine Drogen mehr.

Die Militanten stellten sich in sinnlosem Heroismus gegen den Wasserwerfer auf. Dabei hätte man den Lastwagen in einer Klammerbewegung einkreisen können. Man gefiel sich lieber als Opfer von Polizeigewalt denn als kreative Kämpfer.

Ich kannte das Prozedere. Susanne im Arm, besetzten wir den rechten Flügel, wo sich noch die letzten Passanten tummelten in der Hoffnung, etwas Action mitzubekommen, ohne selbst in der Bewegungsfreiheit beeinträchtigt zu werden. Wir wichen immer mehr nach rechts aus, bis wir auf der Höhe der Cafés und Restaurants – denn die konnte man schlecht unter Wasser setzen – die Lücke fanden, durch die wir gegen die Richtung des Wasserwerfers, der nun den Strahl direkt auf die noch wenigen verbliebenen Demonstranten richtete, den Durchschlupf wagten und uns mit gemessenen Schritten dem Zugriff der Polizei entzogen.

Leider war uns kaum jemand gefolgt. Denn man hätte die Demonstration im Rücken des nicht sehr wendigen Wasserwerfers neu formieren können. Es gab Abende, da ging es nur um Randale, da verlor man das übergeordnete Ziel aus den Augen und gefiel sich in heldenhaftem Übermut. Selbst Susanne war davor nicht ganz gefeit, denn sie wollte zurück zum nassen Häufchen der verbliebenen Kollegen.

Manchmal bekam der Begriff »Solidarität« in meinen Ohren einen herben Missklang.

6

Heinrich Müller hatte an der Zusammenarbeit mit dem aus seiner Sicht jungen Reporter Gefallen gefunden. Nicht dass er sich in ihm wiedergesehen hätte, aber dessen Eifer und der Ehrgeiz imponierten ihm. Er hatte inzwischen auch verstanden, dass es allein vom Erfolg der Recherche abhängig war, ob Simon Bauer ein vernünftiges Honorar für seine Arbeit erhielte.

Dazu kam die äußerst motivierende Tatsache, dass sich der Detektiv in nostalgischen Gedankenspielen wiederfand, die seine eigenen jungen Jahre ans Licht zerrten, für die sich völlig unerwartet jemand über das Stammtischmaß hinaus interessierte. Für einmal dankte er auch sich selbst, dass er damals in weiser Voraussicht all diese Dokumente akribisch und chronologisch abgelegt hatte. Er winkte Simon zu sich und zerrte drei dicht gepackte Ordner, die mit 1980 bis 1982 beschriftet waren, aus dem Regal.

Durch diesen Papierwust wühlten sich die beiden Männer nun: Zeitungsausrisse von kleinen Meldungen, Titelseiten nach zerstörerischen Demos, Hintergrundberichte, ergänzt durch Interviews mit einigen Beteiligten, die von der Presse als Sprecher der Bewegung identifiziert, von ihr jedoch sogleich abgelehnt wurden. Denn man verstand sich als autonom, Beschlüsse wurden an Vollversammlungen ausschließlich einstimmig verabschiedet, Repräsentanten wechselten sich ab, auch damit niemand unter den Hammer der Repression geriet.

Zahlreiche Flugblätter begleiteten die Berichterstattung. Und dann waren da noch Heinrichs Kürzesteinträge in seine Agenden. Er hatte all diejenigen herausgesucht, die irgendwie mit dem Ereignisablauf zu tun hatten. Es kam eine Art subjektives Massaker zustande, von dem er froh war, dass es nicht die Grundlage seiner Erinnerung bildete. Er deklarierte nur: »Schnipsel aus der Vergangenheit. Du gibst irgendwie zu erkennen, wenn sie eher peinlich als aufschlussreich sind.«

Der Reporter winkte ab und erklärte: »Dürfte ja auch niemand lesen, was ich vor zehn bis zwanzig Jahren notiert habe. Deine Einträge haben immerhin mit einem historischen Ereignis zu tun.«

Donnerstag, 19. Juni 1980
Uni-Streik-Fest mit spitze Grauzone-*Auftritt (ich am Mischpult) Publikum ziemlich am Flippen*

Freitag, 20. Juni 1980
Tramdepot-Demo

Donnerstag, 26. Juni 1980
Action in the streets again

Samstag, 28. Juni 1980
heavy Schmier-Action*

* *unfreundlich für: Polizei*

Dienstag, 1. Juli 1980
TV: CH-Beitrag über Opernhauskrawalle und autonomes Jugendzentrum Zürich anhand dreier persönlicher Beispiele: ganz interessant

Donnerstag, 3. Juli 1980
*nette Demo: Beerdigung der Demokratie mit Sargumzug vors Waisenhaus**

Samstag, 5. Juli 1980
DIE STRASSE GEHÖRT UNS: große Demo, etwas langweilig, aber erfolgreich (Schmiergefangene freigegeben); Fest- und Abwehrmaßnahmen gegen Schlägerbande; Grauzone *spielt auch noch kurz vier am selben Nachmittag eingeübte Stücke*

Dienstag, 15. Juli 1980
TV: Spitzendiskussion zwischen Behördenvertretern und zwei Jugendlichen aus der Zürcher Bewegung, die den Fascho-Kleinbürger parodieren, über die Auseinandersetzungen vom Samstag

Samstag, 16. August 1980
some action in town: ganz nette Demo

Donnerstag, 28. August 1980
some heavy action in town

Donnerstag, 11. September 1980
nothing happened today ... obwohl Großdemo

** das ist die städtische Polizeikaserne*

angesagt, nur langweiliges Rumgesabbere auf dem Bärenplatz, angesichts einer supergerüsteten Polizei, geschlossenen Geschäften statt Abendverkauf und Schlägertypen

Donnerstag, 2. Oktober 1980
Katz-und-Maus-Versteckspielen in town

Montag, 20. Oktober 1980
funny, but heavy night in town

Sonntag, 30. November 1980
Autonomer Gaskessel für heute: in Schnee versunken, aber coole, ruhige Atmosphäre

Donnerstag, 18. Dezember 1980
Film: Videoladen Zürich: Züri brännt: recht gut, manchmal etwas langatmig und vieles bekannt

Samstag, 24. Januar 1981
some small action in town

Samstag, 21. Februar 1981
nice afternoon in City: AJZ provisorisch

Samstag, 28. Februar 1981
Waiting for Pere Ubu: hangin around with them; good guys, nice road crew; joined them to the PAJZ; good party going on

Freitag, 18. September 1981
*Am Reithalle-Fest spielen Marco, GT und Pavli (*The Missing Link*) zu einer Kassette mit gestörten Instrumenten: recht eigenwillig und gut*

Freitag, 16. Oktober 1981
abends Reithalle: Missing Link *ok.; andere Bands mäßig*

Montag, 23. November 1981
SCHROEDERS ROADSHOW: perfekt, einstudiert und doch mitreißend, gutes Konzert in der gestopft vollen Reithalle

Samstag, 5. Dezember 1981
Grande Friedensdemo: tonnenweise Leute, aber kalt (gegen 40.000 Leute!)

Donnerstag, 18. Februar 1982
some small/nice action in town

Samstag, 24. April 1982
nice Demo

Samstag, 14. August 1982
Gurtenfest der Bewegung: mäßig

Auf dem Bildschirm im Hintergrund des inzwischen ehemaligen Detektei-Büros tanzte Prince in einem mit Wolken durchsetzten himmelblauen Anzug in einer bunten Masse von Menschen zu seinem funkgeladenen »Raspberry Beret«.

»Der Mann hat die Achtzigerjahre geprägt«, erklärte Heinrich seine Begeisterung. »So viel Energie und Kreativität hat wohl kein anderer Musiker aufgebracht.«

Bauer meinte: »Das sagt mir nicht mehr allzu viel. Ist mir schon zu sehr arrangiert, auch wenn Prince bestimmt ein musikalisches Genie war. Wenn es schon etwas Älteres sein soll, dann lieber Jimi Hendrix. Da ist jeder Ton echt.«

Heinrich zuckte die Schultern. Er hatte keine Meinung zum musikalischen Geschmack anderer Leute. Es war für jeden genug da.

Müller sagte zu Bauer: »Die Unterlagen gebe ich nicht aus dem Haus, es sei denn, jemand möchte sie in eine historische Dokumentation eingliedern, die öffentlich zugänglich, aber zugleich auch archiviert ist. Du kannst sie jederzeit hier konsultieren. Was ist die Basis deiner Recherche?«

Simon antwortete: »Ich möchte mich bald einmal mit ein paar Leuten unterhalten, die diesen Herrn Schnyder näher gekannt haben könnten. Stellen wir eine Liste zusammen?« Er nahm die Todesanzeige zur Hand. »Alexandra Zbinden, Ariane und Tim Stettler, Yvonne Käser. Mit welcher Dame sollte ich beginnen?«

»Man würde sofort auf Frau Käser tippen, denn in deren Wohnung hat er die letzten Monate verbracht.«

»Wieso *würde?*«, fragte Bauer.

»Ich gehe davon aus, dass sie die wenigsten Antworten liefert. Sie wird irgendeine engere Beziehung zum Verstorbenen gehabt haben, und da erklärt man nicht dem ersten herbeigelaufenen Journalisten, was einen zu seinen Handlungen veranlasst hat.«

»Leuchtet ein«, brummte der Reporter. »Haben wir denn inzwischen mehr als die Vornamen der Männer?«

»Nicht wirklich. Du weißt schon, mein Namensgedächtnis. Einzig den Adrian habe ich identifiziert. Der heißt Messerli. Ich glaube, der war nicht allen grün und könnte durchaus auskunftsfreudig sein.«

Bauer nahm sein Smartphone zur Hand und googelte den Namen, wurde aber nicht fündig. »Es wird immer schwieriger, Leute ausfindig zu machen. Viele sind nicht mehr in den Telefonverzeichnissen registriert, vor allem auch weil sie gar kein Festnetztelefon mehr besitzen. Und wenn sie nicht aktiv in den sozialen Netzwerken rumsurfen, hinterlassen sie wenige Spuren.«

»Das haben wir gleich«, versprach Heinrich und rief Kommissar Forrer an, der über weit ausgedehntere Datenbanken verfügte und auch bald fündig wurde.

»Der Mann wohnt in Worb und ist seit den jungen Jahren nie mehr auffällig geworden. Der perfekte Hinterbänkler also.«

»Wie begründen wir das plötzliche Interesse an Martin Schnyder?«, fragte Bauer.

»Da würde ich vorerst mal nicht zu weit suchen«, meinte der Detektiv. »Du hast mit deinem Auftrag die perfekte Erklärung. Du recherchierst über einen Mann, der nach langen Jahren Abwesenheit wieder in Bern aufgetaucht ist und hier einen überraschenden Tod gefunden hat. Es interessiert sicher auch andere Leute, was er in der Zwischenzeit gemacht und wo er sich aufgehalten hat. Die Gerüchteküche ist bestimmt schon am Brodeln.«

»Dann mache ich mich ans Werk, bevor die Suppe verkocht ist«, stellte der Reporter fest, um dann nachzuhaken: »Wie kommt es eigentlich, dass du dich so gut mit Markus Forrer verstehst?«

»Lange Geschichte«, gab Müller zurück. »Ich war ursprünglich beim Verein, allerdings noch vor Forrers Zeiten. Aber der Kontakt ist nie ganz abgebrochen. Es war einige Jahre nach der Bewegung, als ich sozusagen die Seiten gewechselt hatte. Es gibt aus dieser frühen Zeit eine kurze Selberlebensbeschreibung …«

»Eine was?«, fragte Simon.

»Eine autobiografische Notiz. Ihr jungen Leute kennt ja nur noch Fremdwörter. Hör zu: *Heinrich Müller war groß geworden mit Pausenmilch, Perry Rhodan hatte ihn sozialisiert, Dr. Sommer aufgeklärt. Er war mehrfach unglücklich verliebt zu finnischem Tango, den schmerzhaftesten Herzensverlust hingegen begleitete Eric Burdons ›House of the Rising Sun‹. Erste detektivische Ambitionen bewirkte Michelangelo Antonionis ›Blow Up‹, das Gymnasium beendete er mit Jimi Hendrix. Die Ausbildung zum Polizisten war überschattet vom Gegensatz zwischen Ländlern und chinesischer Revolution. Beim Austritt aus dem Polizeidienst unterstützte ihn die Entdeckung von Single Malt Whisky.*«

7

»Du warst also von Anfang an mit dabei?«, fragte Simon Bauer.

Heinrich Müller antwortete: »Ja. In der Punkszene, bei den Studentenanlässen, bei der ersten und den meisten weiteren Demos. Nur bei den frühen Hausbesetzungen war ich nicht anwesend.«

»Erzähl doch mal«, forderte ihn der Reporter auf. »Ich schaue mir die drei Ordner dann später gründlicher durch. Da verliert man den Überblick, wenn man nicht weiß, wonach man sucht.«

Die Sonne hatte sie aus dem Büro auf die Straße gelockt.

Sie saßen auf einer der dunkelgrün gestrichenen Bänke des neu gestalteten Breitenrainplatzes, hinter sich den Klinkerbau der Migros mit den eingelassenen Fenstern, der neu und doch irgendwie altmodisch wirkte. Gegenüber die hässliche Fassade des Coop. Rechts von ihnen die UBS-Filiale, die bald geschlossen werden sollte, das Bestattungsunternehmen, die Elektroinstallateurfirma mit Verkaufsladen, ein Schuhmacher, das Bier-Lokal Barbière, dann eine Apotheke und der Reformkostladen. Rechts hinten der Schwarze Kater, wo die Detektei ihren Stammsitz hatte, dann ein Geschäft für Spielzeug, eines für Geschenkartikel, das Esslokal Ticino, der

Breitsch-Träff, ein Döner- und Pizzaladen, Moda Coiffure – »mit Roberta Lauro, die für meinen Haarschnitt zuständig ist«, fügte Heinrich an –, ein Bancomat und anstelle der aufgehobenen Bankfiliale das argentinische Weinhaus und schließlich das Coiffeur-Haus, irgendetwas zwischen Jugendstil und Art Déco.

»Hier siehst du den Lauf der Zeit«, erklärte Heinrich. »Dort rechts, wo die Bank steht, existierte bis 1980 die Schreinerei Künzi, die damals aufgegeben wurde. Eine Gruppe von Leuten hielt das Haus besetzt und nutzte es als Quartiertreffpunkt. Bald wurde es abgerissen, und man verlagerte sich in eine ehemalige Druckerei hinter uns an der Moserstrasse und letztlich in das Gebäude, das heute als Coiffeurhaus seine Aufgabe erfüllt. Zwei Jahre lang war der Breitsch-Träff dort als Provisorium eingerichtet. Nach dem Ende der Jugendbewegung entstanden erst 1985 wieder neue Räumlichkeiten. Seither befindet sich der Quartiertreffpunkt dort, wo er heute noch ist.«

»Also auch ein Opfer und eine Folge der Revolte«, stellte Simon fest.

»Irgendwie schon. Aber alles begann mit der Auflehnung gegen die Wohnungsnot, die zu immer neuen Hausbesetzungen führte, zuerst in Bümpliz, was etwas an mir vorbeiging. Daneben herrschte eine gewisse Unruhe in der Studentenschaft, die am 19. Juni 1980 ein Uni-Streikfest durchführte. Aber der Zündfunke kam aus Zürich. Dort sollte über einen Kredit von sechzig Millionen Franken für den Umbau des Opernhauses abgestimmt werden, was junge Leute und Kulturschaffende in Rage versetzte, denn für die Jugendkultur gab es gerade mal ein Taschengeld. So versammelten sich am Freitag, dem 30. Mai 1980, ein paar Hundert Jugendliche vor dem Opernhaus, wo die Polizei mit einem größeren Aufgebot bereitstand. Das fasste man als Provokation auf, und es begann ein – seit den 68er-Unruhen mit den Globus-Krawallen – nicht wieder gesehener Aufruhr, der in einem Wochenende der Zerstörung endete. Heftige Auseinandersetzungen mit der Polizei erfolgten, unzählige Schaufensterscheiben gingen zu Bruch, es wurden Brände gelegt, es kam zu massiven Plünderungen, viele Menschen wurden verletzt, ein Polizist starb gar an einem Herzinfarkt. Man spürte sofort: Dieser Krawall hatte eine neue Qualität erreicht, die man bisher so nicht kannte.«

Bauer sagte: »Muss ganz schön aufregend gewesen sein.«

»Ja und nein. Einerseits freute man sich über die Revolte, andererseits war man von den unerwarteten Ereignissen überrascht und aufgewühlt. Jedenfalls wurde in Bern auf den Freitag, den 20. Juni, zu einem Fest im ehemaligen Tramdepot Bärengraben eingeladen, das besetzt werden sollte. Allerdings lagerten darin Requisiten des Stadttheaters, und die Polizei verhinderte ein Eindringen in das Gebäude, worauf es zu einem Umzug durch die Altstadt und zu den ersten Scharmützeln mit der Staatsgewalt kam. Das Ganze wiederholte sich anderntags, als man sich vor dem Gaskessel versammelte und zum ersten Mal ein autonomes Jugendzentrum forderte. In Zürich standen bei einer Großdemo schon sechstausend Leute der Polizei gegenüber. Dort wurde Ende Juni auch bereits ein Gebäude an der Limmatstrasse als AJZ eröffnet.«

»In Bern wird es gemütlicher zugegangen sein«, meinte Simon.

»Schon, aber irgendwie auch nachhaltiger. Nun kam es im Wochentakt zu kleineren und größeren Demonstrationen, zu leichteren oder schwereren Kämpfen mit der Polizei, zu deren Unterstützung sich auch rechtsgerichtete Schlägertrupps einfanden. Das ›Fest der Unzufriedenen‹ am Samstag, dem 5. Juli 1980, endete am Abend in einem Fest in der Reithalle, zum ersten Mal an diesem inzwischen legendären Ort. Die fünfzig Leute, die es in die Halle schafften, wurden von den Faschos attackiert. Von Fest war nicht viel zu spüren. Ich hatte mir beim Klettern über Holzstapel und Baumaterialien meine kostbaren Jeans zerrissen. Hat mich maßlos geärgert.«

Der Reporter forderte auf: »Wie ging es weiter?«

»Ab Ende Juli wird bei immer neuen Demonstrationen die Reithalle als Autonomes Zentrum gefordert. Inzwischen erhielt man auch Unterstützung von Politikern der Links- und Mitte-Parteien. Rechtsaußen trat man wie immer auf die Bremse. Im November wurde kurzfristig die Villa Stucki besetzt und von der Polizei geräumt. Wieder einmal eine Flucht über Zäune und durch Nachbargärten, um nicht verhaftet zu werden. Im Dezember erschien mit dem ›Drahtzieher‹ die erste Nummer der ›Zeitung aus der Bewegung der Unzufriedenen‹. Und in der Verschnaufpause der kälteren Jahreszeit mischte sich jeder ein und verkündete seine inzwischen gewonnenen Erkenntnisse in Inseraten, Stellungnahmen und Zeitungsartikeln. Plötzlich hatte jeder eine Meinung, auch wenn die meisten keine Ahnung hatten.«

Aus dem unterdessen grauen Himmel löste sich ein Sonnenstrahl und beleuchtete das Tramhäuschen mit Kiosk, das inmitten des Breitenrainplatzes stand.

Dann fuhr Müller fort: »Anfang Februar 1981 bewilligte der Stadtrat das AJZ Reithalle und einen bescheidenen Renovationskredit und hoffte damit auf eine Beruhigung der Lage. Die Bewegung mochte allerdings nicht monatelang auf die Eröffnung warten und besetzte eine leer stehende Villa an der Taubenstrasse 12 und nannte es Provisorisches Autonomes Jugendzentrum, PAJZ. Diese Besetzung ging nicht ohne Nebengeräusche vor sich, wurde aber geduldet bis Ende September, weil die Reithalle im Oktober geöffnet werden sollte. Es kam trotzdem zu weiteren, auch gewalttätigen Demonstrationen, vor allem auch, als im Frühjahr die strafrechtliche Aufarbeitung der Unruhen von 1980 begann. Man forderte die Aufhebung aller Verurteilungen und die Einstellung aller Strafverfahren. Noch im August 1981 entblödete sich ein Zürcher FDP-Kantonsrat nicht, zu behaupten, dass der Hauptteil der Krawallanten nicht Jugendliche sind, sondern Verbrecher, die aus dem Ausland gesteuert werden.«

Simon schüttelte den Kopf und sagte: »Nicht die hellste Laterne unter dem Abendhimmel.«

»Wahrlich nicht«, seufzte Heinrich. »Immerhin wurde am 16. Oktober 1981 die Reithalle als autonomes Jugendzentrum eingeweiht. Das lief anfangs gut, aber voraussehbar häuften sich nach und nach die Probleme, weil sich dort, wie vorher schon im PAJZ, nicht nur die politisch engagierten Jugendlichen trafen, sondern sich dort auch bald die Drogenszene festsetzte. Diese nutzte den nicht von der Polizei kontrollierten Raum für ihre eigenen Profite und hatte kein Gehör für autonomes Denken und Handeln oder für die Wohnungsnot. So wurden die Probleme der Stadt auf die Reithalle verlagert, was wiederum für die Betreibergruppe zunehmend schwierig wurde, dies zu kontrollieren. Es gab wohl schon länger Pläne zur Räumung des AJZ, genau so, wie man es in Zürich und Basel bereits getan hatte, denn einen rechtsfreien Raum wollten die Behörden nicht dulden. Und als dann jemand im Tierpark Dählhölzli einen Kranich geklaut und auf dem Vorplatz des AJZ gebraten und verzehrt hatte, kochte die Volksseele über. Tags darauf, am 14. April 1982, wurde auch in Bern das AJZ geräumt.«

»Krass«, bemerkte Bauer. »Aber die Reithalle wird ja heute noch als Autonomes Zentrum genutzt. Wie ist es dazu gekommen?«

»Die Entwicklung blieb nicht stehen. Die zweite Eröffnung setzte erst ein paar Jahre später ein, und die genauen Umstände zu erläutern, dürfte zu weit führen. Im Gegensatz zu den ersten Bewegungsjahren ist diese Zeit auch online weit besser dokumentiert. Nach einem zweiten Höhepunkt der Bewegung in den Jahren 1987/88 wird die Reithalle ab Oktober 1987 wieder genutzt. Und sie funktioniert bis heute als selbstverwaltetes Kulturzentrum, in dem sich unter der Interessengemeinschaft Kulturraum Reitschule mehr als zwei Dutzend Gruppen erfolgreich betätigen. Wann genau man in der Bezeichnung von Reithalle zu Reitschule wechselte, ist mir nicht klar. In dieser zweiten Phase war ich sowieso nur noch am Rande beteiligt, lief bei den großen Solidaritätsdemos mit, war nur noch selten im Gebäude anzutreffen. Ich ging mit deutlich über dreißig Jahren auch nicht mehr wirklich als Jugendlicher durch und hatte andere Interessen und Aufgaben, die mich auf Trab hielten. Es war eine intensive und aufregende Zeit, die ich zum Glück heil hinter mich gebracht habe.«

»Wieso sagst du das?«

»Es ist leider so, dass nicht alle diese tollen Jahre unbeschadet überstanden haben. Einige waren so desillusioniert, dass sie in die Drogensucht abstürzten, andere sind früh gestorben. Viele gaben sich der Illusion hin, dass man nur ein paar Dinge ändern müsste, damit alles besser würde. Es wird nicht besser, nur anders. Vielleicht gibt es andere Gewinner und andere Verlierer, am Ende ist es halt auch ein Projekt, das darauf beruht, dass man die eigenen Interessen durchsetzt. Und die sind nicht zwingend gerechter als diejenigen anderer Menschen. Und ja, wenn du eine gewisse Desillusionierung mitschwingen hörst, dann hast du richtig gehört.«

*

Taubenstrasse

Aus einer gewissen Paranoia heraus gibt es aus den Jahren der Bewegung kaum Fotos oder Aufzeichnungen. Einen einzigen Film habe ich belichtet, ein paar gesprayte Botschaften, vom banalen »Das Volk an die Macht« über das Anarchisten-A beim Weltpostdenkmal, eine nichtssagende Autoreklame »Honda Civic 1.3: Kommt immer an«, darunter mit einem Pfeil nach oben »CANNABIS«. Daneben »BÄRN BRÄNNT«, geklaut vom Züri-Slogan, bis zum immerhin witzigen Aufschrei »mini Närve!«.

Und zwei Fotos vom Provisorischen Autonomen Jugendzentrum PAJZ an der Taubenstrasse 12, die etwas heruntergekommene Eck-Villa, die abgerissen werden sollte, sinnigerweise in unmittelbarer Nachbarschaft zum modernen Stahl- und Glasbau der Bundespolizei, die zwar für Berner Angelegenheiten nicht zuständig ist, aber beide Ohren öffnet, wenn von Sprengstoff und Terrorismus die Rede ist, und die wegen der teilweise noch flüchtigen Mitglieder der Roten Armee Fraktion RAF immer noch nervös war.

Die Schwarz-Weiß-Fotos haben einen Graustich, und genauso verschwommen habe ich das Haus in Erinnerung. Anfang 1981 wurde es besetzt, eine klassizistische Villa mit Parterre und zwei Stockwerken sowie einem Garten rundherum, der sich hinten hinaus etwas geräumiger präsentierte. Vom Balkon im ersten Stock hing eine längliche Fahne mit weißem Schweizerkreuz und einem Ⓐ in dessen Mitte.

Man ging ein und aus, setzte sich zum Essen und Trinken, zum Feiern, Diskutieren und Planen hin. Es war jedes Mal ein diffuses Gefühl, sich in einem besetzten Haus aufzuhalten, einerseits eine gewisse Freiheit, sich zu nehmen, was andere zerstören wollten, andererseits die Vorsicht vor der Polizei, die jederzeit für eine Räumung eintreffen konnte. Verhaftet zu werden war das Letzte, was ich mir wünschte. Denn es gab auch in Bern Leute, die sich dank familiärer Beziehungen mehr leisten konnten als andere oder die zumindest keine negativen Folgen für ihre Zukunft zu gewärtigen hatten. Aber bei mir: Vorsicht ist die Mutter der Porzellankiste.

Dennoch führte ich voller Stolz die amerikanische

Art-Punk-Band Pere Ubu durch die sanierungsbedürftige Liegenschaft. Ihre Begeisterung hielt sich allerdings in Grenzen und warf ein Schlaglicht darauf, welche Strahlkraft eine besetzte Hütte über unseren Zirkel hinaus hatte – oder eben nicht. Pere Ubu hatte ich für ein Konzert organisiert, das am 1. März 1981 im Tscharnergut in Bümpliz stattfand, mit der Zürcher Frauenpunkband Liliput als Vorgruppe. Aber das ist eine andere Geschichte. Obwohl sie ein überraschendes Ende fand, indem Pere Ubu Jahre später, am 16. April 1998, einen Auftritt im inzwischen etablierten AJZ Reithalle hatte.

In der Nacht vom 21. auf den 22. März 1981 dann die große Aufregung. Zu spätnächtlicher Stunde ertönten Schüsse von der Gartenseite her. »Weg von den Fenstern«, schrie einer. »Licht aus!« Dann war es ruhig. Wie man es kennt: Wenn der Lärm überlaut ist, dann lähmt die Stille danach umso gewaltiger. Ein Nachbar hatte sich nicht mehr unter Kontrolle und hatte zur Waffe gegriffen. Glück hatte der junge Mann, den eine Kugel am Oberarm gestreift hatte. Irgendwann war es gelungen, die Polizei zu informieren. Das alles geschah Jahrzehnte vor der Erfindung mobiler Telefone, und einen Anschluss im Haus gab es auch nicht mehr. So kam es zur absurden Situation, dass die Polizei das besetzte Haus nicht stürmte, sondern die Besetzer vor dem Amok laufenden Nachbarn schützte. Irgendwie passt das alles zum Grauschleier der Fotos.

Das Haus übrigens steht heute noch, ist renoviert und dient als Pfarramt der Dreifaltigkeitskirche. Eine erstaunliche Karriere.

8

Heinrich Müller blickte auf den Garten hinaus, der im Frühjahrslicht voller Krokusse und Primeln stand. Tisch und Stühle waren noch mit einer Plane abgedeckt, unter welcher der schwarze Nachbarskater Chili mit seinem weißen Lätzchen hockte. Er lauschte den Vögeln, die sich im Flieder um die Baumnussstückchen stritten, die ihnen der Detektiv regelmäßig in das Futterhäuschen legte. Lucy stakste eben daran vorbei und beobachtete die ganze Szene.

Der Detektiv überlegte, wie er Simon Bauer bei seiner Recherche behilflich sein könnte. Und er beschloss, die Katzen allein zu lassen und sich am Ort des Geschehens etwas umzusehen. Er ging zu Fuß, folgte den bekannten Spuren durch das Breitenrainquartier bis zur Schönburgkreuzung, wo ihn die Rotlichtanlage kurz stoppte, bevor er dem Aargauerstalden nach unten folgte und den Blick über die Berner Altstadt genoss. Das Licht war diesiger geworden, der Sonnenschein verflacht. Man hatte Föhnwetter und Saharastaub angekündigt, und so wurde der Himmel, je weiter er gen Süden blickte, umso düsterer.

Über eine lange Treppe erreichte Heinrich Müller den Klösterlistutz und bald die Untertorbrücke, die älteste über dem Aarebogen. Der eng gewundene Nydeggstalden führte ihn steil hoch und direkt in die Altstadt, wo er die Junkerngasse von unten nach oben aufrollte. In derselben Richtung wurden die Hausnummern gezählt, beginnend auf der Seite der Nydeggkirche, von wo aus die Stadt aufwärts in Richtung Zytglogge gebaut worden war.

Markus Forrer hatte ihn darüber informiert, in welchem Haus man die Leiche gefunden hatte, ihn aber gleichzeitig darum gebeten, die Adresse für sich zu behalten, damit es nicht zu einer Art Katastrophentourismus käme. Daran hielt sich der Detektiv selbstverständlich. Er wusste allerdings, dass er auf der nicht ganz so vornehmen Seite zu suchen hatte, denn die Südseite gehörte dem Stadtpalais der Mehrbesseren. Dort waren viele Wohnungen aufwendig renoviert und ausnehmend teuer, wenn sie überhaupt als Mietobjekt zur Verfügung standen. Auf seiner Seite lagen hingegen noch einzelne nicht erneuerte Gebäude, die erschwinglich geblieben waren. Er befand sich zwar auf der Sonnseite, was aber nur im Sommer zum Tragen kam, denn die Gasse war so eng, dass die Sonne schlechte Karten hatte. Für die Dachterrasse spielte das allerdings keine Rolle, denn die bekam ihr Licht unabhängig von der Fassade.

Heinrich hatte zu Hause noch eine Karte aus dem Internet angeschaut, die eine Vogelperspektive zeigte. Interessanterweise besaß die vorderste Häuserreihe kaum Dachgärten, denn ihnen vorgelagert waren am Aarehang ausgiebige Grünparzellen, was offenbar den Drang nach oben etwas milderte. In der zweiten Reihe zwischen Junkern- und Gerechtigkeitsgasse hingegen wies fast jedes Gebäude eine Terrasse im Innenhof auf.

Hier waren die Zeilen weiter auseinander gebaut, und es gab je einen Hauseingang von der Junkern- wie auch von der Gerechtigkeitsgasse her. Jetzt verstand der Detektiv auch, warum es nicht leicht war, den Eingang zu einem Dachgarten zu finden, der vom Münster aus zwar zu erkennen, aber nicht genau zuzuordnen war. Denn man fand nicht nur hier eine Vielzahl von Eingängen in schmale Gebäude, sondern der Zugang konnte genauso gut von der Hauptachse her erfolgen.

Müller stieg also von der linken Seite her hoch, die vollständig durch Laubengänge abgedeckt war, während die Eingänge gegenüber direkt auf die Straße hinausführten, die allerdings verkehrsbereinigt und gepflästert war. Er war nun auf Höhe Erlacherhof angelangt, ein prächtiger Stadtpalais aus dem achtzehnten Jahrhundert, dem hinter einer Gitterfront ein Ehrenhof vorgelagert war, nach der Familie von Erlach benannt, und der heute Sitz des Stadtpräsidenten war.

Der Detektiv heuchelte historisches Interesse vor und beobachtete gleichzeitig die gegenüberliegenden Hauseingänge. Nichts rührte sich, es waren nur entfernte Schritte zu hören, in den wenigen Geschäften und Ateliers im Parterre der Häuserzeile beachtete ihn niemand. Heinrich trat auf die angegebene Adresse zu und bemerkte, dass die massive Holztür nicht abgeschlossen war, wie er es erwartet hätte. Er stieß sie auf und verschwand in einem altmodischen Flur mit gelblichem Anstrich, früher wohl Elfenbein, wo sich die Briefkästen befanden, was ihm die Erklärung für den nicht verschlossenen Eingang lieferte. Dahinter befand sich eine weitere Tür mit Sichtglasfenster, ebenfalls offen.

Die Menschen waren entweder nachlässig oder besonders vertrauensselig.

Er begab sich nun in die Pose eines Besuchers und legte sich eine Ausrede zurecht, falls er jemandem begegnete, der ihn fragen sollte, was er hier zu suchen habe. Dann stieg er die steinerne Wendeltreppe hoch, um die sich auf drei Stockwerken je eine Wohnung gruppierte, Wohnzimmer gegen die helle Seite, also auf die Straße hinaus, daran anschließend die Küche, deren Gerüche in den Lichtschacht waberten, auf der anderen Seite wohl Schlafzimmer und ein neuzeitlich eingebautes Bad.

Heinrich Müller kam unangefochten in das oberste Stockwerk, wo die Grundfläche zwar gleich blieb, aber die Wohnung zwei Stockwerke umfasste, wobei das oben gelegene schon in die Dachschräge hineinragte, sich der Raum also verengte, und wo man nicht mehr im ganzen Zimmer aufrecht stehen konnte. Die Treppe hingegen führte weiter zu einer letzten Tür, die ebenfalls nicht verschlossen war und hinter der Müller eine schmale Eisentreppe zur Dachterrasse hinaufkletterte. Niemand folgte ihm. Nun stand er auf der schmalen Plattform, den Blick direkt zum Himmel, denn sie lag eingebettet zwischen den Dachgiebeln und bot keine Sicht auf die Berge. Sie nahm nur die halbe Hausbreite ein und wurde durch eine Mauer von der nächsten Terrasse abgeschottet, die wohl zum gegenüberliegenden Haus gehörte. Von der Seite her hätte also niemand Leute bemerkt, die sich hier aufhielten. Deshalb grenzte es an ein kleines Wunder, dass ausgerechnet an diesem Tag eine Frau mit einem Feldstecher auf den Münsterturm gekraxelt war, um die Innenhöfe genauer zu betrachten. Sonst wäre Martin Schnyder womöglich erst am Abend vermisst worden. Sofern nicht etwa eine wütende Ansammlung von Saatkrähen einen Hinweis darauf geliefert hätte, dass etwas nicht stimmte.

Seit dem Fund des Mannes waren mehr als vier Monate vergangen, er hoffte also nicht, etwas zu finden, was zur Aufklärung beitragen konnte. Aber er machte sich gern ein Bild der Verhältnisse, und diese lagen so, dass jedermann ungehindert das Haus betreten und bis zum Dach steigen konnte. Das erweiterte einen allfälligen Verdächtigenkreis, immer davon ausgehend, dass es auch andere Möglichkeiten als einen Suizid gab. Die Terrasse selbst war leer geräumt. Offenbar war es noch zu kalt oder man hatte keine Lust, die Abende in Erinnerung an den Verstorbenen zu verbringen. Das Metallgestell als Trockenvorrichtung für Wäsche war etwas mehr als mannsgroß. Es wirkte zwar stabil, doch man erkannte sofort, dass es zumindest für eine Einzelperson unmöglich war, einen schweren Mann hier hinaufzustemmen. Auch wenn er bereits oben war, würde man viel Kraft benötigen, ihn mit einem Seil um den Hals hochzuziehen, bis er in der Position war, in der er gefunden wurde.

Wenn Martin Schnyder nicht bereits betäubt war, hätte er sich eine solche Behandlung wohl nicht gefallen lassen. Außerdem hing er durch, er hätte sich also ganz einfach selbst aufrichten können, um seinem Schicksal zu entgehen.

Heinrich Müller kam zum Schluss, dass die Suizid-Theorie durchaus überzeugend war. Die Alternativen dazu waren spärlich, und als Ermittler hätte er sich wohl auch mit einer Selbsttötung zufriedengegeben. Nun florierten Gerüchte, denen die Kantonspolizei nicht nachgehen wollte, die jedoch die einzige Quelle für die Recherchen von Simon Bauer waren. Worauf das hinauslaufen sollte, blieb unklar.

Der Detektiv zog sich zurück, wischte alles ab, was er berührt hatte, und stieg, ein unverdächtiges Liedchen pfeifend, ungehindert die düstere Treppe wieder hinunter. Zurück auf dem Kopfsteinpflaster bewunderte er den Junkerngassbrunnen, der mitten in der Straße stand und auf dessen steinernem Sockel ein Löwe thronte, der in der Linken eine Lanze trug und in der Rechten ein Wappen der Familie von Bubenberg, ein sechszackiger Stern auf waagrechten Linien, der leider ohne Farbe auskommen musste.

Niemand kümmerte sich um den Detektiv.

9

Heinrich Müller hatte ein paar seiner Kumpel von damals angerufen, von denen er manchmal Jahre, wenn nicht Jahrzehnte nichts mehr gehört hatte. Nicht alle erinnerten sich gern an die frühen Achtzigerjahre. Einige stritten entschieden ab, überhaupt dabei gewesen zu sein, gaben höchstens zu, mal an einer Unterstützerdemo teilgenommen zu haben, aber bestimmt nicht an illegalen Aktivitäten. Müller hätte besser zuerst gegoogelt, in welchen Berufen und Positionen die angerufenen Leute tätig waren und ob sie aus Verlustängsten jene ferne Zeit verdrängt hatten.

Bei andern sprudelten die Erinnerungen derart euphorisch, als ob es gestern gewesen sei. Auch das nicht zwingend glaubwürdig. Denn Heinrich kannte die Tücken der Erinnerung, die einem alles in Rosa-Morgendämmerungslicht vorgaukelte und die dunkleren Wolken verschwinden ließ.

So brachte der Detektiv zwar ein Sammelsurium von Geschichten zusammen, die er so oder so ähnlich ebenfalls erzählt hätte, aber leider nur vage Hinweise auf die Unterzeichnerinnen der Todesanzeige. Und gerade diese hatten dem einen oder anderen damals ausnehmend gefallen, jedoch hatte keiner eine Chance gehabt. So fielen die Urteile parteiisch aus.

Einer der Erzählfreudigeren war Adrian Messerli. Auch sein Nachname war erst kürzlich in Heinrichs Gedächtnis aufgepoppt. Müller hatte sich in seinen anthrazitfarbenen Opel Astra gesetzt und Simon Bauer abgeholt, der an der Laubeggstrasse, eingangs Bantigerstrasse auf ihn wartete. Sie fuhren gleich weiter Richtung Ostring, wo sie in den Autobahntunnel einbogen und bereits bei der nächsten Ausfahrt nach Rüfenacht wieder auf die Hauptstraße nach Worb gelangten. Über Langenloh nahmen sie den Weg durch das Dorf und ignorierten den Luxus-Umfahrungstunnel, denn sie wollten an der Migros vorbei zur Siedlung, die in den Südhang hineingebaut worden war.

»Jetzt wird's kompliziert«, sagte Müller, der nach wie vor kein Navigationsgerät im Auto besaß. »Die Quartierwege sind nach Bergen benannt, Stockhorn, Eiger, Jungfrau, Nünenen, Gantrisch, Niesen, Chutzen. Wir suchen die Bürglenstrasse.«

»Auch ein Berg?«, fragte Bauer, der sich in der Berner Geografie nicht so gut auskannte.

»Ja, liegt zwischen Gantrisch und Ochsen im Alpenvorland. Habe ich in jüngeren Jahren mehrfach bestiegen. Tolle Aussicht.«

Er kurvte durch die engen Sträßchen hoch und fand die Einfahrt zu einer Garage. Dort parkte er den Wagen. Sie stiegen aus und fanden sich vor einem villenähnlichen Gebäude mit zwei Stockwerken und Viertelwalmdach, das von einem gepflegten Garten umgeben war. Es sah aus, wie im ersten Jahrzehnt des neuen Jahrtausends gebaut. Die Entsorgungskübel standen ordnungsgemäß einer neben dem anderen. Das Sonnenlicht blendete.

»Tolle Wohnlage«, befand Simon. »Genau das Richtige für einen Alt-Revoluzzer, der stets gegen den Kapitalismus gekämpft hat.«

Müller hatte sie angemeldet. So ertönte denn auch sogleich der Summer, als sie an der Gartentür läuteten. Messerli war schnell bereit gewesen, mit ihnen zu reden, ja, er freute sich sogar, dass er als Auskunftsperson wahrgenommen wurde – so sehr, dass er sich nicht einmal fragte, woher Heinrich seine Handynummer hatte.

Sie stiegen die Treppe hoch und fanden sich auf einer Terrasse wieder, wo sie ein Mann im Rollstuhl erwartete. Sein Kopf war beinahe kahl, die Lippen ein schmaler, blutleerer Strich, und über die Augen hielt er die linke Hand als Schutz gegen die Sonnenstrahlen.

»Hallo, Heinrich«, sagte er und streckte ihm die Rechte entgegen. »Erkennst du mich noch? Oder soll ich Henry sagen?«

»Alles klar«, antwortete Müller, »du musst mich nicht siezen.«

Der Scherz kam an, und der Detektiv stellte den Reporter mit den Worten vor: »Es gibt tatsächlich noch junge Leute, die sich für unsere Zeit interessieren.«

»Das sollte man ausnützen«, meinte der Angesprochene.

Aus der offenen Verandatür hörte man psychedelische Klänge, schräg gestimmte Gitarren. Heinrich erkannte die Beatles, die »Across the Universe« zum Besten gaben und sangen: »Nothing's gonna change the world ...«

»Außer Haus bin ich auf den Rollstuhl angewiesen«, erklärte Messerli und bat sie ins Wohnzimmer, wo er sie an einen Tisch dirigierte. An der Wand hing schön gerahmt das von Andy Warhol gefertigte Porträt des Vorsitzenden Mao Zedong, eine Druckgrafik, von der es mehr Fälschungen als Originale gab. Er erhob sich aus dem Gefährt und stützte sich auf ein Paar Krücken, auf denen er durch das Zimmer humpelte. »Die Schmerzen sind zu stark geworden.«

Er erläuterte die Zusammenhänge nicht näher, keiner fragte nach. Dann wies er auf eine Fotografie an der Wand, die einen feschen, jungen Mann zeigte, in dem man nur schwer den inzwischen Sechsundsechzigjährigen erkannte.

»Ich habe einen Platz in einer Rentner-Wohngemeinschaft gefunden und ziehe hoffentlich zum letzten Mal um«, sagte er.

Müller fragte: »Du willst dieses Traumhaus verlassen?«

»Von Wollen kann keine Rede sein«, antwortete Adrian. »Hier im Haus könnte ich mich noch gut bewegen, aber versuch mal, irgendetwas einzukaufen. Der Migros-Supermarkt ist zwar nicht weit entfernt, aber es gibt keinerlei öffentlichen Transport, und das Autofahren habe ich vor Jahren schon aufgegeben. Ich muss also ein Taxi bestellen oder die Ware liefern lassen. Von Ausgang oder sozialen Kontakten kann ich sowieso nur noch träumen.«

»Und wohin ziehst du?«

»Das ist noch geheim. Die Siedlung ist in Planung und soll nächstes Jahr gebaut werden.«

Simon Bauer sagte: »Wieso wir hier sind: Können Sie uns erzählen, wie Sie die Achtzigerbewegung erlebt haben?«

»Ich heiße Adrian, und ich bestehe darauf, auch von Jüngeren geduzt zu werden«, entgegnete Messerli. »Wie war die Frage?«

»Wie siehst du die damalige Zeit von heute aus?«

»Wie das Paradies«, brach es aus ihm heraus, und er lachte so laut, dass es bald in ein Husten überging. Als er sich wieder gefasst hatte, sagte er: »Ich hatte damals wenig Geld, alles andere war im Überfluss vorhanden. Natürlich nicht so, wie man sich das heute wünscht. Ein allfälliger Geldmangel wurde durch die Intensität des Lebens ausgeglichen.«

»Wie muss ich mir das vorstellen?«, hakte Bauer nach.

»Wenn ich in meine Fantasie abdrifte, mache ich all das, wozu ich nicht mehr in der Lage bin. Auch Sex.« Nach einer kurzen Pause fügte er hinzu: »Vor allem Sex. Mit jungen Frauen. Nicht dass du mich falsch verstehst: In der realen Gegenwart interessieren mich junge Frauen wenig, und für Sex bin ich nicht mehr zu haben. Im Kopf fantasiere ich mich zurück in meine besten Jahre, und die lagen halt zwischen zwanzig und dreißig. Deshalb haben auch alle Fantasiegespielinnen dieses Alter. Ich stelle mir jeweils ein Abenteuer vor, das ich erlebt habe, und baue es aus oder führe es zu Ende. Das ist mein Realo-TV. Viel anderes bleibt mir ja nicht.«

»Ein anderes Thema«, leitete Heinrich über, denn er ahnte, dass die Erzählungen ausufern würden. »Erinnerst du dich an Martin Schnyder?«

Adrian Messerli zuckte zusammen, bevor er antwortete: »Zum Glück gibt es alte Bekannte aus jener Zeit, die mir ein Darlehen gegeben haben, damit ich mich in das Alterswohnungs-Projekt einkaufen kann. Nicht wie jener gewissenlose Schlufi, den du eben erwähnt hast.«

»Wie soll ich das verstehen?«, fragte der Detektiv.

»Du willst die Geschichte dahinter wissen? Wir waren jung und unbedarft. Ich habe auf dem Bau im Akkord gejobbt und gut verdient. Bis dann später die ersten körperlichen Beschwerden kamen. Ich habe alles Geld gleich wieder verjubelt: Autos, Ferien, Frauen, Alkohol. Denn ich wusste, ich habe einen Notgroschen im Hintergrund. Ich hatte überraschend Geld geerbt. Und als Linker dachte ich damals, dass man kein Vermögen besitzen dürfe. Weggeben wollte ich es auch nicht. Das war 1982. Dann hat mir ein Kumpel eine Visitenkarte zugesteckt. Den Namen kannte ich. Du hast ihn eben erwähnt. Eine Adresse in der Karibik. Dennoch habe ich ihm vertraut und das ganze Geld auf ein geheimes Konto transferiert. Niemand wusste davon. Und als ich es gebraucht hätte, war das Konto leer. Finanzkrise 2009 war die Begründung. Wertlose Immobilienfonds in den USA. Totalverlust.« Er seufzte vernehmlich. »Was willst du machen? Erst das Geld steuerbefreit ins Ausland transferieren und dann bei der Polizei anklopfen? Warum fragst du?«

Bauer sagte: »Schnyder ist in der Zeitung aufgetaucht.«

»Dann ist er also wieder hier?«

»Das wusstest du nicht?«, fragte Müller.

»Nein. Also … ich habe etwas läuten hören. Und ich wäre bestimmt darauf zurückgekommen. Ohne Anwalt …«

»Er braucht jetzt keinen Anwalt mehr«, erklärte Bauer. »Sein Auftritt in der Zeitung bestand aus einer Todesanzeige.«

Messerli schüttelte den Kopf, als ob er neuerdings über seinen finanziellen Verlust hinwegkommen müsste. »Ich habe gehört, er habe sich davongeschlichen.«

Simon erwiderte: »Wir versuchen herauszufinden, ob jemand nachgeholfen hat.«

»Jemand wie ich? Schau dir meinen Zustand an.«

»Ein Motiv hättest du«, meinte Müller. »Man kann auch jemanden beauftragen.«

»Ohne Geld?«

Heinrich fragte weiter: »Hast du auch gehört, dass er bei Yvonne Käser untergekommen ist?«

»Nein, davon weiß ich nichts. Es erstaunt mich auch nicht. Die beiden waren damals für kurze Zeit zusammen.«

»Daran erinnerst du dich genau?«, fragte der Detektiv.

»Ja. Yvonne kommt oft in meinen Fantasien vor. Ich wäre gern an ihrer Seite auf Demos gegangen. Andererseits hat Schnyder noch mit ein paar anderen rumgemacht.«

»Alexandra Zbinden und Ariane Stettler zum Beispiel?«, schob Müller nach.

»Mit den beiden auch«, sagte Adrian mit brüchiger Stimme, und man ahnte, dass auch die zwei in seinen Fantasien eine Rolle spielten.

Plötzlich kippte die Stimmung, und Messerli sagte scharf. »Ich bitte euch, jetzt zu gehen. Ich wollte mich an eine gute Zeit erinnern und nicht in Verdacht geraten, ein Verbrechen begangen zu haben.«

Müller entschuldigte sich, aber er und Bauer traten den Rückzug an.

Als sie wieder im Auto saßen, zückte Bauer sein Smartphone und rief Frau Käser an. Er begrüßte sie, erklärte sein Begehren, nickte mit dem Kopf, quittierte ab und zu mit Ja oder Nein und blickte dann ratlos auf sein Gerät.

»Einfach aufgehängt«, sagte er erstaunt. »Die Dame will uns nicht sehen. Sie hätte mit dem Ereignis abgeschlossen, alles sei ermittelt, sie wolle nichts mehr davon hören.«

»Früher oder später wird sie es tun müssen«, stellte Heinrich mit ungewöhnlicher Bestimmtheit fest.

Bauer hakte nach: »Hast du jemals etwas über solche Finanzgeschäfte gehört? Gibt es da tatsächlich einen Zusammenhang mit Martin Schnyder?«

»Wir werden ein paar Leute dazu befragen müssen.«

10

»Für den Moment genug generationenübergreifende Recherche«, erklärte Heinrich Müller, als er mit Simon Bauer wieder im Breitenrain angekommen war. »Den nächsten Kandidaten muss ich allein treffen. Der redet nicht viel, wenn Fremde dabei sind.«

»Schade«, erwiderte Bauer, »aber ich sollte sowieso noch einkaufen.«

»Falls du beim Shopping zufälligerweise an der Reithalle vorbeikommst ...«

»Die liegt nicht zwingend am Weg.«

»... schaust du dich auf dem Vorplatz um, ob du den Echsenmann siehst. Dann kannst du ihn nach seinen Erinnerungen fragen.«

»Wie erkenne ich den Mann?«

»Glaub mir, du wirst ihn erkennen.«

So trennten sich ihre Wege, und der Detektiv war froh, wieder allein unterwegs zu sein. Er hatte ein Treffen mit André Pulfer abgemacht. Auch an seinen Nachnamen hatte sich Müller inzwischen wieder erinnert. Allerdings wollte André ihn nicht bei sich zu Hause empfangen. So hatten sie sich im Restaurant Altes Tramdepot verabredet, »der vergangenen Zeiten wegen«, hatte Pulfer betont.

Das Restaurant nannte sich zwar nach dem früheren Verwendungszweck des Gebäudes, war aber erst

1998 gegründet worden und verfügte nun auch über eine eigene Brauerei, eine Eiswerkstatt und mit dem ehemaligen Zollhaus über ein One-Suite-Hotel. Im hellen Gastsaal setzte sich Heinrich unter die Bahnhofsuhr und erwartete seinen Gesprächspartner, der auch pünktlich erschien und ihn überschwänglich begrüßte.

André Pulfer war damals einer der Jüngeren gewesen. Müller erinnerte sich an seinen störrischen schwarzen Haarschopf, von dem hautsächlich das Störrische übrig geblieben war. Ansonsten war er leicht ergraut, und seine Haarpracht hatte sich gelichtet. Das Melancholische, das er früher schon in seinen Augen mit sich trug, hatte sich dank der Falten noch vertieft und wurde akzentuiert durch eine tiefe Nase-Mund-Rille, die die Lippen nach unten zog und einen schwermütigen Gesichtsausdruck hinterließ. Außerdem trug er einen grauen Strickpullover mit Halskrause, was keinen besonders dynamischen Eindruck erzeugte. Der Mann wirkte äußerlich beherrscht, aber seine innere Unruhe war zu spüren.

»Ich bin ausgebildeter Herumtreiber«, sagte er nach den üblichen Floskeln und kicherte über seinen Witz, den er das ganze Leben lang vor sich hertrug. Auf Müllers irritierten Blick hin ergänzte er: »Ich hatte eine kaufmännische Lehre absolviert, ein Grundsicherungsberuf sozusagen. Ab Mitte der Achtzigerjahre war ich als Versicherungsvertreter unterwegs. Anständiges Basisgehalt, sehr gute Provisionszahlungen. Man hätte sich etwas auf die Seite legen sollen«, seufzte er. »Aber man war jung, man lebte in einer Aufbruchstimmung. Immerhin war ich so vorausschauend, dass ich mir eine Junggesellenwohnung gekauft habe. Ob ich sie noch lange halten kann, weiß ich allerdings nicht. Hängt von der Zinsentwicklung ab.«

Über Hypotheken mochte Heinrich nicht sprechen, deshalb lenkte er das Thema wieder auf den Beruf und fragte, ob er ihn heute noch ausübe.

»Nein. Mit dem Aufkommen des Internets war absehbar, dass es als Versicherungsvertreter, als Türmattenklopfer, nicht mehr ewig weitergehen konnte. Ich war noch jung genug, um einen Wechsel hinzubekommen. Ich blieb aber beim Tür-zu-Tür-Geschäft, denn das konnte ich immer schon am besten. Menschen etwas aufschwatzen, sie davon überzeugen, dass ihnen ohne ein bestimmtes Produkt im Leben etwas fehlen würde. Jetzt stehe ich kurz vor der Pensionierung, und wenn ich behaupten würde, das Geschäft laufe harzig, dann würde ich noch übertreiben. Es geht fast gar nichts mehr. Sobald jemand an der Tür auftaucht, der jünger als siebzig ist, sage ich, ich hätte mich in der Adresse geirrt und wünsche einen Guten Tag.«

»Weshalb hast du so lange durchgehalten?«, wollte Müller wissen.

Pulfer saß aufrecht auf dem Stuhl und betrachtete mit weit aufgerissenen Augen Debbie Harry, die eben das Tramdepot betreten hatte und nur für André das Sommerkleid über die Schultern rutschen ließ. Als er bemerkte, wie Müller den Kopf schüttelte, nahm er die Fernbedienung aus seinen Pupillen, verabschiedete sich seufzend von der vielsprechenden Szene und konzentrierte sich wieder auf ihr Gespräch.

»Du musst dir die attraktiven Seiten des Berufs vorstellen. Jeder Tag ist anders und hält Überraschungen bereit. Man sieht die schönen Gegenden des Landes, aber auch alles Elend und jede Verwahrlosung. Oft verbringt man lange Zeit bei Leuten, die nie jemanden zum Schwatzen haben und einen deshalb festnageln und das ganze Leben erzählen. Ich bin jeweils total fasziniert, und inzwischen spielt es kaum noch eine Rolle, weil auch die nächste vermeintliche Kundin keinen Luxusstaubsauger kauft, sondern ein Billigprodukt, Massenware beim Online-Discounter.«

»Du verkaufst Staubsauger?«, fragte Müller.

»Nein. Das war symbolisch gemeint. Ich handle mit allem, hauptsächlich mit Zeug, von dem man nicht gewusst hat, dass man es braucht. Denn was einer braucht, das besitzt er bereits. Also vor allem Dekoartikel. Wenn grad eine Familienfeier ansteht, geht was, sonst nicht.«

Heinrich fragte erstaunt: »Davon kannst du leben?«

»Nein. Es reicht mehr als knapp zum Überleben. Was soll ich machen? Ich werde weit über meine Pensionierung hinaus den Leuten auf die Nerven gehen müssen. Denn von einer mageren AHV-Rente kann niemand existieren. Und das bisschen Pensionskassengeld habe ich damals bereits abgehoben und in meine Selbstständigkeit investiert.«

Müller schaute ihn fragend an.

»Das ist das Ausbeuterische und gleichzeitig Erfolgreiche an diesem Arbeitsmodell. Man bezieht nicht nur keinen Lohn, zahlt also die Sozialabgaben selbst, sondern muss auch die Ware vorfinanzieren und macht nur beim Verkauf einen Gewinn. Und wenn man bei der Firma einen Kredit aufnimmt, kann man genauso gut einen Vertrag mit einem Sklavenhändler unterzeichnen.«

Sein linker Mundwinkel zuckte, als ob er gleich zu heulen begänne. Da Debbie schon wieder verschwunden war, bestellte Müller zur Ablenkung zwei weitere dunkle Osterbock, die als malzig und naturtrüb angepriesen wurden, ein vollmundiges Nachmittagsbier, dessen Vorrat, wie viele Liter noch im Tank lagen, er auf dem Smartphone nachprüfen konnte.

Dann lenkte er das Gespräch auf sein eigentliches Anliegen: »Du erinnerst dich bestimmt an Martin Schnyder.«

Der andere schaute ihm direkt in die Augen, bevor er entgegnete: »Ich glaube schon. Jedenfalls habe ich letzten Herbst eine Todesanzeige gelesen. Allerdings habe ich gedacht, der Mann sei irgendwo im Ausland verschollen.«

»Wie kommst du auf verschollen?«

»Es sind ja ein paar Leute ausgereist.«

»Das schon«, sagte Müller, »aber die meisten sind doch bald zurückgekommen. Die wollten sich vielleicht einer Buße oder Haftstrafe entziehen und haben gedacht, das erledige sich im Ausland. Hat nicht geklappt.«

Pulfer führte aus: »Von Einzelnen sagt man, sie hätten sich in Trainingscamps für Terroristen im Nahen Osten aufgehalten. Andere sollen bei einer radikalen Gruppe im Ausland untergeschlüpft sein. Es tönte alles revolutionär und bombastisch, nur konnte der Wahrheitsgehalt nie überprüft werden.«

»Wir sind also bei Gerüchten angelangt«, stellte Heinrich fest. »Trifft eines davon auf Martin Schnyder zu?«

»Der ist eher vor den Frauen geflohen«, sagte Pulfer mit einem verträumten Lächeln. »Der hat Debbie Harry nicht nur hinterhergeschmachtet.«

»Geht's ein bisschen genauer?«

»Man sagt, er habe das eine oder andere Kind gezeugt und keine Lust auf Unterhaltszahlungen gehabt«, erklärte André. »Im Detail weiß ich nichts. Ich habe jedoch durchaus bemerkt, dass die Todesanzeige von drei Frauen unterzeichnet wurde. Vielleicht löcherst du die mal mit deinen Fragen.«

»Die erste hat mir bereits einen Korb gegeben«, sagte der Detektiv.

»Nicht lockerlassen. Weiter graben. Irgendwann findet jeder eine Quelle.«

»Danke für den Tipp. Und wenn ich Dekomaterial brauche, melde ich mich«, verabschiedete sich Müller.

»Immer zu Diensten«, beschied Pulfer.

Simon Bauer hatte eben erst einen Artikel gelesen, der von der zunehmenden Gewalt im Umfeld der Reitschule berichtete. Selbst für den Interventionstrupp »Pinto« war die deutlich verschlechterte Sicherheitslage inzwischen zu gefährlich geworden, sodass er sich nur noch tagsüber auf das Gelände traute. Deswegen fühlte sich Bauer auf dem Vorplatz nicht besonders sicher und angesichts des wuchtigen Holzbaus, der beinahe vollständig von Graffiti bedeckt war, eher fehl am Platz, vor allem, da er kein konkretes Ziel hatte. Aber er brauchte nicht lange, um zu merken, dass Heinrich Müller recht behalten hatte: Er erkannte den Echsenmann sofort. Denn am einzigen besonnten Flecken saß ein alter Mann mit langen schlohweißen Haaren und einem ebensolchen Bart, der eher wie ein staubverkrusteter Aborigine aussah als wie ein gutschweizerischer Pensionär.

Auf seinem vorgewölbten Bauch lag eine knapp einen halben Meter lange gräuliche Echse mit schwarzem Muster, die vor allem am Kopf und am Bauch mit harten, spitzen Stacheln ausgestattet war und der alle mit Respekt begegneten. So auch der Reporter.

»Was ist das für ein Tier?«, fragte er den Mann und begrüßte ihn.

»Das ist kein Tier«, antwortete der mürrisch, »sondern eine Bartagame. Stammt aus Australien. Ist eben aus der Winterruhe aufgewacht.«

Bauer war etwas brüskiert und fand, dass hier keine Zurückhaltung angebracht war. Also fragte er: »Und Sie spielen Didgeridoo?«

Der Alte zeigte Simon den Vogel, indem er mit einem Finger an die Stirn tippte.

»Haben Sie auch einen Namen?«, wollte Bauer wissen.

»Echsenmann«, brummte der Angesprochene.

»Und mit Vornamen?«

»Du bist ein ganz Witziger«, gab er zurück. »Alle nennen mich Echsenmann. Du siehst, warum?« Er erwartete offensichtlich keine Antwort.

Bauer wusste nicht, ob er ihn einfach verarschen wollte oder ob er sich selbst nicht mehr an seinen eigenen Namen erinnerte, weil er seit Jahrzehnten nicht mehr damit angesprochen wurde.

»Entschuldigung, ich wollte Sie nicht beleidigen«, sagte Simon.

»Dann hör auf, mich zu siezen.«

»Okay, kann ich machen. Jemand hat dich empfohlen. Er hat gesagt, du erinnerst dich an die Zeit der Achtzigerbewegung.«

»Und ob ich mich erinnere«, sagte der Echsenmann. »Ich erinnere mich daran, als ob es gestern gewesen sei. Es war die schönste Zeit meines Lebens. Und jeder, dem ich davon erzähle, gibt mir hundert Franken. Davon lebe ich.«

Die Aufforderung war ultimativ. Und der Reporter zückte missmutig das Portemonnaie.

»Du kannst es von der Steuer absetzen«, murmelte der Echsenmann. »Was willst du wissen?«

Ein besonders vertrauenswürdiger Mensch war er wohl nicht. Bauer blieb misstrauisch. Er wollte sich zuerst seine Geschichte anhören. Denn er war nicht überzeugt, ob der Mann die einzelnen Phasen seines Lebens auseinanderhalten konnte.

»Ich weiß ja jetzt, wo ich dich finde«, fuhr Simon fort. »Bist du immer hier?«

»Ich wohne in Gümligen, kurz vor dem Hühnliwald. Aber wenn ich dort bin, will ich keine Menschenseele sehen, dann unterhalte ich mich nur mit meiner Echse.«

»Ich wollte nur sagen, dass ich für eine längere Version vielleicht später noch mal vorbeikomme.«

»Solange du den Geldbeutel dabeihast, kein Problem.«

Bauer sagte: »Heute interessiert mich ein Mann: Martin Schnyder.«

Der Echsenmann dachte angestrengt nach. Dann sagte er: »War das der hibbelige Kleine mit der Skimütze?«

»Ich glaube, das kommt hin.«

»Du kannst es ja nicht wissen, du bist viel zu jung dafür.«

»Das stimmt schon«, bemerkte Simon. »Aber mein Kumpel hat es mir so erklärt.«

»Der hat sich mehr für die Frauen als für die Bewegung interessiert«, behauptete der Echsenmann. »Obwohl man das schwer voneinander trennen kann. Wirklich ernst genommen hat den keiner. Und gesehen habe ich ihn seither auch nicht mehr. Wüsste nicht, ob ich ihn heute noch erkennen würde.«

»Gilt umgekehrt wahrscheinlich genauso«, stellte der Reporter fest.

»Mag sein. Ich war ein in die Höhe geschossener Jugendlicher und irgendwie trotz meiner bald dreißig Jahre damals noch nicht wirklich der Pubertät entwachsen.« Dann setzte er hinzu: »Wahrscheinlich heute noch nicht.«

»Warst du eifersüchtig auf Schnyder?«

Er überlegte, bevor er antwortete: »Ein bisschen vielleicht. Gut, ja, ich war eifersüchtig. Bringt ja nichts, es abzustreiten. Deswegen war ich auch froh, dass sich der Mann von der Bewegung verabschiedet hatte. Tempi passati. Ist alles vorbei, vergessen und vergeben.«

»Ich suche noch nach Leuten, die mir mehr über Martin Schnyder erzählen können«, sagte Bauer. »Wenn ich dich richtig verstehe, gäbe es da ein paar Frauen. Hast du welche im Kopf?«

Der Echsenmann streichelte die Agame, die sich träge gegen die Schultern hin vorarbeitete. Man sah ihm an, dass sein Gehirn unentwegt arbeitete.

»Ich gebe dir ein paar Namen mit auf den Weg. Suchen musst du sie selbst. Vielleicht heißen sie ja heute nicht mehr gleich wie damals«, erklärte der Echsenmann und fügte an: »Weißt du auch, warum ich das tue?«

Der Reporter schüttelte den Kopf.

»Weil du einer der ganz wenigen Jungen bist, die sich die alten Geschichten überhaupt noch anhören. Vielleicht gräbst du ja etwas aus, das die Erinnerung ein wenig befördert und das Interesse an diesen aufwühlenden Zeiten weckt.«

Dann schwieg er und schien in der Zeit versunken.

»Die Namen?«, versuchte es Simon sachte.

»In alphabetischer Reihenfolge: Stefanie Meier. Susanne Wirth. Claire Zwahlen.«

11

»Beginnen wir mit der Witwentour«, flachste Heinrich Müller, nachdem er und Simon Bauer ins Auto eingestiegen waren. Im Wankdorf bogen sie auf den Autobahnring Richtung Lausanne ein und fuhren bis zur Ausfahrt Niederwangen. National- sowie zwei Hauptstraßen und eine stark befahrene Bahnlinie dominierten den Taleinschnitt, ein paar Wohnblocks und ein Industrieareal waren darum eingepfercht. Dort nahmen sie die nordseitige Hauptstraße und bogen auf die Neueneggstrasse ein, der sie bis zu einem dominanten Starkstrommasten folgten, hinter dem das Haus von Ariane Stettler lag. Es war ein zweigeschossiger Bau mit einer sonnenverwöhnten Terrasse in Südlage und einer Garage sowie einer Einliegerwohnung im Untergeschoss, vor dem sie parken konnten. Diverse Hecken dienten dem Lärmschutz, sodass der Verkehr nicht dominierte. Nur wenig dahinter erstreckte sich der Forst, ein bedeutendes Wald- und Naherholungsgebiet rund um die Stadt Bern, im Besitz der Burgergemeinde.

Ihre Ankunft war bereits bemerkt worden, und Ariane Stettler trat auf die Veranda, um sie zu begrüßen. Sie lud sie an einen Tisch im Freien, jedoch nicht in ihre Wohnung. Das helle Licht blendete zwar, aber es war warm genug.

»Ein junger Reporter und ein alter Detektiv«, sagte sie, als sie um den Tisch herum Platz genommen hatten. »Was mir wohl diese Ehre verschafft?«

Wenn Heinrich Müller einen jungen Menschen sah, konnte er sich gut vorstellen, wie dieser altern würde, wo die ersten Falten hinkämen, wo Tränensäcke wuchsen und wo ein Doppelkinn. Und umgekehrt? Fehlanzeige. Er betrachtete das Gesicht von Ariane Stettler und wusste genau, dass er der Frau schon einmal begegnet war. Er konnte jedoch nicht sagen, wann und wo das gewesen war.

»Wie sind Sie überhaupt auf mich gekommen?«, wollte Stettler wissen. »Soweit ich mich erinnere, kennen wir uns nicht aus den Tagen der Bewegung«, sagte sie zu Heinrich gewandt.

Der Detektiv bestätigte: »Wohl kaum.«

»Ich habe mich schon lange nicht mehr in deren Zusammenhang gesehen«, sinnierte sie. »War es ein altes Wahlplakat der Grünen? Oder haben Sie künstliche Intelligenz eingesetzt, um mich aufzuspüren, wie es diese Berliner Journalisten mit der Frau aus der Roten Armee Fraktion gemacht haben?«, fragte sie, und irgendwie schwang eine freudige Erwartung mit.

»Ich muss Sie enttäuschen«, erklärte Simon Bauer. »Sie haben die Todesanzeige für Martin Schnyder mitunterzeichnet. Und unter Ihrem Namen läuft ein Facebook-Konto mit Ihrer Telefonnummer. Man muss Sie also nicht erst aufspüren, man kann Sie einfach anrufen.«

»Oh«, sagte sie mit weit geöffneten Augen, was sie jünger und sympathischer erscheinen ließ.

Aber der Detektiv fiel nicht darauf herein. Letztlich ging es ihr nur darum, von ihnen Auskünfte zu erhalten. Dabei sollte es umgekehrt laufen. Er fragte: »Was können Sie uns über Martin Schnyder erzählen?«

»Nicht viel. Er war ein Bekannter aus lang vergangenen Zeiten. Und er ist gestorben.«

Es gab noch die Möglichkeit, dass sie verheiratet war und Müller ihren Ledignamen nicht kannte, deshalb fragte Heinrich: »Wer ist Tim Stettler?«

»Das ist mein Sohn.«

»Wie alt ist er?«, hakte der Detektiv nach.

»Er wird in diesem Jahr vierundvierzig.«

Simon Bauer wagte den Schuss ins Blaue: »Und Martin Schnyder ist der Vater?«

Da knickte Ariane Stettler ein, ein leichtes Zucken ging durch ihre Schultern, als sie es bestätigte.

Früher hätte Heinrich zur Beruhigung den Arm um ihre Schultern gelegt, heutzutage wurde eine solche Geste kaum mehr akzeptiert, also überließ er die Frau ihrem Kummer und fragte noch einmal nach Herrn Schnyder.

»Er hat mein Leben bestimmt«, brach es aus Ariane heraus.

»Wie muss ich das verstehen?«, wollte Müller wissen, als sie nicht weitersprach.

»Ich war noch sehr jung und entsprechend naiv, als ich ihm zum ersten Mal bei einer Demo begegnete. Er war so anders als die Menschen, die ich in meiner behüteten Welt kannte. Irgendwie männlicher, mutiger, ja beinahe heroisch.« Sie schnäuzte sich, bevor sie weitererzählte. »Natürlich war das alles nur gespielt, um die

Aufmerksamkeit auf sich zu lenken. Ich könnte mich heute noch manchmal dafür ohrfeigen. Ich meine, nicht weil ich so unerfahren war, sondern dass ich darauf hereinfiel.«

Sie verstummte wieder. Diesmal warteten die beiden Besucher, bis sie von selbst weiterredete.

»Ich bin ein paar Mal mit ihm ins Bett gegangen. Ich weiß nicht, was in mich gefahren war, denn ich nahm keine Pille, und er wollte keinen Pariser benutzen, das töte seine Gefühle … bla, bla, bla.«

Heinrich erkannte: »Dann sind Sie schwanger geworden.«

»Nein, noch nicht. Also ja, bemerkt habe ich es erst, als ich schon länger mit ihm Schluss gemacht hatte.«

Bauer fragte: »Aber wenn Sie so verliebt waren …?«

»Ich habe bald erfahren, dass ich nicht als Einzige jung und dumm war.«

Müller ging ein Licht auf: »Und Sie kannten die anderen Geliebten?«

Stettler nickte.

»Jedenfalls zwei davon: Yvonne Käser und Alexandra Zbinden?«

Sie nickte erneut. Dann sagte sie: »Natürlich wollte ich erst nichts von meinen Rivalinnen wissen. Wir erkannten uns auf der ersten Party in der Reithalle, als wegen der prügelnden Faschos sowieso eine aufgeheizte Stimmung herrschte und wir beinahe aufeinander losgegangen wären. Das Lustige dabei: Martin war gar nicht anwesend. Jede von uns dreien beanspruchte ihn für sich. Alex prustete los: ›Ich bin von ihm schwanger.‹ Yvonne wurde bleich und sagte: ›Ich auch.‹ Dann wandten sich die beiden mir zu. Ich hob abwehrend die Hände, erkannte jedoch im selben Moment, dass meine letzte Periode überfällig war. Die Gewissheit kam später, da hat es nicht mehr viel genützt, denn Martin Schnyder ist wenige Wochen danach aus der Stadt verschwunden. Niemand wusste, wo er sich aufhielt oder ob er sich etwas angetan hatte, obwohl das nicht sein Stil war.«

Bauer wollte wissen: »Danach haben Sie ihn nie mehr gesehen?«

»Nicht bis im letzten Frühsommer.«

»Die ganzen Jahre über keinen Kontakt?«

»Doch. Er muss von irgendjemandem erfahren haben, dass er einen Sohn hatte. Ab Mitte der Achtzigerjahre kam ab und zu eine Postkarte aus der Karibik. Aus verschiedenen Ländern, als ob er sich auf einer immerwährenden Kreuzfahrt befände. Wollen Sie sie sehen? Ich habe alle aufbewahrt.«

»Auch aus St. Lucia?«

»Nein. Keine einzige von dieser Insel.«

Ariane holte eine angeschlagene Keksbüchse und schüttete die Postkarten auf den Tisch. Simon Bauer fragte um Erlaubnis und fotografierte eine nach der andern mit seinem Smartphone.

»Warum wollen Sie das alles eigentlich wissen? Martin ist doch beerdigt, die Geschichte abgeschlossen.«

Der Reporter erklärte: »Wir wollen eine Hommage an Herrn Schnyder publizieren. Es haben sich ein paar Leute an ihn erinnert, die ihn noch aus den Zeiten der Bewegung kennen. Ich war damals nicht dabei und weiß auch nicht, was er seither gemacht hat. Ich will mir ein möglichst genaues Bild verschaffen, bevor ich den Artikel schreibe.«

Stettler sagte: »Und ich habe gedacht, dass es Zweifel an seinem Tod gebe.«

»Wie kommen Sie darauf?«, fragte Simon.

»Etwas seltsam sind die Todesumstände ja schon«, überlegte sie. »Als ich Martin das letzte Mal getroffen habe, wirkte er nicht gerade lebensmüde. Vielleicht etwas erschöpft, aber keine Todessehnsucht.«

»Für solche Ermittlungen sind wir nicht zuständig«, wimmelte Müller ab.

»Ja, Sie haben recht, dann hätte wohl die Polizei vorbeigeschaut«, schloss Ariane.

Der Detektiv fragte weiter: »Schnyder kam also im Frühsommer in die Schweiz und rief Sie an?«

»Nein. Er war bereits seit zwei Monaten in Bern und hatte sich bei Yvonne einquartiert.«

»Das hat Sie wütend gemacht?«

»Zuerst schon, dann war es mir egal. Sollte sich die andere um ihn kümmern. Ich hatte seit Langem mit ihm abgeschlossen. Er hatte sich seit Jahrzehnten nicht um unser Schicksal geschert, nun kam es auf ein paar Wochen mehr oder weniger auch nicht an.«

Müller fuhr fort: »Gehen wir noch einmal zu den Achtzigerjahren zurück. Sie waren also alle drei von ihm schwanger. Was geschah dann?«

»Mir war von Anfang an klar, dass ich das Kind behalten wollte. Meine Erziehung war eher konservativ. Deshalb bin ich in der Bewegung auch aufgeblüht. Unter diesen Umständen musste ich mich auf die Familie zurückziehen und auf ihren Schutz verlassen können.«

»Und die andern beiden?«, wollte Bauer wissen.

»Haben abgetrieben.«

Heinrich fragte: »Wie haben sie das gemacht? Die Schweizer Bevölkerung hatte doch erst gerade die Initiative für eine Fristenlösung abgelehnt.«

»Das müssen Sie Yvonne und Alexandra fragen.«

»Frau Käser hat ein Gespräch mit uns bisher abgelehnt«, ergänzte Simon.

Stettler erwiderte leicht aggressiv: »Ich gebe keine Auskunft über das Handeln anderer Leute.« Dann fügte sie etwas ruhiger hinzu: »Reden wir lieber über mich. Sie sind die Ersten, die wissen wollen, wie ich mein Leben hinter mich gebracht habe.«

Heinrich Müller gab ihr ein Zeichen fortzufahren.

»Ich besuchte das Gymnasium und hatte große Pläne für meine Zukunft, als Martin in mein Leben trat. Ich konnte zwar die Matura hochschwanger abschließen, aber dann ging erst einmal gar nichts. Nach einer Auszeit von zwei Jahren, die ich hier in meinem Elternhaus verbracht habe, begann ich ein Studium am Sekundarlehramt. Eigentlich wollte ich Wissenschaftlerin werden, an der Eidgenössischen Technischen Hochschule Forschung betreiben, irgendetwas in dieser Richtung. Denn es hat mich schon immer zu den Naturwissenschaften gezogen. Astrophysik wäre ein Lieblingsfach gewesen. So unterrichtete ich die nächsten paar Jahrzehnte an verschiedenen Sekundarschulen Mathematik und was man an Physik und Chemie benötigte.«

»Das hat Ihr Leben nicht wirklich ausgefüllt«, stellte Müller fest.

»Ausgefüllt im Sinne von voll beschäftigt, das schon. Ich hatte auch noch meinen Sohn, wir lebten in der kleinen Wohnung neben der Garage, manchmal mit einem Freund, manchmal alleine. Aber geistig zufriedengestellt, nein, das hat es mich nicht.«

Ihre vorhin leuchtenden Augen nahmen einen trüben Glanz an, und wie zur Bestätigung schob sich eine dunkle Wolke vor die Sonne. Schlagartig wurde es kühler.

»Gehen wir ins Wohnzimmer«, lud sie Bauer und Müller ein. »Ich mache uns einen Kaffee.«

An der Wand hingen düstere Ahnenporträts aus vergangenen Jahrhunderten, alle Dargestellten mit verbissenen Gesichtsausdrücken. Offenbar war Melancholie eine genetische Disposition der Familie Stettler.«

Als Ariane zurückkam, fragte der Detektiv: »Sie haben vorhin einen Wahlprospekt der Grünen erwähnt. Ich glaube, daran kann ich mich erinnern. Irgendwie kamen Sie mir bekannt vor, aber ich wusste, dass es nicht aus der Bewegung war.«

Sie schüttelte den Kopf. »Noch so eine Phase aus meinem Leben, an die ich mich mit gemischten Gefühlen erinnere. An sich hat mich das Projekt einer grünen Partei begeistert, und ich bin Ende der Achtzigerjahre als eine der Ersten beigetreten. Allerdings war ich keine von den Getreidemühlenfundis, die ihre Frühstücksflocken selber schroteten. Als Naturwissenschaftlerin habe ich die Atomenergie befürwortet, die eine beinahe unbegrenzte, saubere Energie versprach.«

»Nicht gerade das Lieblingsthema der Grünen, wenn ich an all die Proteste zum Beispiel gegen das AKW Kaiseraugst denke«, sagte Müller.

»Ja, das lag auf der Hand. Ich musste mir später auch eingestehen, dass ich in meiner Euphorie geglaubt hatte, das Abfallproblem ließe sich technisch lösen. Heute erst gibt es erfolgversprechende Schritte in diese Richtung. Die sogenannte Transmutationstechnologie prüft, wie sich hochstrahlender Atommüll energetisch nutzen und sich damit die Gesamtmenge atomaren Abfalls deutlich reduzieren ließe. Sie sehen, ich bin immer noch Feuer und Flamme für neue Technologien.«

Heinrich stellte fest: »Dennoch haben Sie es auf eine Wahlliste geschafft.«

»Als Aushängeschild war ich gut genug. Das Sagen hatten andere, die die Bedeutungshoheit für sich beanspruchten. Jedenfalls, jedes Mal, wenn es um einen einflussreichen Posten ging, um den Einsitz in eine Kommission oder ähnlich, wurde ich ausgebremst oder übergegangen. Mitgliederbeiträge ja, Vertrauen nein. Da habe ich mich immer mehr ins Private verabschiedet. Ich bin mich zu meinen Eltern zurückgezogen und habe nach ihrem Tod das Haus umgebaut. Jetzt wohne ich hier im Parterre, mein Sohn belegt das Obergeschoss, und die kleine Einliegerwohnung vermiete ich ab und zu an Leute mit kleinem Einkommen.«

»Und Sie haben Ihre Ahnen wieder an die frisch gestrichenen Wände gehängt«, stellte Müller fest.

Sie zuckte mit den Schultern. »Ich sagte ja, konservativ erzogen. Mit Respekt vor der Vergangenheit.«

»Diese Wohnung wäre doch ein idealer Unterschlupf für Herrn Schnyder gewesen«, stellte der Reporter fest.

»Auf gar keinen Fall!«, dröhnte die tiefe Stimme eines Mannes, der unbemerkt eingetreten war. Er stand in einem Kittel mit Fischgrätenmuster vor ihnen, im schwarzen Rollkragenpulli und ebensolchen Hosen, ganz Gentleman, im mittleren Alter, mit wachen Augen, einem breiten Mund, grau melierten Haaren und einem ebensolchen Dreitagebart.

»Tim Stettler«, stellte er sich vor und streckte ihnen die Hand entgegen.

»Die Herren Bauer und Müller interessieren sich für Martin, weil es eine Reportage über sein Leben geben soll.«

»Sie würden besser eine Würdigung des Lebens meiner Mutter schreiben«, bemerkte der Mann, bevor er sich zu ihnen setzte.

Heinrich sagte: »Sie scheinen kein gutes Verhältnis zu Ihrem Vater zu haben.«

»Als Vater würde ich so was nicht bezeichnen. Vielleicht als Erzeuger. Als Spermalieferant. Ich weiß nicht, was meine Mutter sich damals dabei gedacht hat.«

»Nicht viel«, gab sie zu.

Müller nahm sie in Schutz: »Sie hat ihr Leben geliebt und war auf ein Abenteuer aus, das sie glücklich machen sollte. Warum muss man ihr das heute vorwerfen? Immerhin verdanken Sie diesem Leichtsinn Ihre Existenz. Dafür müssten Sie dankbar sein.«

»Bin ich auch. Nur hätte ich es auch geschafft, ohne dieses Neutrum kennenzulernen.«

»Es gehört jetzt vielleicht nicht zum Thema«, begann Bauer, »aber darf ich Sie fragen, wie Sie mit dieser Situation zurechtgekommen sind?«

»Einerseits war es eine schwierige Zeit, denn meine Mutter war stets auf der Suche nach einem wirklichen

Sinn in ihrem Leben. Andererseits bin ich auch durch die Großeltern immer behütet aufgewachsen. Ich habe meine Mutter bewundert und ihr nachgeeifert. Ich bin Gymnasiallehrer geworden, allerdings hat es mich immer zur Literatur hingezogen, und als weltoffener Mensch habe ich Französisch und Englisch studiert. Ich unterrichte am Gymnasium Kirchenfeld und begeistere mich für die französischen Symbolisten.«

»Baudelaire, Mallarmé, Rimbaud und Verlaine«, sagte Müller.

»Ich sehe, Sie kennen sich aus«, anerkannte Stettler.

»Zu meiner eigenen Gymnasialzeit hatte ich mit dem Französischen meine liebe Mühe, obwohl mir die Sprache an sich keine Probleme bereitete. Aber es gab in der Ostschweiz weit und breit niemanden, der so redete. In der Schule musste ich jeweils nur die Hand aufstrecken und diese Namen aufzählen, dann war der Französischlehrer begeistert, denn der Rest unserer Truppe war komplett ahnungslos.«

Tim Stettler fuhr fort: »Eine neue Studie hat gerade gezeigt, dass ein Zustand milder Niedergeschlagenheit die Wahrscheinlichkeit reduziere, sich egoistisch zu verhalten.«

»Herr Schnyder hätte also etwas häufiger Baudelaire lesen sollen«, konstatierte Bauer.

»Hätte ihm zumindest nicht geschadet«, brummte Tim. »Neben den Postkarten war er als Mensch in meinem Leben bedeutungslos, als Vater nicht existent. Da hilft es auch nicht, wenn man nach über vierzig Jahren hier auftaucht und Radau schlägt.«

»Wie muss ich das verstehen?«, fragte der Detektiv.

»Sag jetzt lieber nichts«, mahnte ihn seine Mutter.

Stettler erwiderte: »Sie hat stets Angst davor, jemandem auf den Schlips zu treten. Schnyder ist es nicht wert, dass man ihn schont. Ich kenne leider keine Details, denn darüber schweigen sich die Frauen aus, die ihm erneut auf den Leim gekrochen sind, aber Sie sollten sich mal um die windigen Finanzgeschäfte kümmern, die diesen Kerl über Wasser gehalten haben.«

»Man muss keinen Schmutz auf die Gräber der Toten leeren«, sagte Ariane energisch und beendete damit das Gespräch. »Freut mich, Sie kennengelernt zu haben.«

»Ein Letztes«, sagte Müller, »können Sie bei Frau Käser und Frau Zbinden ein gutes Wort für uns einlegen, damit sie mit uns sprechen?«

»Ich rufe sie an«, versprach Frau Stettler und brachte sie zur Tür.

»Welchen Eindruck hast du von den beiden«, fragte Simon, als sie wieder auf der Rückfahrt waren.

»Einerseits war Frau Stettler überraschend mitteilungsfreudig, andererseits hat der Auftritt des Sohnes gezeigt, dass da noch mehr zu holen ist. Aber für den Moment sind die Spuren gelegt.«

12

Simon Bauer und Heinrich Müller setzten sich auf je eine Holzbank ohne Lehne, zwischen sich ein Tisch, der mitten auf dem Spielplatz Ecke Kasernenstrasse und Beundenfeldstrasse stand. Das Holz hatte in der Sonne bereits getrocknet, während die Feuchtigkeit auf den Kieselsteinen noch glänzte. Klettergeräte, deren Funktionsweise Heinrich nicht kannte, lockten zum Spielen, ein Büchertauschschrank zum Schmökern und Lesen, ein schmaler Betonbrunnen diente als Dekoration, daneben ein Rundbau aus Beton, unten kompakt, oben mit Schlitzen, in der Mitte eine Metalltür, irgendeine Umschaltstation des Elektrizitätswerks. Angrenzend lag das Restaurant Büner, das als gehobenes Esslokal durchging, gegenüber fand sich die Kaserne, die immer noch der Ausbildung von Armeeeinheiten diente, wenn auch der Rasen davor zum eigentlichen Spielplatz des Quartiers geworden war.

Ein paar mit Erde gefüllte Holzkisten, als Urban Gardening deklariert, Kategorie »Aufwand zehnmal höher als Ertrag«, grenzte den Spielplatz gegen den Lebhag ab, der wiederum die Parkplätze dahinter vor den Kindern schützte.

Heinrich redete dort weiter, wo sie das letzte Mal aufgehört hatten. »Die Bewegung lebte von ihrer

Spontaneität und davon, dass sie sich basisdemokratisch organisierte. Das hielt die zuerst sowieso skeptischen etablierten Politorganisationen davon ab, eine Führungsrolle zu übernehmen. Andererseits blieb die Bewegung anonym, niemand galt als Sprecher oder Repräsentantin, und diejenigen, die sich der Presse gegenüber für Stellungnahmen zur Verfügung hielten, wurden nicht selten als Verräter gebrandmarkt. Natürlich war am Anfang die Empörung groß, auch in der Presse. Das bezog sich hauptsächlich auf die Gewaltexzesse und die Plünderungen. Letztere waren auch für die Bewegung ein Imageproblem. Einerseits gab es keinen Verhaltenskodex, man konnte also schlecht behaupten, dass man mit dem Plündern nichts zu tun hatte. Andererseits verstand man die Gewalt als Notwehr gegen die Polizeiwillkür. Mit der zunehmenden Dauer der Proteste versuchte die Öffentlichkeit auch zu verstehen, was dahintersteckte. Und die Berichterstattung verlagerte sich zunehmend vom Sensationellen zur Auseinandersetzung. Man wollte wissen, was da vor den eigenen Augen Überraschendes geschah. Bei der ersten Demo in Zürich verstarb ein Polizist im Einsatz an einem Herzinfarkt. Ein trauriger Vorfall. Erstaunlicherweise machte nur die Boulevardpresse daraus eine Titelzeile, alle anderen Zeitungen blieben in der Berichterstattung zurückhaltend, niemand machte Schuldzuweisungen.«

»Das kann man sich heute gar nicht mehr vorstellen«, sagte Simon. »Als Reporter muss ich aber auch wissen, was die Gegenseite denkt und wie sie handelt. Also habe ich nach den damaligen Polizeiprotokollen gesucht. Eine Sprecherin der Medienstelle der Kantonspolizei Bern erklärte, dass die Dokumente der Police Bern nach einer bestimmten Zeit an das Berner Staatsarchiv gehen würden und nicht bei der Polizei verblieben, erst recht bei Vorkommnissen, die keine längere Verjährungsfrist nach sich zogen. Das Staatsarchiv wiederum ließ mitteilen, dass es keine Polizeirapporte aus den frühen Achtzigerjahren mehr gebe. Diese seien, noch weit vor der Einführung des modernen Archivgesetzes, gemäß den damals geltenden Datenschutzbestimmungen vernichtet worden.«

Müller seufzte: »Typisches Hyperventilieren, wenn der Begriff Datenschutz am Horizont dräut. Natürlich müsste man allfällige Namensnennungen einschwärzen, denn nicht alle mögen an diese Phase ihrer Jugend erinnert werden. Andererseits hätte man doch gern ein Kontrastprogramm, um zu verstehen, was sich in den Köpfen der Polizisten abspielte.«

»Deswegen musste ich mich allein auf die publizierten Umfragen unter den Beteiligten abstützen, was den Nachteil hat, dass sie bereits durch Journalisten gefiltert wurden. Aber was blieb mir anderes übrig. Wenn sie die Dokumente vernichten, geben sie bestimmt auch keine Namen von Beamten heraus, die damals an vorderster Front dabei waren. Viel ist beim Zeitungsstudium allerdings auch nicht herausgekommen. Dass der Kommandant der Mannschaft für ihren disziplinierten Einsatz dankt, liegt auf der Hand. Ein ziviler Polizist wurde von den Demonstranten erkannt und meinte, es sei schon eklig, wenn man wochenlang nichts Privates mehr planen und unternehmen könne. Und die Polizisten in Uniform sagten, man müsse schon eine dicke Haut haben, wenn man als Schmierläppe, Dräckseckel, Faschiste oder Söuhünd bezeichnet werde. Da dürfe man einfach nicht mehr hinhören, dann perle das von einem ab.« Bauer lächelte, als er anfügte: »Entweder hat man sich für das Befinden der Einsatzkräfte nicht interessiert, weil sie ja für ihre Arbeit bezahlt wurden, oder du hast entsprechende Berichte nicht abgelegt, weil du auf der anderen Seite standest.«

»Möglich ist alles, ich war ja auch nicht auf den Polizei-Anzeiger abonniert«, erklärte Müller ironisch. »Dass die Zeitdokumente, insbesondere die Polizeirapporte, vernichtet worden sind, überrascht mich schon. Natürlich ist es gerechtfertigt, dass nicht jeder Bericht über einen Ladendiebstahl oder einen Verkehrsunfall auf immer und ewig gelagert wird, aber bei letztlich historischen Ereignissen wie der Berner Revolte würde ich doch etwas mehr Fingerspitzengefühl erwarten.«

Simon ergänzte: »Ich habe das auch so verstanden, als ich angerufen hatte. Niemand ist glücklich darüber. Man hat nach dem Buchstaben des Gesetzes gehandelt.«

Der Detektiv sagte: »Schon bei unserem letzten Fall, als es um das Armenwesen in der ersten Hälfte des neunzehnten Jahrhunderts ging, haben wir die fatalen Folgen dieser Vernichtungswut gesehen. Man findet so gut wie keine aussagekräftigen Dokumente mehr über die Vorgänge in jener Zeit, schon gar keine persönlichen Zeugnisse von Betroffenen, aus verschiedenen Gründen, und auch weil viele Archive im Laufe der Zeit ausgemistet worden sind. Und man trifft leider auch sehr wenige Leute, die das bedauern, weil sich nicht mehr viele Menschen mit der Vergangenheit auseinandersetzen mögen.«

»Wir haben mit der Gegenwart und einer vermeintlich fehlenden Zukunft genug zu tun«, seufzte Simon. »Da kannst du dich zurücklehnen. Für deine Lebenszeit wird noch ausreichend Zukunft vorhanden sein.«

Der Sarkasmus in dieser Aussage erschreckte Heinrich, aber er musste Simon recht geben. Er hatte nun knapp sieben Jahrzehnte in einer Zeit verbracht, die großenteils friedlich und in einer stetigen ökonomischen Aufwärtsbewegung stattgefunden hatte, in der man sich selten um die Kosten gekümmert hatte, die diese mit sich brachte. Erst vor wenigen Jahren war die Gefühlswelt gekippt, und der Optimismus hatte einer tiefgreifenden Sorge Platz gemacht. Das erinnerte ihn wieder an die letzten Monate der Achtzigerbewegung, die auch von einem aufwühlenden Optimismus in eine depressive Stimmung kippte.

»Je länger der Aufruhr andauerte, je mehr man sich gefasst und an die Ereignisse fast schon gewöhnt hatte, hatten plötzlich alle eine Meinung und eine Haltung. Einige Parteien profilierten sich als Vermittler, andere wollten Teile der Bewegung mit ihrem revolutionären Bewusstsein beglücken, biederten sich also an. Andere distanzierten sich lautstark, einige wenige forderten die Bildung von Bürgerwehren. Man war also zurück im politischen Macht- und Ränkespiel. Aber auch unter den Bewegten gab es durchaus auch Zoff und kritische Stimmen. So verlangte eine schon damals nicht weiter aufgefallene ›Aktion freier Sozialisten‹ Anfang 1981 in einem orange-gelben Flugblatt die ›Ausschaltung anarchistischer Elemente‹, und zwar mit folgender Begründung: ›Die Jugendbewegung hat ein breites Spektrum. Das ist begrüßenswert. Aber es geht nicht, dass gewisse Anarchisten die Bewegung dazu ausnutzen, um ihre eigenen Ziele zu erreichen. Wir sehen in der Berner Untergrund-Zeitschrift *Prawda* einen Beweis für diesen Vorwurf. Wenn wir etwas erreichen wollen, müssen wir uns vom Anarchismus distanzieren, denn – so schön die Idee der Anarchos auch klingen mag – die Anarchie endet im Chaos. Wir hätten weder Altersvorsorge noch Arbeitslosenschutz und so weiter. Leider ist der Anarchismus in der Berner Jugendbewegung ziemlich fest verwurzelt. Den gilt es auszuschalten.‹ Das Flugblatt sagte mehr über die eigenen totalitären Ansprüche aus als über das, was wirklich auf den Straßen passierte.«

Ein Sonnenstrahl, der längs durch die Allee aus Südwesten auf sie fiel, blendete die beiden.

»Was bedeutet Beundenfeld?«, fragte Bauer.

»Nimm dein Smartphone und ruf das ›Historisch-topographische Lexikon der Stadt Bern‹ von Berchtold Weber auf«, schlug der Detektiv vor.

»Ein umfassendes Wörterbuch«, stellte der Angesprochene fest. »Es hilft in diesem Fall aber nicht weiter. Auf ›Flurbezeichnung‹ wären wir auch selbst gekommen.«

Heinrich hatte nachgeschaut und sagte: »Wikipedia bezeichnet ›Beunde‹ als schweizerischen Begriff für Schrebergarten, also eine Art Gartenkolonie.«

»Die man für eine Kaserne aufgegeben hat«, mutmaßte der Reporter und fuhr fort: »Ist es eigentlich unausweichlich, dass heterogene Bewegungen irgendwann an ihren eigenen inneren Widersprüchen zerbrechen und auseinanderfallen, ohne ihre Ziele zu erreichen? Allerdings, wenn man den Verlauf genauer untersucht, spielen plötzlich Elemente eine Rolle, die von außerhalb in die Bewegung reinkamen und vor allem die aktiven Menschen zermürbten, die jeden Tag ihren Einsatz leisteten. Ich habe einen Blog von Fredi Lerch gefunden, der 2017 in ›Die Tote vor der Reitschule‹ schreibt: ›Kurz vor der Eröffnung (des AJZ) am 16. Oktober 1981 schrieb ich mir die Erfahrungen von der Seele, die ich in den Monaten zuvor im Provisorischen Autonomen Jugendzentrum (PAJZ) an der Taubenstrasse gemacht hatte. Dort hatte ich mitgeholfen, den Küchenbetrieb mit einem täglichen Abendessen in Gang zu halten, während sich in den Nebenräumen Drogendealer breitgemacht hatten, von denen einmal einer in die Küche kam und mir, faule Sprüche klopfend, zum Spaß einen Revolver an die Schläfe hielt. [...] Damit ist gesagt, dass mein tiefes Misstrauen dagegen, dass soziale Räume außerhalb des staatlichen Gewaltmonopols als friedliche organisierbar seien, aus persönlichen Erfahrungen erwuchs.‹«

»Das war ein Fazit, das nicht wenige Aktive damals auch gezogen hatten. So zerbröselte die Bewegung nach und nach, selbstverständlich auch, weil es an Strukturen fehlte. Denn die sich ständig wiederholenden Auseinandersetzungen auf den Vollversammlungen, die nach der gut gemeinten Theorie einstimmige Beschlüsse fassen sollten, waren extrem zeitaufwendig und nicht besonders hilfreich, wenn es um die Umsetzung von alltäglichen Notwendigkeiten ging, die der Betrieb des AJZ halt auch mit sich brachte. Und da war der Einfluss von Drogen ganz bestimmt nicht hilfreich.«

»Man warf der Stadt bald einmal vor, sie würde die Probleme, die sie selbst nicht in den Griff bekäme, nun einfach an das AJZ delegieren, indem sie sich nicht mehr darum kümmere. Drogen und Gewalt fanden dorthin zurück, wo sie von den rechts stehenden Parteien aus gesehen ihren Anfang nahmen. Es ist erstaunlich, wie wenig sich die Denkmuster in den letzten Jahrzehnten verändert haben. Nur die Themen sind manchmal neu. Die Durchsicht deiner Dokumentenordner bringt einem das Bewusstsein für geschichtliche Bedeutung näher. Allerdings bleibt man in diesem Wust von ausgebräuntem Zeitungspapier mit unscharfen Schwarz-Weiß-Fotos länger hängen, als einem lieb ist. Und man geht mit Niedergeschlagenheit aus der Recherche heraus.«

Müller sagte: »Erklärungen aus der Geschichte heraus geben vor, einen objektiven Blick auf ein Geschehen zu werfen. In Wahrheit dienen sie nur dazu, den Standpunkt einer aktuellen Einschätzung zu bekräftigen. Das erkennt man ganz einfach an der willkürlichen Auswahl eines historischen Ereignisses. Wenn man jeweils nur ein wenig weiter zurückblicken würde, käme man zu komplett unterschiedlichen Standpunkten.«

Simon schob nach: »Ich plädiere dafür, zuerst die aktuelle Verantwortung dafür wahrzunehmen, dass eine Situation nicht eskaliert, statt den Altvorderen eine Schuld zuzuschieben. Man erkennt das, wenn ein bestimmtes Handeln durch weit hergeholte geschichtliche Begründungen geadelt werden soll. Aber das Fatale daran ist: Wenn es in Ordnung sein soll, zu morden und zu vergewaltigen, weil früher auch schon gemordet und vergewaltigt worden ist, dann erklärt man damit nichts weniger als den kompletten moralischen Zerfall der Menschheit, denn sie hätte aus ihrer eigenen Geschichte rein gar nichts gelernt.«

»Es beschleicht einen manchmal der Verdacht, dass es sich so verhält«, meinte Müller. »Das Erstaunen und Erschrecken über eine neue Herausforderung weicht echter Bewunderung, wenn es ansatzweise gelingt, sie zu bewältigen, wird aber gedämpft, je länger es dauert und je auswegloser es scheint, und weicht einer melancholischen Note, wenn die ursprüngliche Energie langsam der lähmenden Verzweiflung nachgibt.«

13

Nicole Himmel und Heinrich Müller standen in der ehemaligen Gaststube des Schwarzen Katers und blickten nach draußen. Sie warteten auf Simon Bauer und Markus Forrer, die sie zu einer Lagebesprechung treffen wollten. Das Wetter war trüb, aber noch trocken. Der Garten war übersät von Krokussen unterschiedlichen Lilas und von gelben, weißen und rosa Primeln. Tisch und Stühle waren noch mit der Winterplane bedeckt. Darunter hockte Chili, der schwarze Nachbarskater mit dem weißen Dreieckslätzchen auf der Brust, und hörte den Spatzen und Meisen zu, die sich im zunehmenden Wind um die geschredderten Baumnuss- und Erdnussstückchen stritten. Vogelmusik für Katerohren. Lucy schüttelte ihr schwarzes Köpfchen mit dem goldenen Dreieck auf der Stirn, als Teddy quer über die Pflanzen rannte, als ob er hier wohnhaft wäre. Die Katzen waren also beschäftigt. Das Licht kippte ins ungesund Gelbliche.

Dann traten kurz nacheinander die beiden noch fehlenden Herren ins Haus. Man setzte sich an den Stammtisch, Müller besorgte Getränke. Es konnte losgehen.

»Ich übernehme die Moderation«, erklärte Nicole, »denn ihr drei seid alle schon befangen.«

»Gerne«, sagte der Kommissar. »Leg los.«

»Normalerweise versuchen wir, in einem Fall die Puzzlestücke zusammenzusetzen und zu einem Gesamtbild zu kommen, in dem vielleicht noch einzelne Teile fehlen. Hier kommt es mir vor, als ob wir erst die Puzzlestücke zeichnen müssen, um herauszufinden, ob daraus überhaupt ein Bild wird. Also stellen wir fest, welche Informationen wir bereits besitzen und wie die Recherche danach weitergehen und worauf sie sich fokussieren soll. Einverstanden?«

Die drei Herren nickten.

»Es handelt sich um einen Mann namens Martin Schnyder. Welche Basisdaten kennen wir?«

Forrer begann: »Geboren in Bern am 24. Juni 1959, gestorben in Bern am 18. Oktober 2023. Von seinem Leben ist eigentlich nur bekannt, dass er zur Berner Jugendbewegung in den frühen Achtzigerjahren gehört hat und damals wohl in die Karibik ausgewandert ist, vermutlich mit Hauptwohnsitz St. Lucia, denn er besitzt einen Pass dieses Inselstaats unter dem Namen Martin Snider. Im Frühjahr 2023 ist er in die Schweiz zurückgekehrt und bei Yvonne Käser untergekommen, bis zu seinem Tod.«

»Er muss öfter in der Karibik herumgereist sein, denn er hat von verschiedenen Orten aus Postkarten an Ariane Stettler geschickt. Niemals aber aus St. Lucia«, ergänzte Müller. »Wenn diese Insel sein Lebensmittelpunkt war, wollte er nicht, dass man davon erfuhr.«

»Er hatte also etwas zu verbergen«, folgerte Bauer.

»Nicht so schnell«, intervenierte Nicole. »Das ist bereits Spekulation.«

»Darauf sind wir aber in dieser Phase der Ermittlungen angewiesen. Das lässt uns die nächsten Fragen formulieren«, meinte Heinrich. »Zum Beispiel, ob er sich dort eine neue Familie angelacht hat und nicht wollte, dass man in Bern davon erfuhr.«

Simon ergänzte: »Weitere Fakten: Schnyder hat in der Bewegungszeit drei Frauen geschwängert, von denen zwei abgetrieben haben und die dritte einen Sohn geboren hat, den er im letzten Jahr zum ersten Mal gesehen hat. Mit vierundvierzig Jahren, Tim Stettler.«

»Nach den Aussagen der Leute, die ihn kannten, muss er eine charismatische Persönlichkeit gehabt haben, die er hauptsächlich zu seinem eigenen Nutzen auslebte«, sagte Müller. »Er war zwar in der Bewegung präsent, aber keineswegs in einer dominanten Position, wie man es von einem Menschen seines Charakters erwarten könnte. Allerdings ist das Psychogramm äußerst lückenhaft.«

»Vergesst nicht die drei Frauen«, ermahnte Nicole, »das weibliche Element.«

»Von denen wir zwei noch nicht befragen konnten«, erklärte Müller. »Und die dritte hat uns nur die halbe Wahrheit erzählt.«

Bauer ergänzte: »Der Mann im Rollstuhl hat uns von undurchsichtigen Finanzgeschäften berichtet, die er mit Schnyder abgewickelt und mit denen er einen Totalverlust erlitten habe. Welcher Art diese Geschäfte waren, ist uns allerdings nicht klar geworden.«

»Auch nicht, ob er seine Wut auf den Mann nur vorgetäuscht hat, um uns abzulenken«, fügte Heinrich an.

Der Kommissar nahm den Faden wieder auf: »Dann

stirbt dieser geheimnisvolle Bekannte auf der Dachterrasse einer Wohnung in der Berner Altstadt, und nichts weist auf eine Fremdeinwirkung hin. Schon seltsam.«

»Ich bin vor ein paar Tagen durch die Junkerngasse spaziert, habe mich wie ein Kater dreimal um mich selbst gedreht, bin ins unverschlossene Haus eingetreten und konnte ungehindert bis zur Dachterrasse hoch- und auch durchs ganze Haus wieder heruntersteigen. Es ist also problemlos möglich, dass jemand von außen vor Ort gewesen ist.«

»Was das Ganze nicht einfacher macht«, stellte der Kommissar fest. »Bloß gut, dass man dich nicht erwischt hat.«

»Ich war nur Gast im Haus und habe nicht ermittelt«, wiegelte der Detektiv ab.

Draußen kreischten die Vögel und stoben von den Büschen auf. Chili hatte sich wohl zu einer erfolglosen Attacke verleiten lassen.

»Ich sehe immer noch keinen Grund, den Tod noch einmal zu untersuchen. Es sei denn, ihr liefert mir etwas Handfesteres«, erläuterte Markus Forrer. »Vordringlich wäre es nun, mit den beiden anderen Frauen zu reden. Wenn es euch nicht gelingt, Kontakt aufzunehmen, könnte ich durchaus eine Vernehmung einberufen, allerdings fehlt mir ein bisschen der Handlungsspielraum, und wenn sie mit einem Anwalt aufkreuzen, stehe ich blöd da.«

Nicole sagte: »Ich kann einfach nicht glauben, dass drei Frauen, die eine intime Beziehung mit Schnyder gehabt haben, vier Jahrzehnte nichts von ihm gehört haben und dann, als er unvermutet wieder auftaucht, ihn bei sich aufnehmen und so tun, als sei nichts geschehen. Da muss es verborgene Motive geben. Wenn ihr wollt, komme ich zum nächsten Gespräch mit.«

»Ob das Leben von Martin Schnyder bis 1980 relevant ist, bezweifle ich. Aber auf die Bewegungsjahre müssen wir zurückgreifen, das scheint die Grundlage für alle folgenden Ereignisse zu sein. Wir müssen also herausfinden, was er vierzig Jahre lang in der Karibik gemacht hat.«

»Toll«, feixte Bauer, »eine Kreuzfahrt steht an.«

»Aber nicht auf Staatskosten«, schränkte der Kommissar den finanziellen Rahmen ein. »Vielleicht wirft die ehemalige Detektei einen Bitcoin ins Spiel?«

»Abwarten«, sagte Heinrich. »Interessant sind die Finanzgeschäfte. Womit hält sich der Mann über Wasser?«

»Illegale Transaktionen?«, fragte Bauer. »Notare, Treuhänder und Anwälte unterstehen in der Schweiz immer noch nicht dem Geldwäschereigesetz. Da gibt es also Spielraum.«

Müller schloss: »Und dann die große Frage: Warum kommt er zurück nach Bern? Und in welchem Zustand?«

Nicole machte noch einen Punkt: »In Büchern und Filmen gibt es immer komplexere Tötungsmuster mit ganzen mythologisch unterlegten Hintergrundgeschichten. Man fragt sich, ob die Ideen von realen Fällen stammen oder ob sich wirkliche Täter immer kompliziertere Inszenierungen ausdenken, um die Fantasie der Autoren zu übertreffen. Jedenfalls bin ich froh, dass Herr Schnyder einfach nur von einer Wäscheleine stranguliert wurde. Ob freiwillig oder nicht, ist mir schon fast egal.«

Lucy rannte fluchtartig in einer geraden Linie durchs Katzentörchen in die Gaststube, stellte erschrocken die Präsenz von so vielen Fremden fest und raste zurück in den Garten, wo sie von Teddy und Chili erwartet wurde. Der Tag hatte wieder ein normales Antlitz bekommen.

14

Ariane Stettler hatte es fertiggebracht, dass Yvonne Käser nun doch bereit war, mit Simon Bauer zu sprechen. Alexandra Zbinden hingegen hatte sie nicht erreicht.

»Kommen Sie einfach hoch«, erklärte Käser, als er sich telefonisch anmeldete, »die Tür steht offen.«

Heinrich Müller kannte den Weg bereits, also führte er die kleine Truppe an, der sich Nicole Himmel beigesellt hatte.

Etwas erstaunt blickte Yvonne Käser auf die drei, die vor ihrer Tür standen.

»Was soll das werden?«, fragte sie. Dann bat sie sie doch in die Wohnung und fügte an: »Wenigstens ist auch eine Frau dabei.«

»Sie mögen Männer nicht besonders«, stellte Nicole fest.

»So kann man es nicht sagen. Ich mag auch keine Frauen. Im Prinzip.«

Käser, die geschminkt war wie eine Akteurin aus einem Stummfilm der Zwanzigerjahre, führte sie in einen kleinen Raum, der wahrscheinlich als Wohnzimmer durchgehen sollte, jedoch wegen unglaublich viel Kleinzeug fast aus den Nähten platzte. Nicole stellte fest, dass so gut wie alles dabei war, was in Esoterikshops rumgeisterte, von Engeln bis zu Miniaturbuddhas.

Käser bemerkte ihren Blick und seufzte. »Über die Jahre ist das ein oder andere zusammengekommen. Und wegschmeißen ist nicht so mein Ding. Hat ja alles Geld gekostet.«

Nicole erwiderte: »Wenn ich annehmen darf: Wirklich geholfen hat nichts davon?«

Yvonne verwarf nur die Hände.

»Und ihr Verhältnis zu Männern war auch schon einmal besser«, fuhr Nicole fort. »Immerhin gibt es eine längere Geschichte mit Martin Schnyder. Deswegen sind wir hier.«

»Davon bin ich ausgegangen«, sagte Käser. »Möchte jemand eine Zigarette?«

Alle winkten ab, sie zündete sich jedoch eine an und reicherte die ohnehin schon gesättigte Luft mit Rauch und Feinstaub an. Das einzige Fenster blieb geschlossen. Es ging auf die Junkerngasse hinaus. Neben der gegenüberliegenden Fassade war jedoch nichts zu sehen.

»Können Sie uns über Herrn Schnyder als jungen Mann berichten? Wir möchten uns ein Bild von ihm machen.«

»Warum interessieren Sie sich noch für ihn? Er ist gestorben. Seine Geschichte ist fertig erzählt.«

»Für meine Reportage über Herrn Schnyder brauche ich eine Art Psychogramm«, erklärte Simon. »Sie sind die Einzige, die ihn als jungen und als alten Mann gut gekannt haben.«

»Das ist korrekt«, meinte Käser. »So habe ich das noch gar nie gesehen. Allerdings weiß ich wenig über das Leben dazwischen.«

Himmel meinte: »Fangen wir einfach von vorne an.«

Yvonne zog heftig an ihrer Zigarette. »Ich war ein durchaus schwieriges Mädchen, schwere dunkle Haare, Schmollmund, von Jungs begehrt als geheimnisvolle Frau. Dabei war ich einfach nur schüchtern und mit allem unzufrieden. Niemand konnte es mir recht machen, und Schuld waren immer die anderen. Da kam die Achtzigerbewegung gerade zur richtigen Zeit. Dort konnte ich ausleben, was ich fühlte, und wurde dafür bewundert. Und dann stand da dieser total entspannte Mann, der das Geschehen im Griff hatte. Er kam auf mich zu ...«

Nicole befürchtete eine Tränendrüsengeschichte und griff ein: »Wie hat er Sie behandelt?«

»Er hat stets die Zuneigung betont, die er mir gegenüber verspürte, und bewunderte meine sanfte Art, unter der allerdings meine Wut brodelte, aber nur selten ausbrach, und wenn, dann war es wie ein Vulkan, der durch ein paar Erdbeben angekündigt worden war. Im Bett fühlte ich mich wohl unter seinen rhythmischen Bewegungen. Nichts Hektisches, eine beruhigende Nähe und ein sanftes Wiegen.«

Käser hob den Kopf und starrte an die Decke. Die beiden Männer verhielten sich mucksmäuschenstill, als ob sie gar nicht anwesend wären.

»Deshalb war ich durchaus geschockt, als ich von dieser Liebschaft erfuhr. Mir war klar, dass er kaum eine Gelegenheit an sich vorbeistreichen ließ, aber ich war mir seiner sicher. Als er die Konkurrentin, die ich damals noch nicht kannte, nicht nur als vorübergehende Affäre bezeichnete, zerbrach sozusagen das erste Glas. Weitere sollten folgen. Es waren kleine Nadelstiche, die nicht sehr schmerzten, und einen einzelnen hätte ich auch in Kauf genommen, aber als es nicht enden wollte und er ständig nur Ausreden erfand, habe ich den Stecker gezogen.«

»Wussten Sie damals schon, dass Sie schwanger waren?«

»Ich ahnte es, aber ich habe es vor ihm geheim gehalten.«

»Und dann haben Sie abgetrieben?«, fragte Nicole.

»Hat Ihnen das diese Klatschbase erzählt?«

»Sie meinen Frau Stettler? Sie hat uns nur von den zeitgleichen Schwangerschaften erzählt, aber keine Details darüber hinaus.«

Käser fuhr fort: »Dann wissen Sie ja, dass wir am Ende drei Frauen waren, alle in nicht so guter Hoffnung. Ariane wollte ihr Kind behalten, sie war ein bisschen gläubig, was ihren Entscheid beeinflusst hat. Und sie konnte letztlich auf ihre Eltern zählen. Alles keine Option für Alexandra und mich. Wir sind nach Holland gefahren und haben uns eine zweifelhafte Abtreibungsklinik gesucht, für beide mit Spätfolgen, denn wir konnten nie mehr Kinder kriegen.«

»Sie müssen Martin gehasst haben«, schloss Nicole.

»Ich habe alles gehasst, was mit der Bewegung zusammenhing. Ich habe mich jahrzehntelang der Illusion hingegeben, dass ich ein besseres Leben hätte haben können, wenn ich nicht in diesen Strudel geraten wäre. Und ich weiß heute noch nicht, ob es der größere Egoismus gewesen ist, das Kind auszutragen oder es abzutreiben.«

»Und die anderen beiden Frauen?«, wollte Himmel wissen.

»Freundinnen sind wir nicht geworden«, erklärte Yvonne. »Aber wir hatten ein gemeinsames Schicksal, und so haben wir uns über die Jahre hinweg regelmäßig getroffen, und jedes Mal gab es mir einen Stich ins Herz, wenn der kleine Tim dabei war. Zuerst haben wir über Martin gelästert, aber mit der Zeit ist selbst das abgeflaut, unwichtig geworden. Als Ariane mit ein paar Postkarten daherkam, ist der Hass noch mal aufgeflammt, weil Alex und ich nicht mitgemeint waren. Es waren irgendwann auch einmal vierzig Jahre vorbei, und inzwischen hatte ich tatsächlich gemerkt, dass ich für mein Leben selbst zuständig bin. Aus meiner verdammten Trötzelei heraus habe ich keine Berufslehre abgeschlossen. Nun schufte ich im Verkauf bei einem internationalen Discounter, in dem sich das Elend der Welt die Klinke in die Hand gibt. Und ich lebe hier in dieser bescheidenen Bleibe, die immerhin noch günstig ist. Aber wenn ich bald einmal in Rente gehe, wird vielleicht das Geld nicht einmal mehr dafür reichen. Da kam Martin Schnyder gerade recht. Er wollte im letzten Frühjahr bei mir einziehen. Ich habe ihm so viel Miete abgeknöpft, wie ich konnte.«

»Ich verstehe es trotzdem nicht«, sagte Nicole. »Wie konnten Sie den Mann, den Sie jahrzehntelang verabscheut haben, einfach wieder in ihr Leben eindringen lassen? Das Geld allein kann es ja nicht gewesen sein.«

»Das ist schwer zu begreifen, sogar für mich«, gab Käser zu. »Ich glaube, es war auch ein bisschen Rache mit dabei. Ich fühlte mich wiederum erhört, weil er mich vor den anderen beiden bevorzugte. Die Gefühle rumorten noch immer in meinem Bauch. Sie können mich gerne dafür verurteilen, eine bessere Erklärung habe ich nicht.«

Ihre Augen waren schwer und müde geworden. Sie zog sich langsam zurück.

»Noch eine Frage«, sagte Heinrich in die Stille hinein, und Yvonne bemerkte, dass neben Nicole noch jemand anwesend war. »Sie haben Schnyders Haltung in der Bewegungszeit beschrieben. Wie hat er sich denn nach so langer Abwesenheit präsentiert?«

Käser musste etwas überlegen, als sei diese Zeit länger zurück als die Achtzigerjahre. Dann sagte sie: »Martin gab sich nach wie vor liebenswürdig und besonnen. Geliebt haben wir uns nicht mehr, zusammen im Bett waren wir auch nicht, wenn Sie das meinen. Aber er strahlte eine gewisse Unruhe aus. Er hatte Probleme damit, seine Identität nachzuweisen. Er erzählte mir, er habe seinen Schweizer Pass verloren und die Staatsangehörigkeit von St. Lucia beschafft, was ihm mit dem Einsatz gewisser Mittel gelungen sei. Nun aber sei er mit einem Touristenvisum eingereist und müsse sich auf die Suche nach Dokumenten machen, damit er überhaupt Anspruch auf eine Rente und auf Ergänzungsleistungen anmelden könne.«

»Besaß er denn kein Geld mehr?«, wollte Bauer wissen.

Käser zuckte die Schultern.

»Ich meine«, fuhr er fort, »wir hatten von Finanzgeschäften gehört, in die Schnyder verwickelt war und die ungünstig für ihn ausgingen.«

»Davon hat er nichts erzählt. Er hatte zwar Geld, war aber durchaus knausrig und kaufte immer das Günstigste ein oder bat mich, am Abend aus dem Supermarkt die nicht mehr zu verkaufenden Lebensmittel mit nach Hause zu nehmen.«

»Seien Sie mir nicht böse«, sagte Nicole, »aber irgendetwas geht hier nicht auf. Es kann doch nicht sein, dass Ihr alter Freund, den Sie hier beherbergt haben, auf Ihrer Dachterrasse Selbstmord beging, weil er Probleme mit der AHV hatte.«

Ein paar Tränen verschmierten die Augen von Yvonne Käser und schlugen eine Schneise in die dick aufgetragene Schminke.

»Nein«, stieß sie dann hervor. »Das war es nicht. Er hat mir am ersten Abend anvertraut, er habe einen zu spät diagnostizierten Prostatakrebs, den man nicht mehr operieren könne. Er habe, laut Aussage der Ärzte auf St. Lucia, noch ein halbes Jahr zu leben. Ich wollte ihn ins Inselspital schicken, aber er lehnte das ab. Er sagte nur: ›Dann verlängern sie mein Leben um ein paar Wochen, und ich wackle inkontinent und impotent durch Bern. Das ist würdelos.‹ Darauf wusste ich nichts mehr einzuwenden.«

Yvonne stand auf, nahm eine gehäkelte Decke von einem Plattenspieler, griff ins Regal und kam mit einer verstaubten Schallplatte zurück, die sie nun auflegte. Es war die dritte LP der Einstürzenden Neubauten, »1/2 Mensch«, die Nadel kratzte durch die Rillen und spielte »Yü-gung – Fütter mein Ego«. Ein repetitiver Beat stürmte durch die Dachwohnung und die verzweifelte Stimme von Blixa Bargeld schrie vor einer singenden Säge: »Ich bin zwölf Meter groß, und alles ist unvorstellbar!«

»Das war ein würdiger Abgang«, erkannte Müller, als sie wieder auf der Junkerngasse standen. »Diesen frühindustriellen Sound hätte ich der Dame gar nicht zugetraut. Die Buddhas haben alle mit den Köpfen gewackelt.«

»Du meinst, Schnyder habe sich aufgehängt«, frotzelte Bauer, »damit er sich diesen Krach nicht mehr anhören musste?«

»Majestätsbeleidigung«, grummelte der Detektiv.

Nicole wandte ein: »Mir will es nicht in den Kopf, dass Ariane Stettler nichts von einer Krebserkrankung gesagt hat und dass auch die Polizei nichts davon weiß. Eine bessere Erklärung für Selbstmord gibt es doch kaum. Dann könnte man beinahe gelassen durchs Leben gehen.«

Sie waren inzwischen bei der Nydeggbrücke angelangt.

»Lasst uns zum Muristalden hochgehen, dort gibt es bestimmt eine Sitzbank, wo ich ungestört telefonieren kann«, schlug Heinrich vor. Er rief die Rechtsmedizin an und verlangte Laura de Medico. Zuerst schilderte er in groben Zügen die Unterhaltung mit Frau Käser und fragte schließlich: »Ist euch bei der Autopsie ein Krebszustand aufgefallen, insbesondere eine Vergrößerung der Prostata?«

»Ich hole rasch den Autopsiebericht auf den Bildschirm«, antwortete sie, »auch wenn ich dir mit Bestimmtheit sagen kann, dass es keinen außergewöhnlichen Befund gegeben hat. Und ja«, sagte sie nach einer kurzen Pause, »da haben wir ihn. Nein. Kein Krebsbefund. Die Prostata war nicht über das zu Erwartende hinaus vergrößert.«

»Ich danke dir«, schloss Heinrich das Gespräch und teilte das Ergebnis mit.

»Was hat das zu bedeuten?«, fragte Simon.

»Kann eine falsche Diagnose des Arztes auf St. Lucia sein, obwohl die dort medizinisch auch gut ausgebildet sind. Denn das wäre doch ein krasses Fehlurteil.«

»Also war es eine Mitleidstour, damit er bei Yvonne Käser unterkriechen konnte?«, fragte Nicole niemand Bestimmten.

Bauer folgerte: »Er hat das ganze Geld ausgegeben und will sich aushalten lassen?«

»Dagegen spricht, dass er offenbar eine Art Miete für sein Zimmer bezahlt hat«, sagte der Detektiv. »Wir müssen unbedingt mehr über seine finanziellen Verhältnisse herausfinden.«

Simon schränkte die Hoffnungen ein: »Das dürfte selbst für die Polizei schwierig werden, denn auf Konten in der Karibik werden sie kaum Zugriff erhalten.«

15

»Wir müssen über Sex reden«, sagte Simon Bauer.

»Wieso? Brauchst du einen Tipp?«, fragte Heinrich Müller zurück.

Simon blickte den älteren Mann auf der Bank neben sich irritiert und beunruhigt an. Der Reporter und der Detektiv saßen am Rand eines umlaufenden Gehwegs im Spitalackerpark. Rechts von ihnen tobten Kinder auf einem Spielplatz unter Bäumen, die in ihrem Frühlingskleid noch wenig Schatten boten. Um den größeren Teil der Grünfläche herum erstreckte sich der vor Kurzem renovierte Gebäudekomplex des Domicils, eines neudeutsch »Alterszentrums«, dessen kleine Wohnungen und Zimmer hauptsächlich nach Süden ausgerichtet waren und eine angenehme Atmosphäre und Ruhe boten, die höchstens ab und zu gestört wurde durch den Spielbetrieb auf dem gegenüberliegenden Fußballplatz des FC Breitenrain. Vor ihnen tapste ein kräftiger Kater in getigerten Lachsrosa vorbei.

»Hallo, Charlie«, sagte der Detektiv, und Bauer fragte sich, wie er mit diesem Mann, der mit Katzen sprach, über Sex reden sollte. »Charlie stammt aus unserer näheren Umgebung und kommt ab und zu bei uns vorbei, um sich ein Tellerchen Futter zu gönnen, das Lucy stehen gelassen hat. Er ist vor ein paar Jahren ins Altersheim umgezogen. Warum er sich hier wohler fühlt als in seinem ursprünglichen Zuhause, weiß niemand.«

»Spannend«, brummte der Reporter, und man hörte die ganze Untiefe dieses inflationär benutzten Begriffs heraus.

»Also Sex«, nahm Heinrich das Thema wieder auf.

»Scheint damals eine wichtige Rolle gespielt zu haben«, meinte Simon.

»Natürlich«, entgegnete Müller und betrachtete die mächtige Buche mit ihren prachtvoll ausladenden Ästen, die eine Art riesiges Zelt in den Park hinein gebaut hatten.

Bauer fragte: »Sprichst du nicht gerne darüber?«

»Doch, die Frage ist nur, wie«, antwortete Heinrich. »Auch die intimen Beziehungen von Menschen leben doch hauptsächlich über die mit ihnen verbundenen Geschichten. Und die sind sehr persönlich. Sonst landet man schnell einmal in irgendwelchen Statistiken, die auf Umfragen beruhen, die kein Mensch ernst nehmen kann.«

»Wie meinst du das?«

»Nehmen wir an, ein Institut beglückt per Telefon zehntausend Menschen mit der Frage, wie oft sie pro Woche Geschlechtsverkehr ausüben und wie oft sie dabei einen Orgasmus haben. Was glaubst du, wie viele davon überlegen und dann ehrlich antworten: ›Also, mit meinem Mann eigentlich nie, aber …‹ oder: ›Jeden Tag, und immer mit Orgasmus.‹ Wer sagt bei so was schon die Wahrheit. Dennoch gibt es äußere Bedingungen, die man nicht vernachlässigen darf.«

»Und die wären?«, wollte Simon wissen.

»Wir waren eine eng verschworene Gemeinschaft von jungen Menschen. Da entstehen Zu- und Abneigungen auf jeder Ebene. Aber wo wollte man die ausleben? Viele von uns wohnten noch bei den Eltern, hatten also keine eigenen Buden, das gab schon ganz praktische Hindernisse. Dann reden wir von Liebe und Sex in den Zeiten, als es bereits die Pille gab, nachdem sich Frauen- und Homosexuellenbewegung ihren Platz in der Gesellschaft geschaffen hatten, in einer wilden, ungezügelten Aufbruchstimmung einer rebellischen Nach-Punk-Generation. Nicht gerade der Summer of Love, wie ihn die Hippies 1967 in San Francisco gefeiert hatten, aber immerhin.«

»Tönt vielversprechend«, stellte Bauer fest.

»Und es waren die Jahre, bevor die zu Beginn noch durchaus tödliche Immunschwächekrankheit AIDS die sexuellen Beziehungen massiv beeinträchtigte. Wie immer waren Hoffnungen und Illusionen mit der herrschenden Stimmung verbunden, vor allem im ersten Jahr der Bewegung, als noch alles möglich schien. Das gemeinsame Erleben unter Adrenalin und latenter Gefahr schweißt zusammen. Allerdings hält die Schweißnaht nicht immer über den ausgedehnten Augenblick hinaus.«

»Und welche Illusionen haben dich geplagt?«

»Die Euphorie der jungen Jahre ist schwer zu erklären. Ich hatte so ein Konzept im Kopf, das man heute wohl als polyamor bezeichnen würde, denn Treue ist weniger eine Sache des Körpers, sondern eine des Kopfes. Die Idee von freien Beziehungen, die nicht fix an eine Partnerin oder gar an eine Ehe gebunden waren, fand damals noch keinen ausgedehnten Nährboden, viele Frauen wollten sich damit nicht anfreunden, sondern warfen mir Egoismus vor und konnten nicht verstehen, was das mit Liebe zu tun haben sollte. Das war durchaus nicht falsch, wenn man mit einer Zweierbeziehung liebäugelte. Und wie gesagt, AIDS hat bald darauf mit diesen Vorstellungen radikal Schluss gemacht. Plötzlich dominierte die Angst über die Liebe. Und über den Sex sowieso. Zum Glück lagen meine sexuell aktivsten Jahre vor dieser Zeit.«

Simon sagte: »Ich will dir nicht zu nahe treten, aber das tönt irgendwie ähnlich wie das Konzept von Martin Schnyder.«

»Ich habe mir darum herum ein intellektuelles Gebäude von Theorien und Erklärungen aufgebaut und dies jeweils auch verkündet, ob es erwünscht war oder nicht. Ob sich Schnyder auch derartige Gedanken gemacht hat, kann ich nicht sagen. Jedenfalls habe ich keine Kinder gezeugt. Das bedeutet nicht, dass nicht die eine oder andere Illusion zerstört worden ist, und ich habe wohl mit meiner Haltung auch Menschen verletzt. Meine Rechtfertigung ist allerdings, dass sie gewusst haben, worauf sie sich einließen. Das scheint bei Martin nicht der Fall gewesen zu sein. Denn da schwelt die Hoffnung unter der Oberfläche bis heute weiter.«

Bauer erkannte: »Es braucht schon starke Gefühle, dass es so herauskommt wie in unserem Fall.«

»Wenn wir uns vom Sex etwas wegbewegen«, sagte der Detektiv, »müssen wir auch auf die anderen Exzesse zu reden kommen, die mit der Bewegung verbunden waren.«

»Und die wären?«

»Zuerst einmal der fatale Hang zur Gewalt bei einigen revolutionären Kämpferinnen und Kämpfern. Da wurde die anfängliche Empörung über brutale Polizeieinsätze bald zur Lust an der Zerstörung, die ohne konkreten Anlass ausbrach. Mich hat das jeweils verstört zu beobachten, mit welcher Begeisterung man Schaufenster einschlug oder gar auf die Polizei losging. Gar nicht mein Ding. Ich verstand mich von Anfang an als Pazifist.«

»Eine etwas naive Position, wenn man die aktuellen Konflikte ansieht«, betonte der Reporter.

»Mag sein. Pazifist zu sein, bedeutet nicht, dass man sich von jedem Angreifer abschlachten lässt. Sondern es geht um die Grundhaltung, die dahintersteckt, nämlich dass man mit Waffen und Aggressionen keinen Frieden schafft. Aber ja, die in den letzten Jahren angezettelten Kriege machen nicht gerade viel Hoffnung darauf, dass die Menschheit aus ihrer mörderischen Geschichte etwas gelernt hat. Doch zurück zur Achtzigerbewegung. Die hatte einen lokalen Charakter und wurde auch von internationaler Gier ausgehebelt. Denn im Verlauf der Revolte, die zunehmend an Kraft und Energie verlor, nisteten sich Drogenkartelle und ihre örtlichen Ableger ein und drangen damit in ein Feld der Frustration ein, das die Ereignisse hinterlassen hatte.«

»Du redest von Cannabis?«, fragte Bauer.

»Nein, das war schon länger auf dem Markt und wurde bereits in der Gegend um Bern herum angebaut, damit konnte man umgehen. Die Szene wurde jedoch sehr schnell überschwemmt mit Heroin, der Droge der

Hoffnungslosigkeit, der man wenige Jahre später mit Kokain, der Droge der unkontrollierten Dauererregung, aus dem Weg zu gehen schien. Aus der Aufbruchsjugend wurde bald einmal die Absturzgesellschaft, die in den Drogenparks kulminierte, in Zürich im berüchtigten Platzspitz, in Bern im Kocherpark, in dem am Ende Tausende von verelendeten Gestalten sich die verschmutzten Spritzen teilten und um das letzte Gramm Heroin kämpften. Was im Übrigen zur starken Verbreitung von AIDS und anderen Krankheiten führte. Letztlich mündete es in ein radikales Vernichtungsprogramm von suchtkranken Menschen, da dieser kollektive gesellschaftliche Absturz nicht mehr aufzuhalten war. Ein betrübliches Kapitel schweizerischer *Sozial*politik.«

»Hattest du damit etwas zu tun?«

»Nein. Niemals. Ich habe mich immer von harten Drogen ferngehalten. Auch von allen synthetischen Mitteln, die direkt in das Gehirn eingreifen, ohne dass man ihre genauen Wirkungen kennt«, erklärte Müller. »Ich war 1979 einen Monat auf Jamaika. Danach wusste ich, wie Marihuana funktioniert. Und ich musste die Erfahrung nicht wiederholen. Zum Glück, kann ich heute sagen.«

Simon meinte: »Bei Martin Schnyder, um auf ihn zurückzukommen, erkennen wir nur im Sex ein gewisses Suchtverhalten. Das wäre relativ harmlos.«

»Soweit wir wissen, ist das korrekt. Allerdings ist *harmlos* wohl der falsche Begriff. Letztlich hat es dazu geführt, dass vier Lebensläufe entscheidend beeinflusst wurden, bis zum bitteren Ende für Schnyder selbst.«

*

Hausbesetzung

Ich besuchte Freunde, die in einem besetzten Haus wohnten, das sie zu ihrem Lebensmittelpunkt gemacht hatten. Eine gewisse Ruhe herrschte allerdings nur im Schlafzimmer, und manchmal nicht einmal dort. Überall sonst musste man mit mehr oder weniger liebsamen Besuchern rechnen.

So schön das Leben fern vom familiären Daheim war, so aufregend blieb es auch während der Monate, in denen man das Haus nutzen durfte, denn nach einer anfänglichen Phase der Angst vor einer polizeilichen Räumung und der zu erwartenden Konsequenzen hatte der Hausbesitzer ein Bleiberecht eingeräumt, bis er die Bewilligungen für einen Abriss und Neubau oder einen Umbau vorliegen hatte. So genau weiß ich das nicht mehr, aber es war unerheblich für die Wut über die Wohnungsnot, die vor allem junge Menschen mit wenig Einkommen betraf. Ich hingegen hatte mit viel Glück eine solche günstige Wohnung sozusagen ersessen, indem ich bei Freunden eingezogen war, die sich nach etwas Ruhigerem umgesehen hatten und mich als Faktotum zurückließen.

Jedenfalls saßen wir eines Abends im Parterre in der Küche des besetzten Hauses. Die Diskussion wogte hin und her, man besprach, wie man sich beim nächsten Polizeieinsatz verhalten sollte und wie man sich organisieren würde, wenn das Gebäude trotz aller Versicherungen geräumt würde. Denn neben dem Besitzer gab es als Akteur auch noch die Stadtregierung, die die zunehmende Zahl der Hausbesetzungen eindämmen wollte.

Jemand demonstrierte, wie man aus zwei geköpften und zusammengelöteten Nägeln Krähenfüße herstellte, die dann als Fahrzeugsperre ausgestreut werden konnten, indem sie die Pneus aufschlitzten. Eine aufregende Vorstellung, die mich aber nicht begeisterte, denn ich war nach wie vor für gewaltlosen Protest.

Das Level der Frustration stieg im Verlauf des Abends mit dem Maß an Alkohol. Die Stimmung wurde aggressiver, die Stimmen lauter, bis der Besoffenste von allen eine leere Bierflasche schnappte und sie sich selbst über den kahlrasierten Schädel schlug. Sie zerbrach in tausend Scherben, er brüllte irgendeinen Spruch, den vor Entsetzen niemand mehr zur Kenntnis nahm. Dann zog er die Füße auf den Stuhl, die Knie ans Kinn und wurde still.

Als ob damit alles gesagt sei, zogen wir uns zurück.

16

»Irgendetwas stimmt hier nicht«, dachte Simon Bauer, bevor er wieder wegdöste. Er hatte noch erkannt, dass er in einem fremden Bett lag, in einem hellen weißen Zimmer, das nach Klinik aussah. Dann konzentrierte sich sein Denken wieder auf die Erinnerung.

Er wollte auf die Münsterplattform gehen, denn dort war eine öffentliche Toilette, und er sehnte sich nach einer gewissen Erleichterung. Er befand sich auf der Höhe der Münstergassbuchhandlung, als er hinter sich Schritte und Johlen hörte. Er drehte sich um und erkannte drei Hexen, die unter den Lauben auf ihn losstürmten. Fasnacht, dachte er und schüttelte den Kopf. Er hatte sich noch nie damit anfreunden können. In Bern hatte es im Spätmittelalter ausgiebige Fastnachtsfeiern mit Umzügen, Theateraufführungen und Vermummung gegeben, die nach der Reformation verboten worden waren, da man das wilde Treiben als unsittlich empfand. Es ging wohl hauptsächlich darum, die unkontrollierbare Revolte zu unterdrücken.

Erst 1982 wurde die Berner Fasnacht neu eingeführt, also zur Zeit, als die Bewegung zusammenbrach. Vielleicht war das Zugeständnis der Behörden auch damals nur in der Absicht erteilt worden, durch dieses Ventil ein wenig Dampf abzulassen und damit die Aufmerksamkeit von der Berner Jugend weg auf letztlich doch unter Kontrolle stehende Aktivitäten zu verlegen. So oder so, Simon hatte als Jugendlicher einmal in den Gassen getanzt und getrunken, war sich aber in der Menschenmasse, in der er niemanden kannte, ziemlich verloren vorgekommen und hatte deshalb keinen zweiten Anlauf genommen. Umso befremdlicher fühlte es sich nun an, als er erkannte, dass die drei Hexen, die abenteuerlich kostümiert und vollständig maskiert waren, es auf ihn abgesehen hatten. Sie hatten seine Höhe erreicht, schubsten ihn von links nach rechts, nahmen ihn in die Mangel, indem sie sich an ihn pressten, bis eine von den dreien um Ruhe bat und folgende Verse rezitierte:

»Wann treffen wir drei wieder zusamm'?«
»Um die siebente Stund', am Brückendamm.«
»Am Mittelpfeiler.«
»Ich lösch die Flamm'.«
»Ich mit.«
»Ich komme von Norden her.«
»Und ich vom Süden.«
»Und ich vom Meer.«
»Hei, das gibt ein Ringelreihn,
und die Brück' muss in den Grund hinein.
»Und der Zug, der in die Brücke tritt
Um die siebente Stund?«
»Ei, der muss mit.«
»Muss mit.«
»Tand, Tand
Ist das Gebild von Menschenhand.«

Dann ließen sie von ihm ab, Simon stolperte ein paar Schritte weiter. Als sie weg waren, tastete er nach Smartphone und Portemonnaie. Alles noch da. Auf dem Münsterplatz erblickte er, hinter dem Mosesbrunnen leicht versteckt, eine Figur mit struppigen Haaren und in grünem Gewand. Das war Robin Hood. Dann bückte sich Robin, ergriff einen losen Pflasterstein und schleuderte ihn auf Simon. Bauer ging zu Boden. Bald einmal standen Menschen über ihm, und er hörte die Sirene eines Rettungsfahrzeugs.

»Glück gehabt, dass die Fasnacht noch nicht voll im Gang ist«, meinte der Sanitäter, der ihm aufhalf, leider auf der falschen Seite, denn ein heftiger Schmerz schoss durch Simons Oberkörper, »sonst hätten wir uns kaum noch einen Weg durch die Massen bahnen können.«

Jetzt schreckte Simon auf, denn die Tür wurde geöffnet, Heinrich Müller und Nicole Himmel betraten das Zimmer. Zum Glück ohne Verkleidung.

»Solltest die Haare wieder mal waschen«, sagte Nicole.

»Du hast gut reden«, erwiderte Bauer. »Duschen ist nicht drin, bis die Operationswunde vollständig verheilt ist.« Er erinnerte sich, dass er am Morgen bei der Arztvisite bereits wach gewesen war. »Der Pflasterstein hat mich von vorn getroffen und das rechte Schlüsselbein gebrochen. Das war Robin Hood. Der hat die Reichen beklaut. Das ist politisch korrekt.«

»Aber der Wurf mit dem Pflasterstein ist politisch nicht mehr korrekt, denn er hätte dich auch am Kopf treffen können, dann wärst du vielleicht tot«, stellte Nicole fest.

Simon wollte nonchalant mit der Schulter zucken, was ihn mit einem dumpfen Schmerz ins Kissen zurückwarf. Dann sagte er: »Vorher waren da diese drei Hexen. Die eine hat ein Gedicht vorgetragen, in dem es um eine einstürzende Brücke geht und um einen Zug, der ins Meer stürzt.«

Müller meinte: »Das Morphium reizt die Fantasie.«

»Wart mal«, stoppte ihn Nicole. »Vielleicht ist das die Ballade von Theodor Fontane, ›Die Brück' am Tay‹, die haben wir als Jugendliche in der Schule gelesen. Ziemlich dramatisch. Ist die Fasnacht neuerdings ein Bildungsanlass?«

»Kenne ich nicht«, sagte der Reporter. »Bei uns hat niemand altes Zeugs rezitiert.«

»Schade eigentlich«, sagte Himmel. »Hexen zitieren Fontane, der wiederum auf die Hexen aus Shakespeares ›Macbeth‹ zurückgreift, die eine böse Zukunft prophezeien.«

»Hat sich die Polizei bei dir gemeldet?«, fragte Heinrich.

»Nein, bisher nicht.«

»Wenn du wieder fit bist, rufst du am besten Markus Forrer an. Der kann dir erklären, was man machen sollte«, sagte der Detektiv. »Könntest du den Angreifer identifizieren?«

»Keine Chance«, stellte Bauer fest. »Der kam so schnell auf mich zu, und plötzlich war da dieser Schmerz, der alles um mich herum vernebelte. Aber der Typ ist abgehauen, ohne sich vom Erfolg oder Misserfolg seiner Attacke zu überzeugen. Deshalb gehe ich davon aus, dass es ein dummer Bubenstreich war.«

Nicole entrüstete sich: »Eine mutwillige Verletzung ist niemals ein Bubenstreich. Und wer einen Pflasterstein auf einen anderen Menschen wirft, hat eine bestimmte Absicht, nämlich ihn zu verletzen. Wir müssen also davon ausgehen, dass er dich gekannt und gezielt angegangen hat.«

»Drei Hexen und ein Robin Hood«, sinnierte Heinrich. »Das kommt mir schon sehr wie die drei Witwen und ihr Sohn vor.«

Bauer wandte ein: »Das wäre doch etwas plump.«

»Du kannst sie nicht identifizieren«, sagte Müller, »und vielleicht ging es wirklich nicht um eine schwerere Verletzung, sondern nur um eine Warnung, die dich in die Schranken weisen sollte. Wir wissen ja nicht, wie sehr sie unter Druck stehen. Unsere Gespräche haben vielleicht etwas ausgelöst, dessen Ursache wir noch nicht kennen.«

Erst am nächsten Morgen wurde Simon Bauer bewusst, dass er allein in einem Doppelzimmer im Inselspital lag. Fernsicht auf die Alpen, wenn er den Kopf nach rechts drehte. An der Wand gegenüber ein düsteres Plakat nach einer Lithografie von Edvard Munch, den Namen hatte er sich gemerkt, als er gestern Abend die Toilette aufsuchte. »Madonna (Dame mit Brosche)«, stand darunter, und tatsächlich vermittelte die Dame mit dem wallenden schwarzen Haar einen mütterlichen Eindruck, wenn sie aus schweren Augen auf den Bettlägerigen hinunterblickte und ihm wohl so etwas wie Hoffnung mit auf den Weg geben sollte.

Simon hielt sich da eher an Regina Spektor, die aus den Kopfhörern seines iPhones mehr Zukunft verbreitete, als sie in allerdings schwer verständlichem Gesang zur kargen Gitarre bekannte, dass sie sich nicht an Namen oder Orte erinnern könne, nur daran, dass »someone next door's fucking to my song«. Gerade als er sich das lebhaft vor Augen führte, öffnete sich die Tür und Amanda Bergmann trat herein, in ihrem Schlepptau Leo Feuz. Es hatte sich offenbar schnell herumgesprochen, dass er hier am besten zu erreichen wäre. Amanda trug, ganz Businesswoman, ein stahlblaues Deuxpièces und ein doppeltes Perlenohrgehänge, das sie als Nachfahrin des Mädchens von Jan Vermeer identifizierte. Mangels eines Redaktionsbüros erwies sich das Spitalzimmer als geeignet, konnte man doch den Laptop auf das Beistelltischchen platzieren und im Stehen den gewünschten Text eintippen. Leo Feuz stand eher nutzlos vor dem Fenster und putzte die Fingernägel.

»Da schickt man mal einen Reporter auf die Gasse, und wo landet er«, stellte Amanda fest, denn eine Frage war es nicht. »Im Spitalbett. Wie ist es so weit gekommen?«

Also erzählte Simon seine Geschichte und schmückte die fatale Rolle von Robin Hood etwas aus, indem er behauptete, einem ersten Steinwurf habe er noch ausweichen können. Er müsse mehr Spesen haben, verlangte er danach und wies in einem Kreis auf die ernüchternden Umstände, in denen er sich fand, und ergänzte: »Eine Gefahrenzulage wäre auch angebracht.«

Bergmann schüttelte den Kopf und sagte: »Soll ich die Webseite etwa mit Fotos aus dem Spitalbett füllen?«

Überhaupt zweifelte sie an Bauers Geschichte, und sie fragte: »Was gibt man dir denn so als Schmerzmittel? Du hast bestimmt aus den USA gehört, dass die abhängig machen und zu Drogensucht führen können. Außerdem bewirken sie offensichtlich Halluzinationen. Was hast du denn in der Geschichte zu Martin Schnyder bisher herausgefunden?«

Simon versuchte, den stetigen, schrittweisen Ablauf von detektivischen Ermittlungen rüberzubringen. Die Chefredaktorin hatte für den Schneckengang, wie sie es nannte, kein Gehör. »Dreh den Turbo auf. Die Leserinnen und Leser wollen keine Befindlichkeitstexte lesen, sondern spektakuläre Ergebnisse vorgesetzt bekommen.«

»Spekulieren gehört nicht zum guten Ton der Polizeiarbeit«, stellte der Reporter fest.

»Zu einem knackigen Text schon«, erläuterte sie. »Man will Aufwühlendes hören, und wenn es das nicht gibt, dann ein Netz von Möglichkeiten, an die im ersten Moment keiner gedacht hat. Das ist deine Aufgabe als Journalist. Du sollst Gedankenräume öffnen, von denen noch nicht einmal die Beteiligten geträumt haben. Nur so holst du dir ein Publikum, machst dir einen Namen.«

»Wir sind dran«, erklärte Bauer.

»Wer ist ›wir‹?«, fragte Leo. »Ich glaube, du lässt dich zu sehr von Fachpersonal mit bürokratischen Ambitionen einschränken. Drück etwas auf die Tube, geh auch mal irgendwo rein, wo es weh tut.«

»Autsch«, sagte Bauer, als er sich im Bett drehte.

»Tut mir leid«, kommentierte Feuz seinen Fauxpas. »War nicht wörtlich gemeint.«

INTERLOG: GEGENWART

Inzwischen war Markus Forrer im Schwarzen Kater aufgetaucht. Nach wie vor diente die ehemalige Gaststube als Essraum, wenn Nicole und Heinrich Gäste empfingen. Das geschah zwar seltener als zu den Zeiten, als die Detektei noch voll funktionsfähig war. Aber der Kommissar war immer willkommen.

»Der junge Mann, den du bei mir vorbeigeschickt hast, macht Eindruck«, sagte Markus. »Er ist aufmerksam und intelligent und recherchiert in alle Richtungen.«

»Eine Frage hat er sich bisher nicht getraut«, antwortete Heinrich.

»Die wäre?«, fragte der Kommissar und ahnte doch bereits, in welche Richtung es ging.

»Könnte einer von euch mit dahinterstecken?«

»Ein später Racheakt, meinst du? Nach über vierzig Jahren? Was sollte das Motiv sein? Direkten Kontakt zu den Demonstrierenden gab es schon damals nicht. Und als besonderer Unruhestifter oder gefährlicher Aktivist müsste er innerhalb des Kaders heute noch bekannt sein. Aber wie du weißt, habe ich diese Zeit persönlich nicht miterlebt. Auch die damals aktiven Polizisten waren 1980 bereits fünfundzwanzig und älter, müssten heute also grob gesagt zwischen siebzig und achtzig Jahre alt sein. Die Rache-Rentnercops sozusagen. Unwahrscheinlich.«

Müller folgerte: »Du magst recht haben. Das Opfer hätte auch kaum ihm unbekannte Leute auf die Dachterrasse oder in die Wohnung gelassen. Da steckt wohl etwas anderes dahinter, irgendeine Angelegenheit, die er noch erledigen musste, wegen der er hier aufgetaucht ist oder die angesichts seines Alters keinen Aufschub mehr duldete.«

»Denk daran: Auf der Dachterrasse haben wir nur den Leichnam gefunden, sonst nichts, was die Anwesenheit einer anderen oder mehrerer Personen erklären würde, mal abgesehen von den dauernden Bewohnern des Hauses. Martin Schnyder hat also niemanden zum Umtrunk oder Kaffeekränzchen eingeladen, es sei denn, jemand hätte gründlich aufgeräumt. Wir gehen deswegen weiterhin von einem Suizid aus, so unspektakulär das auch tönt. Aber ich habe gehört, du hast ein neues Hobby. Erzähl mir davon.«

»Ich bin im Internet auf Briefe an die Glasbläserdynastie Siegwart in Flühli im Entlebuch gestoßen. Einer davon stammt von einem Vinzenz, der in Deutschland Medizin studierte und sich bei seinem Onkel beklagte: ›So eben erhalte ich einen Brief vom lieben Vater, in welchem man mir anzeigt, daß er den Gebr. Aregger das Geld welches selbe mir durch einen Wechsel übermachten, wieder zurückbezahlt habe. Welche Gefühle regen sich in mir wenn ich lese – dein Vermögen ist nun zu Ende; in Zukunft kannst du selbst schauen wo du Geld bekommst, und trachten selbst für dich zu sorgen, ich habe es lange genug gethan!!_ Kann das wohl väterlicher Ernst sein, oder ist es eine Folter auf die man mich unverdienter Weise spannen will?‹«

Heinrich hielt das blasse Papier ans Licht, als ob er etwas entziffern müsste, dabei hielt er die Transkription in der anderen Hand.

»Leider sind die meisten Briefe nicht für die Nachwelt unterzeichnet, denn innerhalb der Familie wusste man natürlich, von wem sie stammten. Weiter unten schreibt besagter Vinzenz: ›Drei Jahre habe ich nun auf Universitäten zugebracht und zwar als Student der Medizin, hat nicht jeder 3 ½ – 4 Jahre auf Universitäten zu arbeiten? Ach welch Unglück für ein Sohn, wenn ein Vater sich nie einem gelehrten Berufe gewidtmet hat! Nie vermag er zu begreifen, was einem anderen, der Kenntniß in der Sache, ganz begreiflich ist. _ Meine Universitätsjahre habe ich auf 3 ½ Jahre berechnet. Und hätte somit noch den Winter durchzumachen um noch chirurgische Operationskunst zu hören und mich vorzüglich mit größern Spitälern vertraut zu machen, und zu diesem Behufe wäre es einen schulischen Wunsch gewesen, nächstes Semester auch Berlin zu besuchen. Der Operationskursus wird nur in Berlin im Winter gelesen, und es ist dies eines der wichtigsten Kolleg, das ich noch nicht hatte. Auf nächsten Sommer würde ich dann nach Hause kommen und mich auf das Examen vorbereiten.‹ Dann bricht es mit ihm durch: ›Da ich doch nun ein mal in die Welt hinausgeworfen bin, so ist mein erster und letzter Gedanke _ ich sage es dir mit schwerem Herzen, mir mein Brod in fernem Amerika zu suchen, wohin lezthin auch zweÿ Mediziner von Würzburg verreisten. Diese Gedanken beschäftigten mich während ich den

Brief meines Vaters las – Stüzen hab ich keine mehr als dich u meine lieben Geschwister.‹«

»Das tönt nach einem dramatischen Gewissenskonflikt«, erkannte der Kommissar. »Im Vergleich zu den verzweifelten Briefen, die uns beim letzten Fall begleitet haben, jammert er doch auf hohem Niveau.«

»Das stimmt«, erwiderte Müller. »Und er kann auch selbst schreiben, braucht also keinen Mittler zwischen ihm und seiner Familie.«

Er war hinter die Theke getreten und kam mit etwas zurück, das er hinter seinem Rücken versteckte. Heinrich hatte im Online-Auktionshaus eine Flühli-Glasflasche mit einem wunderbaren Dekor gekauft. Auf ein dünnes Glas war ein »aufsteigender Löwe«, wie man das Motiv in der Beschreibung nannte, geschnitten und gerutscht. Müller konnte sich wenig darunter vorstellen, auch war der Preis wahrscheinlich angemessen, jedoch kein Schnäppchen. Dennoch überlegte er nicht lange und erhielt den Zuschlag, da er der einzige Bieter war. Zwei Tage später hielt er die Tauflasche in den Händen.

»Überraschung«, sagte er nun und hielt die Flasche dem Kommissar vor die Augen. »Echtes Flühliglas aus den Werkstätten der Siegwarts. Das Monogramm des Glasschneiders konnte ich nicht entziffern, aber auch so übt die Handwerkskunst aus dem neunzehnten Jahrhundert einen besonderen Reiz aus.«

Über dem Löwen, den man im Profil sah und der zum Angriff ansetzte und die Zunge weit aus dem Maul streckte, stand die Jahreszahl 1832.

»Damals waren die beiden Glashütten in Flühli-Thorbach und in Hergiswil nahe Luzern in Betrieb«, erklärte der Detektiv. »Ich habe das mit großartiger Sachkenntnis geschriebene Buch zum Thema von Heinz Horat gekauft, vor vierzig Jahren veröffentlicht und von akribischer Recherchekunst, von der sich unser Reporter durchaus noch etwas abschneiden kann.«

»Nun gut«, seufzte der Kommissar, »wie lange der Atem ist, weiß man noch nicht.«

»Ich besitze nun eine Art Talisman. Aber nicht nur das. Ich habe die Sage vom Bergspiegel kennengelernt. Das ist ein ganz besonderes Stück Flachglas, bei dessen Produktion man mit dem Teufel im Bunde sein musste, denn dieser Spiegel ließ sich nur zu einer bestimmten Stunde und darin in einer Minute produzieren, die niemandem bekannt war. So ergriff denn ein pfiffiger Geselle die Gelegenheit beim Schopf und schuf zu besagter Stunde in jeder Minute ein Glas. Am Ende ließ er alle zu Boden fallen, und der einzige Spiegel, der heil blieb, war der Bergspiegel. Der ermöglichte ihm nun, in den Berg hineinzusehen, und offenbarte dem Neugierigen den Blick in die Geheimnisse des Untergrunds: Goldadern, Erzfunde, verborgene Schätze. Es ist nicht bekannt, ob einer davon gehoben worden ist. Jedenfalls machte der Glasergeselle nach demselben Muster einen zweiten Spiegel. Beim dritten aber hatte er sein Glück überspannt, und er musste dem Teufel Tribut zahlen. Bald darauf wurde die Glashütte von Flühli-Chrage nach Thorbach ins Tal hinunter verlagert, wo der Teufel wohl keinen guten Zugriff mehr hatte.«

»Ich wäre nicht abgeneigt, in den Besitz eines solchen Spiegels zu kommen«, sagte der Kommissar, »denn wir befinden uns mit unseren Ermittlungen in einer Sackgasse, oder besser gesagt in mehreren. So ein Bergspiegel würde uns durch Mauern und Häuser sehen lassen und so manches Geheimnis aufdecken.«

Heinrich Müller gab sich mit seiner Taufflasche zufrieden, die ihm nur den Durchblick durch das Glas erlaubte. Die Flasche war leer und würde sich nicht von selbst füllen. Deshalb musste er in den Keller hinuntersteigen, um Nachschub gegen den großen Durst zu besorgen.

Sie stießen mit einem Glas fast schwarzen Rotweins an. »Others« stand in Rot auf einem farbversprühten Hintergrund. Es war ein Wein von Dave Phinney, der eine Parzelle im südfranzösischen Département 66 gekauft hatte und sie nun nach strengen Qualitätskriterien bewirtschaftete, was man jedem Schluck des vollmundigen, ins Rotbeerig-Süßliche kippenden Weins anmerkte, dessen Basis die Rebsorte Grenache war, hinterlegt mit etwas Syrah und anderen Trauben.

Der Kommissar schmatzte, als ob er ein Dessert kaute, und sagte: »So komplex wie einige der Fälle, die wir in den letzten anderthalb Jahrzehnten gelöst haben. Ich erinnere mich an jeden einzelnen.«

»Selbst wenn du mich und meine Chaostruppe vor allem am Anfang nicht für voll genommen hast«, erinnerte sich der Detektiv.

»Das stimmt so nicht«, entgegnete Forrer. »Ich habe euch immer so behandelt, wie es dem Ernst der Sache angemessen war, denn ich wusste ja, dass du deine Laufbahn als Polizist begonnen hattest. Aber als jüngerer, noch nicht so erfahrener Ermittler musste ich meinen

Kompetenzbereich absichern, vor allem auch gegen außen. Sonst wäre ich intern massiv unter Druck geraten.«

»Das heißt: Zuarbeiten durch die Detektei war okay, Informationen herausgeben eher nicht?«

»Ungefähr so. Ich habe dich sozusagen geerbt von meinem Vorgänger Bernhard Spring, der sich als Störfahnder bezeichnet hatte, weil er gern unabhängig von fixen Strukturen dort eingesetzt werden wollte, wo es einen wie ihn brauchte. Damit sollte bei der Übergabe Schluss sein. Die Polizeileitung wollte die Kontrolle zurückgewinnen und sich nie mehr in der Öffentlichkeit bloßstellen lassen. Deshalb habe ich am Anfang etwas überreagiert.«

»Was sich im Verlauf der Jahre wieder gelöst hat«, stellte Müller fest.

»Klar«, sagte der Kommissar. »Ich habe schnell deine Kompetenz erkannt, dein manchmal unorthodoxes Herantasten an die Wahrheit und die unbegrenzten Ressourcen deines zusammengewürfelten Umfelds aus Frauen und Männern unterschiedlichen Alters.« Dann schwieg er und genoss den nächsten Schluck, bevor er leicht zögernd fortfuhr: »Und damit soll nun Schluss sein?«

»Ja«, bestätigte der Detektiv. »Das Alter schlägt zu, die Kräfte lassen nach, die jungen Menschen schwärmen aus. Alles zerfällt.«

Markus seufzte und bekannte: »Ich werde euch vermissen. Dich am allermeisten.«

»Komm zum Feierabendwein vorbei und erzähl von deinen Sorgen. Es wird sich bestimmt jemand mit einem offenen Ohr und einer lockeren Zunge finden.«

»Wie ein Besuch beim Orakel von Delphi?«

»Oder beim Rat der Weisen«, schlug Heinrich vor.

»Zurück zur Sache«, nahm Forrer den Faden wieder auf, nachdem die Gläser erneut gefüllt waren. »Achtzigerbewegung. Wie viel ist davon übrig geblieben?«

»Dieselbe Frage stellte sich auch bei allem, was ich und mit mir die ganze Gesellschaft heutzutage unternimmt«, entgegnete Müller. »Wird irgendetwas davon überleben, und falls ja, wie lange? Kann man Spuren gezielt hinterlassen, oder herrscht der Zufall? Ich hätte gerne nachgeschaut, eine Zeitmaschine bestiegen. Aber dann auch wieder nicht. Vielleicht wäre es besser, die Spuren schon heute so klein wie möglich zu halten.«

»Dennoch: Die Spuren aus der Vergangenheit führen in die Gegenwart.«

17

Als Kommissar Forrer am Ende des Jurawegs in der Lorraine ankam, dort, wo er rechter Hand ins Leere lief, war die Straße von diversen Einsatzfahrzeugen komplett zugestellt. Kein Durchkommen mehr möglich, sogar die enge Wendeplattform, von der es auf einem steilen Fußweg an die Aare hinunterging, war voller Autos. Auch die Quartierbevölkerung hatte sich bereits eingefunden. Die Leute spürten die sich anbahnende Sensation, hatten ihre Smartphones gezückt und filmten jeden Neuankömmling. Der Kommissar hob huldvoll die Hand und grüßte wie ein König.

Der Weg führte noch fünfzig Meter weiter. Links standen drei Häuser am Abgrund gegen die Aare hinunter, rechts lag ein Hang mit etwas Wiese, auf der im Sommer Schafe an den Halmen rupften. Oberhalb ahnte man die Überbauung an der Polygonstrasse, konnte jedoch nichts davon erkennen. Es war eine der wenigen Sackgassen auf Stadtgebiet. Nach dem Ende des asphaltierten Sträßchens erkannte man einen schmalen Pfad, der ausweglos ins Gebüsch führte und dort zu einer Erdhöhle, die in der wärmeren Jahreszeit bewohnt war.

Der Wind frischte auf und trug den Geruch von nahem Wasser und fauligem Laub mit sich. Der Kommissar schlug den Mantelkragen hoch. Dann begab er sich zum Zentrum des Geschehens, das hinter der letzten Hausfassade lag. Dort traf er Hanna Dürst, die Chefin des Kriminaltechnischen Dienstes, der es gelungen war, den Vierzigerjahre-Chic noch zu verschärfen, indem sie links einen messerscharfen Scheitel in ihre dunkle Haarpracht gezogen hatte und eine Lucky Strike aus einer allerdings sehr modernen Packung zog und anzündete. Rauchen gehörte zu ihrem rebellischen Verhalten, das sie an einem Tatort eher nicht ausleben konnte.

Sie informierte ihn: »Wir haben eine Leiche. Allerdings skelettiert, sodass die Hausbewohner gestern den Archäologischen Dienst angerufen haben. Die haben sich Zeit gelassen, denn Grabungen kann man nicht auf Knopfdruck bestellen. Aber der Anrufer hat insistiert, da sie den Garten neu gestalten und nicht bis zum Herbst warten wollten. Also sind sie schon hier und wühlen in der Erde.«

»Und was machen Sie hier?«, fragte Forrer.

»Die Archäologen«, fuhr Dürst fort, »haben sehr schnell gemerkt, dass das Skelett noch nicht sehr lange in der Erde lag, immer nach archäologischen Zeitbezügen.«

»Will sagen?«

»Ein paar Jahrzehnte vielleicht. Das erkennt man erst bei einer genaueren Untersuchung. Die Leiche lag auch nur oberflächlich verscharrt, gerade so tief, dass sich keine Tiere an ihr zu schaffen machen konnten, aber so flach, dass man damals nicht ein auffällig tiefes Loch graben musste. Wir sichern den Tatort und suchen nach weiteren Spuren oder möglicherweise weiteren Leichen. Das Opfer scheint nackt vergraben worden zu sein. Jedenfalls sind bisher keine Kleiderreste zutage getreten.«

Sabine Schwarz stand im diesigen Licht, das vor dem Mittag herrschte, auf der anderen Seite des verwilderten Gartens und warf dem Kommissar eine Kusshand zu. Sie war für Urkunden und Schriften zuständig und hatte offensichtlich nichts zu tun. Severin Blindenbacher war der Mann fürs Grobe und hatte mit allem zu schaffen, was Schusswaffen betraf. Einzig Jonas Klein kniete auf der Erde, denn er war der Mann für Bodenspuren. So verfolgte er gespannt die Arbeit der Archäologen.

Forrer hakte nach: »Wieso haben Sie mich bestellt?«

Dürst blies den Rauch über den Kopf des Kommissars hinweg und sagte: »Sie sind der Chef. Sie entscheiden, ob wir noch länger hier herumstehen sollen. Allerdings müssen wir noch die genaue Tatortbeschreibung machen und die Fundlage des Opfers dokumentieren. Aber das ist bald erledigt.«

»Wer organisiert den Abtransport des Skeletts?«

»Das haben wir mit den Archäologen abgesprochen. Sie bringen die Knochen in die Rechtsmedizin.«

Markus wollte wissen: »Werden sie irgendwie eingegossen und im Ganzen überführt?«

»Nein«, erklärte die Chefin. »Viel zu aufwendig, und die Erde ist wohl noch zu feucht. Ich nehme an, sie sortieren die Knochen nach Größe oder Farbe oder Zugehörigkeit und schachteln sie dann ein.«

Der Witz kam beim Kommissar nur teilweise an. »Wer hat angerufen?«, wollte er noch wissen.

»Der junge Mann dort an der Hausmauer«, sagte Dürst und zeigte auf einen Enddreißiger mit rückenlangen Dreadlocks, der etwas aus der Zeit gefallen schien, obwohl er eigentlich gut hierher passte. »Ein Auslaufmodell«, schob die Chefin des KTD nach. »Dass so etwas in der Lorraine geduldet wird, ist erstaunlich.«

Sie spielte damit auf die Diskussionen über kulturelle Aneignung an, die besonders im als alternativ geltenden Quartier heftig ausfielen. Man hatte sich schon vor Jahren daran abgearbeitet, als eine Berner Reggae-Band mit einem Dreadlock-Musiker in der lokalen Szenebeiz aufgetreten war, sich einige Besucher unwohl gefühlt hatten und man der Band untersagte, nach der Pause weiterzuspielen. Wie in solchen Situationen üblich waren die Kritiker der Kritiker schnell zur Stelle und wiesen nicht ganz zu Unrecht auf die Intoleranz der sonst ständig nach Toleranz schreienden Szene hin, die man mit linken Gruppierungen identifizierte. Nicht erwähnt wurde dabei, dass auf einem Mural an der Außenwand besagter Kneipe unter den vielen Dargestellten unterschiedlicher Couleur, die Weltoffenheit demonstrieren sollten, sich auch ein junger weißer Mann mit Dreadlocks befand. Offenbar war die Dringlichkeit der Diskussion inzwischen wieder abgeflaut.

Forrer trat auf den Mann zu und stellte sich vor.

»Wer ist eigentlich hier zuständig?«, fragte dieser leicht genervt. »Ich muss gefühlt alle halbe Stunde Auskunft geben.«

»Das ist der Lauf der Dinge«, seufzte der Kommissar, »auch für uns nicht immer angenehm. Sie haben gestern den Archäologischen Dienst angerufen?«

»Ja«, antwortete er. »Wir haben einen milden Winter. Der Boden ist nicht gefroren. Also haben wir gegraben. Plötzlich hat meine Kollegin aufgeschrien und auf ein paar Knöchelchen gedeutet. Zuerst glaubten wir noch, sie seien von einem Tier, der Wald ist ja nahe. Dann aber knackte einer den Schädel …«

»Und so kommt halt eines zum andern«, erklärte Forrer. »Die Archäologen erkennen, dass das Skelett rein vom Alter her noch nicht in ihr Ressort passt, und informieren den KTD. Und weil ich der Chef der Kriminalabteilung bin, muss am Schluss auch ich noch antanzen.«

»Dann könnten Sie Ihre Angestellten zumindest informieren«, brummte der Mann, der sich immer noch nicht vorgestellt hatte, was ihm in diesem Augenblick auffiel. »Marc Zellweger«, schob er nach.

»Sie kennen bestimmt die Spiele, bei denen man in einem Kreis der Reihe nach eine Botschaft von Ohr zu Ohr flüstert und am Ende etwas völlig anderes dabei rauskommt, als der Erste gesagt hat?«

»Schon davon gehört«, sagte Zellweger.

»Genau so läuft es bei uns. Wenn ich warte, bis mir der Letzte in der Reihe sagt, was ich wissen muss … Sie verstehen?«

Der Mann schüttelte seine Locks.

»Und Sie leben hier?«

»Wir sind eine Wohngemeinschaft.«

Der Kommissar bat: »Erklären Sie mir Sinn und Zweck dieser Grabung.«

»Gut. Wir kommen aus der Sache ja nicht mehr raus. Also, wir sind im letzten Herbst in dieses Haus gezogen. Es gehört irgendeiner Immobilienfirma, die es aus Angst vor einer Besetzung nicht unbewohnt lassen wollte. Denn sie plant den Abriss der beiden Gebäude, die sie vor sich sehen. Es soll eine Genossenschaftssiedlung des sozialen Wohnungsbaus erstellt werden, hat der Vermieter jedenfalls behauptet. Wir haben also einen bis zum nächsten Frühling befristeten Vertrag erhalten und uns verpflichtet, keinerlei Verlängerung zu beantragen. Dafür bekommen wir das Haus mietfrei.«

»Der Zustand sieht wirklich nicht so toll aus«, erkannte Forrer. »Aber zum Leben taugt er?«

»Wenn man auf Luxus verzichten kann, ist es gut auszuhalten, vor allem im Sommer. Für den Winter haben wir uns abgesichert, denn einige Rohre sind beinahe durchgerostet, und es ist nicht geklärt, ob die Heizung durchhält. Renoviert wird nichts mehr.«

»Sozialer Wohnungsbau tönt erst einmal gut«, sagte der Kommissar. »Wie heißt die Firma?«

»Sie nennt sich Bären Bau.«

Markus notierte den etwas offensichtlichen Namen, den er noch nie gehört hatte, und hakte nach: »Was genau wollten Sie nun ausbuddeln?«

»Sie sehen den Zustand des Gartens. Wir wollten einen kleinen Teich graben, nicht zu tief, mit einer wasserdichten Plastikplane ausstatten, um den man im Sommer sitzen könnte, als Biotop für ein paar Fische, Frösche und Kleingetier. Das war die Idee.«

»Und da hatten Sie das Pech, ausgerechnet die Stelle auszuwählen, an der ein Skelett lag.«

»Leider. Das ist das Karma, das uns und die Leiche zusammengeführt hat«, erklärte Zellweger.

»Nicht dass ich Ihnen reinreden möchte«, schloss der Kommissar, »aber: Wo haben Sie Zu- und Abfluss des Wassers geplant?«

Der Berner Rasta blickte ihn hilflos an und meinte: »Wir wollten keine Rohre verlegen. Einfach den Regen machen lassen und das Wasser sammeln.«

Forrer brummte etwas Unverständliches und sagte: »Sie wollen einen Tümpel mit stehendem Wasser errichten? Da werden Fische im Sauerstoffmangel innert Kürze verenden, die Frösche fliehen in den Wald, und Sie haben einen idealen Laichtümpel für Millionen von Stechmücken, die Ihnen das abendliche Sitzen zur Freude machen werden. Das Loch jedenfalls ist groß genug, wenn die Archäologen abgezogen sind.«

18

Für einmal war Markus Forrer allein unterwegs zur Rechtsmedizin. Nach dem Toten auf der Dachterrasse war dies nun ein zweiter Fall, bei dem er sich nur aus Neugier erkundigte. Denn selbst wenn man jemanden identifizieren konnte und es sich als ein Tötungsdelikt herausstellen sollte, war das Verbrechen wohl bereits verjährt.

Als er in die Räumlichkeiten trat, hatte er ein ungutes Gefühl. Etwas stimmte nicht.

»Es ist so still bei euch«, stellte er fest, nachdem er die beiden Rechtsmediziner begrüßt hatte. »Heute keine Musik?«

»Wir sind ermahnt worden«, beklagte sich Dr. Augsburger. »Wir hätten zu wenig Respekt vor unseren Kunden.«

»Im neuen Gebäude ist alles sehr transparent«, erklärte Laura de Medico. »Manch einer ist kopfschüttelnd vorbeigegangen.«

»Denunzianten im Haus«, brummte der Mann. »Als ob sich jemals eine Leiche beschwert hätte.«

»Du kommst wegen des Skeletts«, stellte Laura fest. »Wir haben es unserer Abteilung für Anthropologie zugewiesen, die sind spezialisiert auf Gutachten über menschliche Überreste unbestimmten Alters. Und sie arbeiten nach bestimmten Parametern.«

»Die da wären?«, erkundigte sich der Kommissar.

Laura fuhr fort: »Zuerst einmal, was uns am meisten interessiert, die Liegezeit. Ich kenne mich auch nicht mit allen angewandten Untersuchungsmethoden aus. Die Radiokarbondatierung kam jedenfalls nicht zum Einsatz, dafür ist das Skelett zu jung. Offenbar gibt es molekulargenetische Studien, die allerdings außer Haus durchgeführt wurden. Die engen den Zeitraum des Todes auf vor vierzig bis fünfundvierzig Jahren ein.«

»Also um oder kurz nach 1980«, stellte Forrer fest.

»Sie denken bereits an die Zeit der Jugendunruhen«, erkannte Augsburger.

»Es wird noch besser«, erklärte de Medico. »Sie haben ein DNA-Profil erstellt: Es ist ein Mann im Alter von vierundzwanzig Jahren, helle Hautfarbe, dunkelbraune Haare, und er hatte keine am Knochen sichtbare Krankheiten. Größe: ein Meter achtzig.«

Augsburger grenzte ein: »Achtung, das sind die Daten, die wir intern bestimmen, aber per Gesetz nicht für eine Personensuche verwenden dürfen. Noch nicht.«

»Na gut«, brummte der Kommissar, »wir suchen ja keinen Mörder, sondern einen Verstorbenen. Da wird wohl niemand etwas dagegen haben, wenn wir ihn der Familie zur letzten Ruhe übergeben können. Habt ihr Verletzungen festgestellt oder etwas anderes, was als Todesursache herhalten könnte?«

»Nein. Keine noch nachweisbaren Gifte, keine Knochenschäden, abgesehen von einem Bruch des linken Schienbeins, aber der stammt aus Kindertagen«, sagte Laura. »Vielleicht hilft das Zahnprofil. Auch das Gebiss ist vollständig.«

Markus meinte: »Es dürfte ebenfalls schwierig werden, Dokumente von nicht mehr praktizierenden Zahnärzten und manchmal nicht mehr existierenden Praxen zu erhalten, insbesondere wenn der Patient seit Jahrzehnten nicht mehr erschienen ist. Die anthropologische Untersuchung hat also keine konkreten Hinweise ergeben.«

»Mit Ausnahme der ungefähren Liegezeit«, fügte Augsburger an.

Der Kommissar sagte: »Ich habe die Vermisstenlisten bereits durchgesehen. Sie werden so lange geführt, wie ein Mensch nicht mehr auftaucht, also auch über die Verjährungsfristen hinaus. Es gibt allerdings kaum Einträge, die aus dem letzten Viertel des zwanzigsten Jahrhunderts stammen, und keinen, der auf eure Daten passt. Und wenn wir dem Skelett keinen Namen zuordnen können, bleibt es halt ein Übungsobjekt für die Rechtsmedizin.«

Zurück in seinem Büro rief Markus Forrer die interaktive Karte des Grundbuchamts des Kantons Bern auf und suchte die beiden Parzellen, die nach Aussagen des WG-Bewohners überbaut werden sollten. Auf der sichtbaren Ebene war vermerkt: »Keine Land- oder Baulandumlegung in Bearbeitung.« Auf der tieferen Ebene, die der Polizei zugänglich war, fand er Angaben zu den Besitzverhältnissen. Eigentümer der beiden Grundstücke war eine Firma namens Bären Bau, wie es der Mann bereits gesagt hatte. Das Unternehmen mit dem mäßig originellen Namen, denn in Bern gab es wegen des Wappentiers in jedem Unternehmensbereich irgendetwas mit »Bär«, hatte keine weiteren Aktivitäten vorzuweisen, ja noch nicht einmal einen offiziellen Sitz in der Bundesstadt. Allerdings handelte es sich um eine Stiftung, als deren Zweck der soziale Wohnungsbau angegeben war.

Der Kommissar loggte sich im Handelsregister ein und war wieder einmal sichtlich erfreut darüber, wie viel Arbeit sich heutzutage dank der Digitalisierung vom Schreibtisch aus erledigen ließ. Er fand mit wenigen Klicks das Datenblatt der Bären Bau, las sich durch den Zweckartikel und blieb bei den Personalangaben stehen, die als Kontaktdaten für die Stiftung fungierten. Er rieb sich die Augen. Er rieb sie sich ein zweites Mal …

Aufgeführt waren Yvonne Käser, Ariane Stettler und Alexandra Zbinden!

Die drei Damen waren federführend für eine Stiftung, die ein zu überbauendes Grundstück besaß, auf dem eine skelettierte Leiche aus der Zeit der Achtzigerbewegung aufgetaucht war. Und über vierzig Jahre später starb ein weiterer Mann auf einer Terrasse in der Berner Altstadt. So viele Zufälle gab es nicht.

Markus Forrer kontaktierte den Staatsanwalt, Dr. Ulrich Schneider, informierte ihn über die neuen Gegebenheiten, erklärte, dass er den Fall Schnyder und den Fall »Unbekannt« neu oder erstmals aufrollen wolle, und bat um das vorsorgliche Ausstellen von Hausuchungsbeschlüssen sowie um die Erlaubnis zur Untersuchung von Bankdaten und von Mobilfunkanschlüssen. Das Gesamtpaket.

Bevor er Heinrich Müller und diesen jungen Reporter, dessen Name ihm gerade entfallen war, konsultierte, hämmerte er weiter auf der Tastatur herum. Die Bären Bau war Teil eines kleinen Firmennetzwerks, das unter dem Dach namens »Frau Aare« zusammengezogen war. Kein Wunder, dass eine der Firmen eine Aktiengesellschaft namens Heimweh AG war, die auf den Cayman Islands domiziliert war. Die Details gab er zur Überprüfung weiter, aber es war leicht zu erraten, dass Martin Schnyder hier knietief drinsteckte.

»Wo brennt's?«, fragte Heinrich, als Markus Forrer beinahe ungestüm in die ehemalige Gaststube des Schwarzen Katers trat.

Aus den Lautsprechern schwebte die ätherische Stimme von Sinéad O'Connor, die gerade zu ihrem Erfolgssong ansetzte und das von Prince komponierte »Nothing Compares 2 U« raumfüllend in die Luft hauchte. »Nothing …«

Simon Bauer saß bereits am Stammtisch. Er trug den rechten Arm in einer schwarzen Dreiecksschlaufe und hatte sich inzwischen daran gewöhnt, seine Erkenntnisse dem Smartphone zu diktieren. Er hatte zudem herausgefunden, dass er im Schreibprogramm auf dem Computer mit der Funktion »Diktat starten« Text eingeben konnte. Heute hatte er beides kombiniert und sein Smartphone vor dem PC abgespielt, und siehe da, es hatte recht gut geklappt, der größte Teil des Textes wurde fehlerfrei wiedergegeben. Er musste nur noch das Diktiertempo anpassen und die Satzzeichen mitsprechen. So war er trotz Einschränkungen handlungsfähig.

Inzwischen war auch Nicole Himmel zu den drei Herren gestoßen. Der Kommissar konnte sich kaum zurückhalten, berichtete aber zuerst vom Skelettfund und den Ergebnissen der Rechtsmedizin, um dann auf seine Recherche zu kommen und loszuprusten: »Dreimal dürft ihr raten, wer für die Stiftung Bären Bau zeichnungsberechtigt ist.«

»Martin Schnyder?«, versuchte es Bauer.

»Nein«, antwortete Markus, konnte nicht mehr an sich halten und nannte die Namen der drei Frauen. »Wir haben den Fall neu aufgenommen und um das Skelett erweitert.«

Nicole vermutete: »Dann taucht der Name Schnyder irgendwo im Hintergrund auf?«

Forrer erläuterte nun den Zusammenhang zwischen den verschiedenen Firmen. »Ich erwarte noch die Ergebnisse der Recherchen zu den Finanzflüssen.«

»Nun ergibt die Aussage von Adrian Messerli, er sei um seinen Erbschaftseinsatz geprellt worden, auch einen Sinn«, erklärte der Detektiv.

»Wie war das noch mal?«, fragte Markus.

»Adrian Messerli hat eine Erbschaft, von der er nicht wollte, dass man in seinen Kreisen davon erfuhr, in die Karibik geschickt, wo Martin Schnyder sie verwalten sollte. Später hat er den Bescheid bekommen, dass sein Geld im Zuge der Finanzkrise von 2009 unwiederbringlich verloren sei. So hat er es uns berichtet. Allerdings habe ich den Verdacht, dass er uns nur einen Teil der Wahrheit erzählt hat. Denn er hat in eine Alterssiedlung investiert, die erst noch gebaut werden soll.«

Bauer fuhr fort: »Nehmen wir einmal an, dass Schnyder noch von anderen Personen Geld zur treuhänderischen Verwahrung bekommen und es nicht investiert, sondern in seine Scheinfirmen gesteckt hat, deren eine wiederum in Bern Bauland gekauft hat und sich als Stiftung ausgibt, für die unsere drei Witwen zuständig sind.«

»Das würde bedeuten, dass alle drei seit Längerem mit Schnyder in Kontakt waren. Und sie müssen irgendetwas von seinen Geschäften gewusst haben, auch wenn sie selbst vielleicht nicht darin verstrickt sind«, fasste Nicole zusammen.

»Da haben wir doch ein Motiv«, sagte Simon. »Kann mir doch keine erklären, dass sie von Schnyders Tod nicht profitieren.«

»Wobei wir noch nicht wissen«, grenzte der Kommissar ein, »ob auf dem Stiftungskonto überhaupt Geld liegt und wer allenfalls Zugriff auf die übrigen Konti hat.«

»Immerhin besitzt Bären Bau die beiden Liegenschaften, wie du gesagt hast«, ergänzte Müller. »Und einen direkten Erben gibt es auch. Man muss bei Tim Stettler einfach einen DNA-Abgleich machen, falls nicht irgendwo bereits eine Vaterschaftsanerkennung existiert.«

Forrers Smartphone klingelte nach dem Intro von »Highway to Hell«. Er lauschte dem Anruf, ohne zu unterbrechen. Dann wandte er sich an die Anwesenden und erklärte: »Die Holding mit dem seltsamen Namen ›Frau Aare‹, von der wir noch nicht genau wissen, wie viele Firmen dazugehören, ist nur eine Verwaltungseinheit und besitzt keinerlei Vermögen. Die Heimweh AG hingegen sitzt auf dreißig Millionen Dollar. Allerdings gebunkert auf den Cayman Islands. Da müsste zuerst ein Erbschaftsverfahren in Gang gesetzt werden, bevor man Zugriff erhält.«

»Ich gehe davon aus«, sagte der Detektiv, »dass man sowieso ein paar Monate ins Land ziehen und Gras über die Sache wachsen lassen wollte, bevor man mit dem Abschöpfen des Reichtums beginnt.«

»›Gras über die Sache‹ ist das ideale Stichwort für das Skelett, das wir beim ganzen Gefühlsüberschwang wegen ein paar Millionen, von denen wir den Ursprung noch nicht kennen, nicht vergessen wollen«, sagte Bauer. »Beim Heimweh könnte man ansetzen«, fuhr er fort. »Ich habe letzthin einen Artikel über die Schweizerkrankheit oder auch Morbus Helveticus gelesen. Sie wurde von einem Arzt namens Johannes Hofer zum ersten Mal 1688 in Basel beschrieben.« Er klickte auf dem Smartphone herum. »Das Krankheitsbild nannte man Nostalgia, oder ›längi zyti‹ auf Berndeutsch, beliebt bei Söldnern und Jodlerklubs. Das eine biss das andere, denn in Frankreich soll es verboten worden sein, den Kuhreihen, den Ranz des Vaches, zu singen oder nur schon zu pfeifen, weil das unweigerlich von der Depression zur Desertion führen würde.«

Forrer meinte: »Die Frage ist natürlich, ob das auf einen Bewegten passt, der aus der Schweiz abgehauen ist.«

»Der Mangel an Heimat stellt sich erst in der Fremde ein«, bemerkte Heinrich Müller. »Und wenn er besonders intensiv ist, versucht man, den Mangel zu beheben, indem man wieder Beziehungen knüpft und die Lage, vor der man geflüchtet ist, überhöht, damit man überhaupt wieder zurückkehren kann.«

»Oder man reaktiviert ein bestehendes Netzwerk, in dem man sich schon immer geborgen gefühlt hat. Die Frage ist nur, wann Schnyder damit begonnen und wie weit er es damit getrieben hat.«

Nicole erklärte: »Wir knöpfen uns Alexandra Zbinden vor. Diesmal gibt's keine Ausflüchte.«

»Und ich«, versprach der Kommissar, »suche nach Namen in den Transaktionen in der Karibik, um die eine oder andere Person ausfindig zu machen, die etwas zu verlieren hat. Oder auch nicht.«

19

Heinrich Müller hatte Nicole Himmel und Simon Bauer ins Auto steigen lassen und fuhr mit ihnen aus dem Breitenrain und durch Ostermundigen. Alexandra Zbinden hatte endlich einen Anruf beantwortet und war bereit, sie zu empfangen. Sie fuhren nun auf der Bernstrasse durch Deisswil, Stettlen und Boll hinauf nach Utzigen, im Prinzip ein einziges lang gezogenes Straßendorf mit vielen neuen Siedlungen an zubetonierten Südhängen, Einfamilienhaussiedlungen für die Beamten und die Dienstleister, die nach Bern zur Arbeit fuhren und zu den Stoßzeiten die Straßen und die S-Bahn verstopften. Jetzt allerdings, am frühen Nachmittag, war es ruhig.

Sie kamen ohne Hindernisse den steilen Weg hinauf, vor Utzigen gab es eine kurze Verschnaufpause, bevor die Straße steil anstieg, dort, wo die Kneipe stand, die früher unter dem sympathischen Namen »Zum durstigen Bruder« firmiert hatte, heute Stammsitz von »Foodoo«, einem Nahrungsmittelverwerter, der sich auf den Kampf gegen Foodwaste spezialisiert hatte.

Simon versuchte, sich einhändig auf dem Smartphone darüber zu informieren, wo sie gerade durchfuhren. Er kannte die Gegend schlecht.

»Soll ich dir den Weg erklären?«, fragte er.

Heinrich wimmelte ab. »Kein Problem. Das ist eine meiner Fahrradtrainingsstrecken, rauf nach Luterbach, dann wieder runter und entweder über Dieterswald oder Oberburg zurück nach Bern. Zwei Stunden.«

Und nach Luterbach mussten sie fahren, eine gut ausgebaute Passstraße, die nicht besonders hoch war, aber zwischen beschaulichen Hügeln durchführte.

»Im Frühling und Sommer kannst du dich am Grün der Wiesen kaum sattsehen«, sagte Müller und steuerte den Opel kurz vor dem Weiler auf der Höhe links hinüber einen schmalen Weg hinauf, der vor einem Bauernhaus endete, das offenbar zweckentfremdet wurde und eine Renovation nicht ablehnen würde. Sie stiegen aus und atmeten die nach einem Platzregen feuchte Luft ein.

Vor dem Haus erwartete sie eine schlanke Frau unbestimmten Alters, die ihnen aufmunternd zuwinkte: Alexandra Zbinden. Sie wurde von einem kräftigen Berner Sennenhund bewacht, dessen Zunge weit aus dem Maul hechelte und der nervös wirkte.

»Rosa, sitz!«, befahl Zbinden. »Wenn ihr etwas klauen wollt, müsst ihr erst den Hund erschießen.«

Der Witz verhallte im Unbestimmten. Wie sich Alexandra bisher einem Gespräch hatte entziehen können, war schleierhaft. Denn mit einem eigenen, wenn auch kleinen Betrieb für die Reparatur von Landwirtschaftsmaschinen konnte man sich nicht wirklich verstecken. Sie begründete es gleich selbst, als sie die drei begrüßte: »Schön, dass es geklappt hat. Ich bin halt viel unterwegs.«

Dann bat sie in die Werkstätte, wo gerade mal ein schmaler Tisch mit vier gelochten Metallstühlen frei stand. Alles andere, Regale und Böden, war belegt mit Werkzeug und Ersatzteilen, von denen viele verschmutzt oder bereits angerostet waren.

»Tut mir leid«, sagte sie, »ich kann sie nicht hoch mit in die Wohnung nehmen.« Sie deutete in den ersten Stock. »Da gibt es keinen Platz.«

Das war allerdings angesichts der Werkstatt schwer vorstellbar.

Alexandra Zbinden bemerkte Simons erstaunten Blick und ergänzte: »Ich bin eine Sammlerin. Ich kann nichts wegwerfen, was in meinem Leben von Bedeutung war.«

Auf dem Tisch stand ein Plattenspieler, auf dem eine Langspielplatte drehte und berndeutsche Klänge aus der geöffneten Tür hinaus in die Hügel schickte.

»Chlöisu Friedli«, erklärte Zbinden. »Begann als Straßenmusiker. Das ist die einzige Platte, die er aufgenommen hat. Ist aber erst 1982 erschienen, ein Jahr nachdem er hinter der Psychiatrischen Anstalt Waldau unter einen Zug gegangen ist.«

»Ein alter Bekannter von Ihnen?«, fragte Nicole.

»Das nicht gerade, dafür war ich zu jung. Aber eine Berner Jazz- und Blueslegende, als Sänger und Boogie-Woogie-Pianist hat er in allen einschlägigen Beizen gespielt, in der Schwarzen Tinte, am Ende ein Kifferlokal, in dem man das Marihuana aus der Luft schneiden konnte und vor lauter Nebel die Tritte der Treppe nach unten verpasste, oder im Uhu, ›Üüle‹ genannt, das ebenfalls im frühen Drogensumpf untergegangen ist. Er geht als Mitbegründer der Berner Mundartszene durch und trat öfter in der Mahogany Hall auf, blieb aber trotz einzelner Kooperationen meist Einzelkämpfer. Im ›Tscharniblues‹, einer Hommage an die Hochhaussiedlung Tscharnergut, erzählt er eine Jugendgeschichte in einer Art Talking Blues, der an eine frühe Form dessen erinnert, was später Endo Anaconda mit Stiller Has perfektioniert hat.«

Heinrich Müller dachte mit Wehmut an die Letzteren wie auch daran, dass Pere Ubu 1981 in eben jenem Tscharnergut aufgetreten waren.

»Es hät Schüblig gäh«, behauptete Friedli nun. Dieser Niklaus sang also über eine bestimmte Sorte Brühwürste, die Simon Bauer eher in der Ostschweiz angesiedelt hätte, ging es ihm durch den Kopf. Ein durchaus bemerkenswertes Ereignis. Er überlegte sich, ob er eine Reportage zum Thema »Würste im Blues« machen sollte, kam jedoch zu keinem Ergebnis, da Alexandra Zbinden ihre erstaunten Blicke registrierte und sagte: »Kein Paradies für Anhänger der Moderne. Zu mir kommen halt nur noch die Bauern aus der Umgebung, die sich die neuesten Geräte nicht leisten können und deren Bergbetriebe zu steil für die großen Traktoren sind, mit denen Talbauern Autobahnen blockieren. Das heißt: Meist kommen sie nicht zu mir, sondern ich gehe zu ihnen, denn ihre Maschinen fahren ja nicht mehr. Und wenn wirklich nichts mehr zu reparieren ist, werden die Wracks ausgeschlachtet. Das Ergebnis sehen Sie hier. Es wird nichts weggeworfen. Aber Sie sind nicht für eine Verhaltensstudie zu den Aborigines hochgefahren.«

»Nein«, bestätigte Simon Bauer. »Ist das eine Art Hobby von Ihnen? Stadtflucht?«

Sie lachte und wirkte keinesfalls beleidigt, als sie antwortete: »Das hat mich die Steuerbehörde auch schon gefragt, als sie die negativen Geschäftszahlen gesehen hat. Denn wenn ich mir auszahle, was ich zum Leben benötige, bleibt nichts übrig.«

»Angestellte haben Sie keine?«, fragte Heinrich Müller pro forma.

»Sie sind ein Komiker«, erwiderte sie. »Können Sie davon leben?«

Bauer richtete zum wiederholten Male seine Armschleife, die immer wieder verrutschte, und fuhr fort: »Aber Sie sind doch reich.«

Diese Bemerkung versetzte sie in noch fröhlichere Stimmung. »Wie kommen Sie denn darauf? Schauen Sie sich doch um. Ich werde im Juni dreiundsechzig. Glauben Sie, ich würde die Tage hier oben verbringen, wenn ich Geld hätte?«

»Sie sind zeichnungsberechtigt für eine Stiftung namens Bären Bau«, sagte Simon, »der zwei Baugrundstücke in der Lorraine gehören.«

Abrupt kippte die Stimmung und Zbinden entgegnete scharf: »Eine Stiftung verwaltet zweckgebundenes Vermögen, das man nicht antasten darf, selbst wenn man die Unterschrift deponiert hat. Das sollten Sie wissen.«

»Erklären Sie uns, wie es dazu gekommen ist«, bat Nicole Himmel, um die Stimmung wieder etwas aufzuhellen. »Wir möchten das gerne verstehen.« Alexandra Zbinden legte die Ellbogen auf den Tisch und den Kopf in die Hände. Sie hinterließen auf dem weichen, aber müden Gesicht vereinzelte Motorenölflecken. Die immer noch schwarzen Haare waren durch ein violettes Kopftuch geschützt.

»Wo soll ich anfangen?«

»Am besten in der Zeit der Bewegung.«

»Das war alles Martins Idee«, begann sie. »Er wollte mit einer Immobiliengesellschaft einen Grundstein legen für seine Rückkehr in die Schweiz, aber auch für uns drei Frauen und für seinen Sohn. Aber angefangen hat natürlich alles ganz anders. Ich war schon immer von Fahrzeugtechnik begeistert, und so habe ich das bereits in den späten Siebzigerjahren als junge Frau zu meiner Berufung gemacht und habe Landmaschinenmechanikerin gelernt, wofür ich damals von allen ausgelacht wurde. Aber ich hatte schon immer ein Flair fürs Land, auch weil hier wesentlich mehr Ruhe und Beschaulichkeit herrscht als in der Stadt, selbst wenn in Bern alles einen Gang runtergeschaltet ist.«

»Wie sind Sie denn ausgerechnet zur Bewegung gekommen?«, wollte Nicole wissen.

»Möchtet ihr einen Kaffee?«, fragte sie und wechselte ohne Vorwarnung zum Du, das sie unter Landwirten gewohnt war.

»Gern«, sagten alle drei gleichzeitig.

Auf dem Fenstersims, zu dem Heinrich getreten war, lag ein schmales Büchlein aus dem Jahr 1860 mit dem Titel »Rosi Zurflüh«, von einem Johannes Scherr. Müller blätterte ein wenig darin und fand eine markierte Stelle, in der ein Mädchen namens »Schwarz-Elsi« charakterisiert war: »... und das junge Vagantenkind da, zeit seines Lebens auf der haardünnen Gränzlinie zwischen Leichtfertigkeit und Laster, Gemeinheit und Verbrechen schwankend, voll vorzeitig gereifter Sinnlichkeit, und doch wieder die Antriebe derselben mit kühlster Berechnung zu bändigen wissend, von früh auf in der Welt umhergeirrt, bei Gelegenheit einen verirrten und getrübten Strahl vom Lichte der Bildung auffangend, voll unklaren Dranges, voll rachelustigen Menschenhasses, dabei verschlagen, keck, skrupellos …«

Im Hintergrund gab es eine Kochstelle mit einer Heizplatte, auf der eine Kaffeekanne die Wärme speicherte. Daraus füllte Alexandra nun vier Tassen und kam mit einem Tablett zu ihnen zurück, auf dem auch die obligate Schnapsflasche stand. »Jeder nach seinem Gutdünken«, sagte sie und goss sich einen kräftigen Schluck ein.

»Von der Postur her nicht die geborene Mechanikerin, wenn ich das so sagen darf«, fuhr Nicole fort.

»Das nicht, doch die Durchsetzungskraft, die in der Ruhe sorgsam gewählter Worte liegt, steuert dem entgegen. Und wenn man saubere Arbeit macht, wird man irgendwann auch von der Bevölkerung auf dem Land akzeptiert, selbst wenn man stets der Mensch aus der Stadt bleibt. Etwas lästig waren über die Jahre nur die Annäherungsversuche der Jungbauern, später der nicht mehr so jungen Bauern, die noch nicht auf Fernseh-Dating-Shows zurückgreifen konnten. Man wusste dann nicht so genau, woran man mit mir war. Egal. Man wählt hier konservativ, verhält sich sonst still, jedenfalls solange niemand an der Treibstoffsteuerbefreiung für die Landwirtschaft rüttelt.«

»Zurück zu Martin Schnyder«, bat Himmel.

»Genau. Damit hat alles angefangen. Ich fand diese Demonstrationen zuerst ätzend, wollte einfach mal dabei sein, um zu sehen, was für Leute da mitmachten. Bald einmal war ich angetan von der ungezügelten Energie, die kein eigentliches Ziel kannte und manchmal spontan ausbrach. Ich fühlte mich oft genauso. Wenn ich etwas erreichen wollte, war ich schnell einmal radikaler als alle andern und setzte viel aufs Spiel. Auch Martin hinterließ diesen Eindruck, der jedoch oft nur gespielt war, wie ich später bemerkte. Und wie ein paar andere Frauen ließ ich mich auch sexuell auf ihn ein, was zu einer Schwangerschaft und letztlich zu einer Abtreibung in Holland führte. Das hat ihnen Yvonne bestimmt schon erzählt. Allerdings baute darauf meine Beziehungsunfähigkeit auf, die die Jungbauern später zur Verzweiflung trieb.«

Simon sagte: »Eines Tages verschwand Schnyder. Ohne Vorankündigung?«

»Ja. Das war ein Schock. Niemand wusste, wo er sich aufhielt. Jahrelang ließ er nichts von sich hören.«

»Wie hat er euch denn kontaktiert, als es um die Stiftung ging?«, fragte der Detektiv.

»Natürlich waren wir zuerst total frustriert, dann wütend, und schließlich – als nach fast zwanzig Jahren die ersten Postkarten eintrudelten, natürlich nur an Ariane, aber sie hielt sie uns gerne unter die Nase – wurden wir fast verrückt und wussten nicht, wie wir uns verhalten sollten. Dann kam der große Knall: Er lud uns in die Karibik ein!«

»Sie haben die Einladung angenommen?«, fragte Himmel.

»Nicht so schnell. Zuerst einmal berieten wir uns, wie wir darauf reagieren sollten. Wir mussten ja davon ausgehen, dass er auf einer der Inseln eine Familie hatte. Und keine von uns hatte Lust auf Beziehungsknatsch. Andererseits war es auch etwas blöd, sich derart zu enervieren, wenn wir doch überhaupt nicht wussten, was der Zweck der Einladung war. Yvonne und Ariane hatten allerdings überhaupt keinen Bock darauf, Martin wiederzusehen.«

Nicole fragte: »Und du?«

Alexandra lächelte. »Ich auch nicht. Aber ich hatte Lust auf einen Karibikurlaub. So kontaktierte ich ihn, und er lud mich unter einer Stillhaltevereinbarung nach St. Lucia ein.«

»Und? Wie war's?«, fragte Simon Bauer traumverloren.

»Abgesehen von der komplizierten An- und Rückreise, bei der man zuerst nach London, von da nach Antigua und dann mit der British West Indian Airline von Insel zu Insel hüpfen musste«, begann Zbinden, »war es wunderschön. Ich landete im Süden von St. Lucia und fuhr mit dem Taxi in den Westen zu einem kleinen Ort namens Soufrière, der so hieß wegen der Nähe zum gleichnamigen Schwefelvulkan. Er lag eingebettet zwischen subtropischen Hügeln und eingeklemmt von den beiden Pitons, zwei erkalteten, steilen Vulkankernen mit fast achthundert Metern Höhe, sowie zwischen zwei Luxus-Ferienresorts, die man allerdings nur vom Boot aus sehen konnte. Martin erwartete mich an der Bar des Hummingbird Beach Resorts, wo er mich einquartiert hatte, in einem wunderbaren Zimmer mit direktem Blick auf das Meer. Das Hotel wurde von der energischen Joyce Alexander geführt, mit der Martin befreundet war.«

Nicole wollte wissen: »Wie hast du ihn wahrgenommen?«

»Vollkommen entspannt, als sei es das Natürlichste auf der Welt, eine Frau, die er zwanzig Jahre davor geliebt und die das gemeinsame Kind abgetrieben hatte, wieder in die Arme zu schließen. Natürlich waren wir beide gealtert, natürlich wollten wir keine alten Zeiten aufleben lassen. Aber schön war es schon. Nachdem ich mich eingerichtet habe, zeigte er mir das Dorf. Es bestand aus zwei Hauptstraßen, damals war es nur von Süden her zugänglich. An diesen beiden Straßen fand man, was man für den Alltag brauchte. Vieles wurde in den kleinen Gärten angepflanzt oder wuchs von selbst. Im Hotel stand direkt neben meinem Zimmer ein Avocadobaum, von dem ich mich bedienen durfte. Restaurants im eigentlichen Sinne waren spärlich, denn die meisten Touristen aßen in den Hotels, wo sie einquartiert waren. So lud er mich in sein Haus ein, oder besser Häuschen, denn es war eine bescheidene, ortstypische Holzhütte, einstöckig mit Giebeldach, unter dem sich ein weiteres Zimmer befand, das wegen der Hitze unter den Blechplatten kaum genutzt werden konnte. Die Hütte hatte eine Eingangstür, geflankt von je zwei Fenstern, gegen die Straße hin war sie mit einer kleinen Terrasse ausgestattet, die mit einer Gitterwerkmauer und einem geschmiedeten Tor dekoriert war. Die Fassade war türkis gestrichen. Dort saß man hinter Grünzeug auf den Stühlen und plauderte mit vorbeilaufenden Nachbarn und Bekannten. Martin lebte alleine in den beiden Zimmern, einem Wohn- und einem Schlafgemach sowie einer winzigen Küche im Hintergrund, die er wohl kaum benutzte. Auch damals verschwand er zwischen zwei nahen Holzhütten, hinter denen sich ein kleiner Hof versteckte. Dort hatte ein älterer Rasta einen Holzofen aufgebaut und buk vegetarische Pizza, von der Martin zwei große Stücke mitbrachte. Bald habe ich verstanden, dass er durchaus eine Art Familie hatte, eine Patchworkverwandtschaft aus drei Generationen, die über verschiedene Häuser verteilt war. Ganz genau hatte ich den Durchblick nicht. Egal. Ich genoss die warmen und windigen Tage, den Gewitterregen und den botanischen Garten, den Diamond Waterfall und die alten Schwefelbäder.«

»Er hat dich doch nicht nur eingeladen, weil er dir die Schönheiten einer karibischen Insel zeigen wollte?«, fragte Bauer.

»Natürlich nicht«, seufzte Alexandra. »Am dritten Tag kam er mit Geschäftsangelegenheiten und weihte mich zumindest teilweise in seinen Plan ein. Nachdem er aus Bern abgehauen war, auch um sich vor uns zu verstecken, hielt er nur noch mit ganz wenigen Leuten Kontakt. Er reiste zuerst auf verschiedenen Inseln herum, eröffnete auf den Cayman Islands diverse Bankkonten, und als er das Haus in Soufrière gefunden hatte, ließ er sich dort nieder. Zwar war das Leben auf den englischsprachigen Karibikinseln recht teuer. Englisch beherrschte er gut, Französisch weniger, Kuba war nicht mit dem internationalen Finanzsystem verbunden und Trinidad zu abgelegen. Er bot also im Verlauf der Jahre Finanzdienstleistungen und Vermögensverwaltungen an, die er als ›diskret‹ bezeichnete. Jeder wusste, was dahintersteckte: Das Verbergen von Vermögen vor den

Schweizer Steuerbehörden, also Geldwäscherei. Im Lauf der Jahre kam viel Geld zusammen, das er nun in der alten Heimat investieren wollte.«

Müller schloss: »Und dafür brauchte er dich.«

»Genau. Eigentlich uns drei, denn er behauptete, er habe noch einen engen spirituellen Draht zu uns. Natürlich fiel ich nicht auf das Geschwafel herein. Und ein finanzielles Risiko konnte oder wollte ich nicht eingehen. Aber wir blieben in Kontakt. Und als er nach einigen weiteren Jahren mit der Idee einer Stiftung ankam, brauchte er Menschen in Bern, die die behördlichen Vorgaben erfüllen konnten. Deshalb sind wir für Bären Bau zeichnungsberechtigt. Allerdings ist das Konto nur indirekt geäufnet, und Geld darf nur für den Stiftungszweck, also den sozialen Wohnungsbau eingesetzt werden.«

»Wer hat die beiden Grundstücke gekauft?«, fragte Simon, der eine Sensation witterte.

»Das waren wir. Im Namen der Stiftung. Wir haben erfahren, dass die beiden Häuser wohl langsam ans Ende ihrer Lebensdauer kämen, und haben zugeschlagen, bevor andere Investoren davon Kenntnis erhielten«, erklärte Zbinden. »Die Idee dahinter war, dass Martin mit den Geldern aus den verschiedenen Konti eine größere Altersresidenz bauen wollte, in der er uns allen für unsere Dienste eine kostenfreie, schön eingerichtete Wohnung versprach, wo wir unseren Lebensabend verbringen könnten. Es gab keinen Grund, das abzulehnen.«

»Dumm nur«, überlegte Nicole, »dass Schnyder verstorben ist, bevor er seine Pläne umsetzen konnte.«

»Ja, ganz blöd.«

»Es sei denn, der Sohn von Ariane Stettler wäre der einzige Erbe«, überlegte Bauer, »dann könnte es wieder aufgehen.«

»Willst du uns etwa unterstellen, dass wir von seinem Tod profitieren?«, fragte Alexandra indigniert.

»Ihr hättet ja eh nur abwarten müssen«, sagte Nicole.

»Wie meinst du das?«

»Ich habe gehört, dass Martin an Krebs im Endstadium litt.«

»Ach was«, winkte Alexandra ab. »Davon weiß nur Yvonne etwas. Und was die erzählt, ist nicht zum Nennwert zu nehmen. Mir jedenfalls hat er nie etwas davon gesagt.«

»Was nicht automatisch bedeutet, dass es nicht stimmt«, sagte der Detektiv. »Oder dass es für die Handlungen der Menschen keine Rolle gespielt hat. Man tut oder lässt etwas immer auch im Hinblick auf die Perspektive, die man damit hat.«

20

Für die internationale Koordination im Bereich der Geldwäscherei war das fedpol, das Bundesamt für Polizei, zuständig. Kommissar Forrers Stabstelle versuchte das Möglichste, aber da kein nachgewiesenes Delikt vorlag und Martin Schnyder das Opfer und nicht der Täter war, konnte kein Rechtshilfegesuch gestellt werden, das auf einem kriminellen Vorgang beruhte. Es blieb einzig eine Auskunftsanfrage wegen eines Todesfalls und einer damit verbundenen Erbschaftsangelegenheit.

Immerhin erhielt man von den Cayman Islands die Auskunft, dass für die Heimweh AG ein Konto existierte, das ein Saldo von dreißig Millionen Dollar aufwies. Man erhielt auch eine Rechtsmittelbelehrung für die notwendigen Schritte, falls der Kontoinhaber nicht mehr am Leben sei und das Erbe von einer anderen Person angetreten werden sollte. Alles voraussehbar sehr bürokratisch.

Da es im Kanton Bern nur wenige Banken mit internationalen Verbindungen gab, war die zweite Anfrage einfacher zu bewerkstelligen. Man versuchte herauszufinden, wer auf das Konto der Heimweh AG Geld einbezahlt hatte. Nach der 2023 erfolgten Übernahme der Credit Suisse war die UBS allerdings noch nicht in der Lage, alle Daten abzugleichen. So fehlten die diesbezüglichen Resultate. Bei der Berner Kantonalbank wurden sie allerdings fündig, aber auch nur für den Zeitraum der letzten Jahre. Bis 1982 zurückgehen wollten sie erst nach einem formellen Rechtshilfeersuchen und nicht aufgrund einer Erbschaftsangelegenheit.

So gab es fünf Überweisungen und eine Rückzahlung. Ein Mann war vor Kurzem verstorben, da hätte man erst die Erben ausfindig machen müssen, und das hatte keine Priorität. Zwei der mitgeteilten Namen tauchten in keinem Verzeichnis auf, was auch den Kommissar wunderte. In Zeiten verschärfter Kontrolle der Geldflüsse ins Ausland hätte man annehmen können, dass die Identität von Personen, die ihr Vermögen ins Ausland transferierten, genauer abgeklärt würde.

Blieben drei übrig: Susanne Wirth hatte eine Rückzahlung von dreißigtausend Franken erhalten; Stephan Kaufmann vor zwei Jahren hundertzwanzigtausend Franken einbezahlt; Claire Zwahlen in den letzten vier Jahren und wahrscheinlich darüber hinaus monatlich zweihundert Franken überwiesen. Der Kommissar hatte keinen Grund, diese Menschen bei sich zu Hause aufzusuchen, also lud er sie alle drei in sein Büro am Nordring ein.

Als Erster kam Stephan Kaufmann. Er war dem Kommissar auf Anhieb unsympathisch, trat großspurig herein, zog die Sonnenbrille nicht vom aufgedunsenen Gesicht, hatte eine überlaute Stimme und wollte Forrer offensichtlich mit einem schlecht sitzenden Nadelstreifenanzug beeindrucken. Er war ein untersetzter Mann, der den BMI-Test nicht bestanden hätte und auf dem oberen Drittel der Skala läge. Auf die Frage nach dem Geld, das in die Karibik geflossen war, behauptete er, er kenne den Eigner, dessen Namen er erst nicht nennen wollte, von früher, und er habe immer einen zuverlässigen Eindruck gemacht.

»Sie meinen Martin Schnyder?«, fragte der Kommissar.

»Genau den. Ein alter Kumpel.«

Hier musste Forrer eine andere Taktik anwenden, um ein Resultat zu erzielen.

»Sie haben mitbekommen, dass Herr Schnyder letzten Herbst in Bern verstorben ist?«

Das überraschte Kaufmann nun doch.

»Nein …«

»Sie haben sich nicht gewundert, dass Sie länger nichts von ihm gehört haben?«

»Nein. Warum sollte er sich melden? Das Geld lag ja einfach auf dem Firmenkonto.«

»Bekamen Sie keine Kontoauszüge?«

»Das war nicht üblich«, sagte Kaufmann. »Ich kann es Ihnen ja sagen. Das Geld war eine Anzahlung für die geplante Alterssiedlung. Damit sicherte man sich eine Wohneinheit. Ich bin siebenundsechzig, also höchste Zeit, dass der Bau beginnt.«

»Sie haben hundertzwanzigtausend Dollar überwiesen. War das der Einkaufspreis?«, fragte Forrer.

»Keine Ahnung. Das war wohl individuell. Ich hatte damals auf dem letzten Höhenflug zwei Bitcoins verkauft und das Geld auf das Konto einbezahlt.«

Der Kommissar brummte: »Ich gehe mal davon aus, dass die Steuerbehörden nichts davon wussten.«

Es war eine Feststellung und keine Frage, dennoch antwortete Kaufmann: »Nicht direkt.« Er war unsicher geworden und schwitzte stark. »Können wir das so belassen?«

Forrer erwiderte: »Ich bin nicht von der Steuerfahndung und kann keine Versprechen abgeben. Es hängt von Ihrer Kooperation ab. Ich sage Ihnen nun ganz langsam ein paar Namen, und Sie sagen mir, was Ihnen dazu einfällt.«

Zuerst reagierte Kaufmann nicht. Bei Alexandra Zbinden horchte er auf und meinte: »Das ist doch die Braut aus der Bewegung, die einen zum Vibrieren bringt und die Männer in den Wahnsinn treibt, eine neue Version von Lara Croft mit dem strengen, ausdruckslosen Blick, den rehbraunen Augen und dem motorenölverschmierten Gesicht?«

»Genau die«, sagte Forrer.

»Stille Wasser sind tief«, seufzte Kaufmann. »Habe sie aber seither nicht mehr gesehen. Ich würde sie wohl nicht erkennen, wenn sie jetzt auf der Straße an mir vorbeiliefe. Was ist mit ihr?«

»Nichts Konkretes«, gab der Kommissar zu. »Ich hatte eigentlich auf einen anderen Namen gehofft, denn wahrscheinlich verläuft dort die Erbschaftslinie, von der es abhängt, ob Sie Ihr Geld je wiedersehen.«

»Und was ist mit der Alterswohnung?«

»Da müssen Sie wohl noch ein paar Bitcoins mehr einlösen, aber diesmal nicht an der Steuer vorbei.«

Der Mann war in sich zusammengesackt. »Das wird schwierig, sind alle verbraucht.«

Als Zweite erschien Susanne Wirth, eine Frau, die in Ehren alt geworden war und im Gesicht mehr Falten als Lebensjahre aufwies. Ihre Augen lagen schwer unter den Lidern und sahen verweint aus.

»Sie hatten noch nie mit der Polizei zu tun?«, fragte Forrer.

»Seit den frühen Achtzigerjahren nicht mehr«, sagte sie, »und damals wusste man noch, warum.«

»Ich habe Sie nicht herbestellt, um Ihnen Vorwürfe zu machen«, sagte der Kommissar. »Sondern wir müssen ein mögliches Verbrechen aufklären, und dabei suchen wir nach Hinweisen, die uns weiterhelfen. Ich komme gleich zur Sache. Wir haben festgestellt, dass Ihnen aus einem Bankkonto in der Karibik dreißigtausend Franken ausbezahlt worden sind. Können Sie mir das erklären?«

»Das ist mein Geld, das steht mir zu«, sagte sie und hob beide Händen, als ob der Kommissar in ihr Portemonnaie greifen wollte.

»Das bestreitet auch niemand. Mich interessiert, wann, wem und wozu Sie das Geld in die Karibik überwiesen haben.«

»Ich habe nie Geld in die Karibik … es war die Heimweh AG, die mir einen Prospekt geschickt hat, in dem es um Investitionen in eine Alters-Wohngemeinschaft ging. Das war vor bald zwanzig Jahren, und der Geschäftsführer hieß Schnyder. Der war mir bekannt.«

Forrer fragte weiter: »Die dreißigtausend waren das ganze Geld, das Sie einbezahlt haben?«

»Ja, mehr lag nicht auf meinem Sparkonto. Ich habe noch Sicherheiten verlangt«, antwortete sie. »Aber erst, nachdem ich einbezahlt hatte.«

»Dann haben Sie wohl nichts erhalten.«

»Nein. Vor zwei Jahren wurde ich unruhig, als ich weiter nichts gehört habe. Denn das Thema Alterswohnen wird langsam akut. Ich möchte gerne aus meiner zu großen und zu teuren Wohnung ausziehen und wäre auf eine Nachfolgelösung angewiesen.«

»An wen haben Sie sich gewandt? Ich meine, die Heimweh AG hatte ihren Geschäftssitz in der Karibik, und wenn Sie keine Kontakte dorthin haben …«

Wirth sagte: »Ich habe den Prospekt damals von Yvonne Käser bekommen. Also habe ich sie kontaktiert, und sie hat gesagt, sie schaue, was sich machen lasse. Ich habe ihr meine Kontonummer gegeben, und drei Wochen später war das Geld wieder da. Allerdings ohne Zinsen. Das sei der Abschlag, den ich beim Ausstieg bezahlen müsse, hat man mir mitgeteilt. Aber immerhin. Nun habe ich mein Kapital wieder zur Verfügung.«

Auf die Aufzählung der anderen Namen wusste sie nichts beizufügen, also informierte sie Forrer auch nicht über Schnyders Abgang.

Die Dritte im Bunde wusste allerdings Bescheid, denn sie hatte die Todesanzeige gelesen. Sie hieß Claire Zwahlen und wirkte lebenserfahren. Allerdings war sie sehr nervös und nestelte ständig an ihrer Handtasche herum.

»Beunruhigt Sie etwas?«, fragte der Kommissar.

»Ja«, sagte sie. »Ich sitze hier bei der Kriminalpolizei und weiß nicht, warum.«

»Das ist ein Teufelskreis«, anerkannte Forrer, »denn ich weiß es eigentlich auch nicht. Sie werden nicht beschuldigt, irgendetwas Verwerfliches getan zu haben.

Aber wir haben Fragen bezüglich des Ablebens von Martin Schnyder. Davon haben Sie gehört?«

»Ja. Aber ich habe den Mann seit den Zeiten der Bewegung nicht mehr gesehen.«

Der Kommissar sagte: »Das glaube ich Ihnen sofort. Er hat Jahrzehnte in der Karibik verbracht und ist erst vor knapp einem Jahr nach Bern zurückgekehrt. Begegnet sind Sie ihm hier nicht?«

»Nein, ich wusste nicht einmal, dass er wieder in der Schweiz ist.«

»Meine Frage: Sie haben lange Zeit regelmäßig Geld auf ein Konto von Herrn Schnyder überwiesen, in den letzten Jahren jeweils zweihundert Franken pro Monat. Wir lange ging das schon?«

»Muss ich das sagen?«, fragte Zwahlen.

»Sie sind hier nur als Auskunftsperson, Sie können also jegliche Zusammenarbeit mit uns verweigern. Aber es ist klar, dass wir uns Fragen stellen, denen wir nachgehen müssen. Sie bleiben also in unserem Visier.«

Claire zuckte zusammen, zögerte kurz und redete dann: »Das geht schon seit den frühen Achtzigerjahren. Anfangs waren es hundert Franken, mit den Jahren wurde verlangt, dass ich den Betrag steigere.«

»Wie viel waren das insgesamt?«

»Ich habe nachgerechnet. Etwas mehr als siebzigtausend Franken.«

»Das können Sie sich leisten?«, wollte Forrer wissen.

»So knapp. Aber was soll ich darüber nachdenken. Das Geld ist weg.«

»Es war keine Investition in eine Alterswohnung?«, wunderte sich der Kommissar.

Zwahlen antwortete: »Wieso Alterswohnung? Ich habe das Geld für meinen Bruder gespart.«

»Martin Schnyder ist Ihr Bruder?«, stellte Forrer erstaunt fest.

»Blödsinn«, sagte Zwahlen unwirsch, und ihre Stimme wurde wieder resoluter. »Mein Bruder heißt Benjamin Krebs. Ich habe geheiratet und den Namen meines Mannes angenommen.«

Markus wollte wissen: »Wieso schicken Sie Ihrem Bruder regelmäßig Geld in die Karibik?«

»Darüber rede ich nicht gern«, sagte sie.

»Ich bitte darum. Sie könnten uns eine große Hilfe sein.«

Da überwand sie sich und berichtete: »Benjamin ist eines Tages verschwunden. Das war 1981. Er hinterließ keinen Abschiedsbrief. So haben wir angenommen, er sei irgendwo untergetaucht, habe einen großen Blödsinn gemacht, sei vielleicht an einem Anschlag beteiligt gewesen, an einer Brandstiftung, was weiß ich. Ein Jahr später meldete sich Schnyder, der Benjamin gekannt hat, und sagte, er könne dafür sorgen, dass mein Bruder mit dem nötigen Geld für seinen Lebensunterhalt versorgt werde, wenn ich auf sein Konto einzahle. Es bleibe alles unter uns, niemand würde Benjamin verraten. Aber wo er sich aufhielt, wollte er mir nicht sagen.«

»Dieses Verhalten hat bei Ihnen keinen Verdacht ausgelöst? Haben Sie denn je ein Lebenszeichen erhalten?«

»Nein. Das hat mich schon auch stutzig gemacht. Andererseits war er mein älterer Bruder, und ich wollte ihn nicht hängen lassen.«

»Ich möchte Sie um zwei Dinge bitten«, schloss der

Kommissar: »Erstens um ein Foto von Benjamin und zweitens um eine DNA-Probe, damit wir einen Vergleich machen können. Ich kann Ihnen zwar noch nicht sagen, ob dies zu einem Ergebnis führen wird, aber wir wären schon froh, wenn wir einiges ausschließen könnten.«

Der DNA-Abgleich ließ nicht lange auf sich warten. Nach wenigen Stunden rief Dr. Augsburger an und meldete: »Wir haben einen Treffer. Die von Ihnen zur Untersuchung bereitgestellte DNA lässt auf eine enge Verwandtschaft mit dem in der Lorraine gefundenen Skelett schließen. Wahrscheinlich ein Geschwister.«

»Herzlichen Dank für die prompte Erledigung«, sagte Forrer und bestätigte: »Es handelt sich um die Schwester. Der Tote trägt den Namen Benjamin Krebs, und er ist 1981 von der Bildfläche verschwunden. Wenn es nicht ein unglaublicher Zufall war, müssen wir wohl von einem Tötungsdelikt ausgehen.«

Der Rechtsmediziner meinte: »Wir schauen noch einmal genauer hin, aber ich denke nicht, dass wir am Skelett Spuren eines Verbrechens finden werden. Es müsste also etwas sein, das mit den Weichteilen zu tun hat. Ob es sich lohnt, weitere Untersuchungen anzustellen, etwa das Areal großräumiger umzugraben, das müssen Sie entscheiden. Ich würde abraten, denn organisches Material wie ein Seil oder ein Schal, die zum Beispiel zum Erwürgen gedient haben könnten, ist wohl ebenso verrottet.«

»Das sehe ich wie Sie«, bestätigte der Kommissar. »Solange wir nur spekulieren können, bringt es nicht viel, besonders, da der allenfalls Hauptverdächtige inzwischen verstorben ist. Kommt dazu, dass ein Delikt verjährt ist.«

Damit endete das Gespräch. Später brachte ein Velokurier das Foto eines jungen Mannes vorbei, der verträumt, aber auch kritisch in die Welt schaute und dessen in die Stirn geschobene Fransen einen leichten Rotstich aufwiesen, den sie zu Lebzeiten noch nicht gehabt hatten.

21

Lucy bettelte mit lautem Maunzen und strich mit ihrem Köpfchen an den Oberschenkeln herum, sodass Heinrich die Balkontüre öffnete und sie in den Garten hinausließ, obwohl sie doch selbst das Katzentörchen benutzen konnte.

Aber auch draußen gab sie keine Ruhe. Müller musste mit ihr die paar Treppenstufen hinunter in den Garten steigen. Bald erkannte er auch, warum. Sie brauchte Rückendeckung. Unter dem Tisch saß Chili, von links rannte Teddy heran. Der Katzentanz konnte beginnen. Chili zog sich zurück, putzte sein weißes Lätzchen und kam unvermutet auf Heinrich zu, um eine Streicheleinheit abzuholen. Müller war ganz erstaunt, denn das war das erste Mal, dass der ansonsten scheue Kater das einforderte. Dann trat Teddy auf, mit harten Kopfstößen an die Beine, ein bisschen der Grobmotoriker, der plötzlich die Krallen ausfahren würde.

Langsam pendelte sich das Ganze einen: Lucy platzierte sich in der Gartenmitte und widmete ihre Aufmerksamkeit ihrer Erzfeindin Gina, die sich im Obergeschoss des Nachbarhauses auf die Holzplattform gesetzt hatte und hinunterstarrte. Chili hatte sich auf zwei Stufen der Katzentreppe gefläzt und beobachtete aus sicherer Höhe das Treiben. Teddy besetzte den Übergangsbereich zum nächsten Garten und gab Charlie, der eben aufgetaucht war, zu erkennen, dass er in seinem Revier nicht willkommen war. Der trollte sich Pfote um Pfote aus dem Gefahrenbereich. Nur Momo ließ sich nicht blicken.

So war die Lage, als sich Heinrich seinem neusten Kauf im Kunstbereich widmete. Er hatte vom Fotografen Olaf Jahnke eine »Julia« bestellt, so nannte er die Frau mit einem Gesicht in klassischen Konturen, die Renaissancekleidung trug und an eine Mischung aus Bürgerfrau und Herzogin gemahnte, eine Simonetta Vespucci von Botticelli, einfach aus dem einundzwanzigsten Jahrhundert. Müller war begeistert. Das glänzend schwarze Gewand auf dem völlig schwarzen Hintergrund machte es unmöglich, das Foto dort aufzuhängen, wo er es ursprünglich geplant hatte. Es brauchte etwas Licht, obwohl dadurch Spiegeleffekte auftraten. Heinrich hatte mit einem Poster gerechnet, denn die Größe betrug einen auf eineinhalb Meter. Er hatte bereits Posterschienen in den passenden Maßen besorgt. Dann stand ein Kurier vor der Tür, der ein riesengroßes Paket hereintrug. Es kam aus einer Druckerei in Stettin in Polen, und das Foto war bereits auf einer Art Plexiglas gedruckt, konnte also unverzüglich in eine entsprechende Vorrichtung eingehängt werden. Heinrich war sprachlos begeistert von seiner »Julia«, die nun irgendwie Lucy Konkurrenz machte.

Bald darauf teilte er die Begeisterung mit den drei, die nacheinander eintrafen: Markus Forrer, Simon Bauer und Nicole Himmel. Man nahm sich durchaus Zeit, um das Kunstwerk zu bewundern, und Nicole holte eine Flasche Taittinger Champagner, die unmotiviert im Kühlschrank herumlungerte, um den Neuerwerb zu begießen. Es war für den Moment eher eine Vernissage als ein ernsthaftes Gespräch, das man jedoch nicht für lange aufschieben konnte.

Müller war in der Nacht etwas eingefallen, als er sich einige Zeit schlaflos im Bett wälzte, und er wandte sich an den Kommissar: »Hat jemand St. Lucia über den Tod von Martin Schnyder informiert?«

»Wir jedenfalls nicht«, sagte Forrer. »Das ist auch nicht unsere Aufgabe. Allerdings denke ich nicht, dass es geschehen ist, denn er wurde ja unter seinem Namen als tot erklärt und nicht als Martin Snider aus der Karibik.«

»Man müsste, bevor man weitere Schritte unternimmt, wissen, ob er auf St. Lucia eine Familie oder Kinder hatte«, sagte Simon, der an das Gespräch mit Alexandra Zbinden erinnerte. »Denn letztlich geht es um eine nicht unbedeutende Erbschaft, die nach dem heutigen Stand wohl Tim Stettler zufällt.«

Der Kommissar brummte: »Erst brauchen wir einen Vaterschaftstest, denn ohne Dokumente können wir der Bankenaufsicht auf den Cayman Islands nicht kommen. Die behalten sonst das Geld für sich.«

»Wem gehört das Vermögen eigentlich?«, fragte Nicole, die sich noch keine genaue Vorstellung davon machte, obwohl sie den Betrag von dreißig Millionen Dollar kannte.

Forrer sagte: »Wenn wir auf das Konto Zugriff haben, müssen wir erst einmal die genauen Besitzverhältnisse klären. Möglicherweise will der eine oder die andere ihr Geld zurück, das sie in der Karibik für schlechtere Zeiten gebunkert haben.«

Der Detektiv fragte: »Wer garantiert eigentlich, dass Tim Stettler, der seinem Vater gegenüber äußerst kritisch aufgetreten ist, das Erbe überhaupt antreten will? Wenn er sich die Komplikationen überlegt, die sich daraus ergeben könnten, und nicht weiß, ob er am Ende mit Schulden zurückbleibt, lässt er vielleicht die Finger davon und führt sein geruhsames Leben weiter.«

»Dann müssen wir ihn dazu überreden«, sagte Bauer, »denn sonst hat überhaupt niemand Zugriff, und wie will man dann die Gläubiger entschädigen? Ich gehe nicht davon aus, dass sie in jedem Fall den sauberen Erwerb des ihnen zustehenden Geldes belegen können.«

»Einige Berner müssen ganz schön viel unversteuertes Geld an den Behörden vorbeigeschafft haben«, stellte Nicole fest.

Der Kommissar erklärte: »Das hängt immer davon ab, was man erbt und wie man es zu Geld macht. Wenn es um Grundstücke in der Stadt geht oder um herrschaftliche Häuser einer Burgerfamilie, reden wir schnell von hohen Summen. An direkte Nachkommen vererbtes Vermögen ist steuerfrei, dann hätten wir es nicht mit Geldwäscherei zu tun. Ob ich allerdings das ganze Geld einem windigen Geschäftsmann in der Karibik überlassen würde, ist eine andere Frage.«

»Es gibt offensichtlich Menschen, die das getan haben«, folgerte Heinrich. »Weiß man eigentlich, wovon Martin Schnyder gelebt hat?«, fragte Simon.

Forrer erzählte von seinen Gesprächen: »Er hat vielleicht nicht nur von Claire Zwahlen regelmäßige Zuwendungen erhalten. Das mag für seine unmittelbaren Bedürfnisse ausgereicht haben. Außerdem habe ich verstanden, dass der eine oder andere seiner Geldgeber schon verstorben ist und das ohne direkte Erben, die nachgeforscht hätten. Und andere hatten das Geld so gut versteckt, dass es keiner gefunden hat. Da kam wohl einiges zusammen.«

Himmel fuhr fort: »Schnyder hat doch keine für bedeutende Finanzgeschäfte ausreichende Ausbildung gemacht. Gibt es da nicht auch noch Hintermänner, die ebenfalls ans Vermögen ranwollen, sobald sie von seinem Tod erfahren?«

»Darüber können wir nur spekulieren«, sagte Markus. »Wichtig wäre es wohl, Zugriff auf die Konti zu haben, dann ignorieren wir Leute, die wir weder kennen noch kontaktieren können oder wollen. Das gibt nur unerwünschte Komplikationen.«

Das Wort des Kommissars hatte Gewicht. Außerdem hatte niemand einen besseren Vorschlag.

»Aus dieser undurchsichtigen Gemengelage, wo sich nichts beweisen lässt, gibt es im Leben nie eine Reportage«, stellte Simon Bauer fest. »Ich brauche etwas Handfestes, woran ich den Artikel aufziehen kann. Was mich wundert, ist das Skelett dieses Benjamin Krebs. Dass man das ausgerechnet auf einem Baugrundstück gefunden hat, das der Stiftung von Martin Schnyder gehört, lässt aufhorchen. Bedeutet das, dass Schnyder damals den Mann beiseitegeschafft und das Grundstück gekauft hat, um ein Verbrechen zu vertuschen?«

»Dafür gibt es keinerlei Beweise«, erkannte Forrer. »Denkbar ist, dass er von Benjamins Verschwinden Kenntnis hatte, sonst wäre es ihm kaum möglich gewesen, seine Schwester abzuzocken. Andererseits: Wozu kauft er dann genau das Gelände, in dem Krebs vergraben liegt? Das passt doch wie die Faust aufs Auge.«

Heinrich sagte: »Ich glaube auch, es wäre sinnvoller, ein anderes Baugrundstück zu erwerben, denn dann würde niemand einen Zusammenhang sehen. Dass Schnyder diesen Mann umgebracht haben soll, das liegt als zu offensichtliche Folgerung vor uns. Und dass er davon gewusst hat, können wir mangels Nachfragemöglichkeit nicht beweisen. Es sei denn, er wäre zurückgekommen, um etwas zu vertuschen. Da müssen wir über den Verstorbenen hinausdenken.«

Nicole überlegte: »Ein Selbstmord ginge als Sühne für ein ungeklärtes Verbrechen durch. Daran müsste doch jeder andere Täter seine Freude haben, denn es nimmt ihn aus der Schusslinie.«

»Oder sie«, brummte Müller.

»Welche sie?«

»Die Täterin.«

»Zurück zum Grundstück«, unterbrach der Kommissar den Dialog. »Gibt es denn bereits Baupläne? In dem halben Jahr, in dem er sich in Bern aufgehalten hat, wird Schnyder doch irgendwie tätig gewesen sein.«

»Könnte man eventuell«, dachte der Reporter laut, »nachdem wir die Besitzer der Gelder eruiert haben, diese Leute dazu überreden, das Geld nicht zurückzufordern, sondern im gemeinsamen Stiftungsprojekt investiert zu lassen? Vielleicht mit dem Versprechen auf eine Alterswohnung? Dann hätte ich endlich einen Anknüpfungspunkt.«

»Deine Reportage musst du schon selbst schreiben«, stellte Markus fest. »Dafür sind wir nicht zuständig.«

Simon gab zurück: »Aber ihr seid zuständig für die Aufklärung des Pflastersteinangriffs auf mich.« Er deutet auf seinen immer noch im Dreieckstuch getragenen Arm.

»Mach ich doch gern«, erwiderte der Kommissar.

»Was mich an der Sache stört«, bremste Müller den Redefluss, »ist, dass wir ausschließlich *über* den Mann sprechen.«

»Mit ihm zu reden, wird auch schwierig«, gab Bauer zu bedenken. »Er ist eingeäschert, also nicht mehr sehr gesprächig. Aber ich sehe, was du meinst. Es fehlt ein Korrektiv. Eine einseitige, also schlechte Reportage sozusagen.«

»Es geht in diese Richtung«, entgegnete Heinrich. »Schreibst du denn nach wie vor an deinem Artikel? Ich habe den Eindruck, du bist längst zum Ermitteln übergegangen und willst einen Fall lösen.«

»Seit dem Angriff. Ja.«

Der Detektiv fuhr fort: »Das Problem ist nicht nur das einseitige Bild, das zwangsläufig entsteht, wenn drei sitzen gelassene Frauen zweiundvierzig Jahre später über den Charakter eines Mannes berichten. Wir haben kaum Informationen über das heutige Verhalten, über die Fehlstellen, die wesentlich größer sind als unser Wissen. Interessant finde ich allerdings den inhärenten Widerspruch, dass ein ursprünglich im Kampf gegen Wohnungsnot angetretener junger Mann in seinen alten Jahren selbst zur Gentrifizierung eines bisher noch oft günstigen Wohngebiets beiträgt und zwei Häuser kauft, um damit das eigene Wohl zu befördern.«

Plötzlich fragte Bauer: »Apropos befördern: Machen wir nun eine Dienstreise in die Karibik?«

»Nein«, winkte der Kommissar ab, »denn die Antworten liegen in Bern. Wir dürfen uns nur nicht durch die wenigen Informationen blenden lassen. Es ist im Innern selten etwas so wie der äußere Schein.«

Nicole fand, es sei überfällig, Champagner nachzuschenken, und fragte: »Wie fahren wir fort?«

»Es ist an der Zeit, die Nebel zu lichten«, forderte der Reporter.

Nun kam Heinrich in Fahrt: »In der Astronomie kennt man die Begriffe Emissions- und Reflexionsnebel. Beides sind erkennbare Strukturen am Himmel, Gaswolken rund um meist heiße junge Sterne, die jedoch nicht immer sichtbar sind, da es sich um ultraviolettes Licht handelt. Wir erkennen also nur die strahlenden Wolken, also die Wirkung, aber nicht die Ursache. Das gefällt mir als Bild sehr gut, auch weil es sich so schön auf unseren Fall anwenden lässt.«

»Wie das?«, fragte Bauer.

»Man sagt, der Emissionsnebel sende selber Licht aus, während beim Reflexionsnebel das Licht nur reflektiert, also weitergeleitet wird. Der Pferdekopfnebel zum Beispiel, der nach den Astronomen eine Form hat, wie sich der Himmelsgucker einen Pferdekopf vorstellt, ist nur deshalb sichtbar, weil seine gewaltige Staubwolke vor einem Emissionsnebel liegt und dessen Licht verschluckt.«

Nicole erklärte: »Für mich ist es ein noch gewöhnungsbedürftiger Gedanke, dass ein Nebel Licht ausstrahlt.«

»Dann als Vergleich eher dunkle Materie«, griff der Kommissar ins Gespräch ein.

»Oder ein schwarzes Loch«, ergänzte Himmel.

Markus winkte ab. »Zu viel der Ehre.«

»Es hat ja auch nicht alles dieselbe Quelle«, wandte Müller ein.

»Das nicht«, sagte Forrer. »Aber es zeigt, dass von jeder Aktivität sichtbare Spuren zurückbleiben.«

Simon schnödete: »Für diese Erkenntnis brauche ich keine Astronomie. Vor allem, wenn ich die Ursache nicht kenne.«

»Die Sterngucker versuchen anhand der Strukturen, die Quelle zu entdecken, was im Falle einer über längere Zeit bestehenden Konstellation wohl einfacher ist. Und wir kennen nun mal nur die Form, die unser Ereignis jetzt angenommen hat.«

»Aber wir gehen davon aus, dass sie auf Martin Schnyder zurückführt, sozusagen als die Quelle allen Lichts, das aus den folgenden Ereignissen Nebel erhellt und Schattengebilde erzeugt?«, wollte Bauer wissen.

»Das wäre allerdings keine große Überraschung«, sagte Forrer. »Ich erhoffe mir, dass sie uns auf ein Motiv zurückbringt, das wiederum zum Täter führt.«

»Oder zur Täterin«, meinte Müller.

»Oder zur Täterin.«

22

Kommissar Forrer hatte nun doch die Führung über die Ermittlungen übernommen, denn er brauchte Antworten auf ein paar Fragen, die er nicht in Anwesenheit von Laien stellen konnte. Deshalb hatte er die drei Frauen und Tim Stettler auf die Dachterrasse bestellt, auf der Martin Schnyder ums Leben gekommen war. Tagsüber mochte die Temperatur erträglich sein, auch wenn der Wind an diesem Märztag merklich aufgefrischt hatte. Dennoch war es für die Beteiligten eine gewohnte Umgebung, wo sie vielleicht weniger blockiert waren. Denn er gedachte, härtere Fragen zu stellen. Im Vorfeld hatte er seine Einsatzkräfte vorbeigeschickt, um von allen eine Speichelprobe zu nehmen. Über den genauen Zweck dieser Maßnahme wollte er später reden.

Markus Forrer hatte sich mit Heinrich Müller verabredet, den er an seiner Seite wollte, erstens wegen seiner Erfahrung, zweitens weil er die Menschen beobachten konnte, während er die Befragung durchführte, und drittens weil er sich mit einigen bereits unterhalten hatte, als Forrer noch nicht dabei gewesen war.

Als sie das Treppenhaus hochstiegen, hörten sie den für den internationalen Markt geglätteten Reggae-Rhythmus von Bob Marley. Der Mann war ein Phänomen. Er war am elften Mai 1981 gestorben, also zur Zeit der Berner Bewegung. Elf Kinder von sieben verschiedenen Frauen, die er nach den religiösen Rastafariregeln behandelt hatte, also keine Hosen, keine Schminke, keine geglätteten Haare, und der Chef war einzig und allein er selbst. Ein Fall für Me Too. Aber nein, zu »Get Up, Stand Up« wurde gejubelt, auch von Frauen, und bei »don't give up the fight« gingen die Fäuste hoch, Machopriester hin oder her.

Als sie alle auf der Dachterrasse versammelt waren, hatte sich wie zum Hohn dichter Nebel über die Stadt gelegt. In der feuchtkühlen Luft standen sie in ihren Mänteln beisammen, bis Yvonne Käser nach der Begrüßung durch den Kommissar ein bisschen gegen ihren Willen sagte: »Gehen wir doch runter in meine Wohnung. Da ist es wesentlich gemütlicher.«

Markus Forrer mochte keine langen Vorreden, sondern sagte: »Ich möchte festlegen, wie es nun weitergeht. Die Vergangenheit gibt mir noch ein paar Rätsel auf. Zum Beispiel weiß ich nicht, wer an der Fasnacht den Reporter attackiert hat.«

So still war es wohl selten in diesem Raum.

»Das waren Sie«, sagte Heinrich Müller und zeigte auf Tim Stettler.

»Schlichte Behauptung«, sagte der. »Beweisen Sie es.«

Er schien aber nicht ganz in Form. Der Viertagebart wirkte flockig, die Haare ungewaschen, als ob er von der Einladung überrascht worden wäre.

»Wir haben ja Ihre DNA-Probe«, erklärte der Kommissar. »Mit der heutigen Präzision finden wir auch am Pflasterstein Spuren.«

»Den haben Sie gesichert?«, fragte Ariane Stettler erstaunt.

»Dazu sind wir gezwungen, wenn es um einen Fall von schwerer Körperverletzung geht«, antwortete Forrer. »Und wenn beim Angegriffenen eine Operation nötig wird, handelt es sich um einen solchen Angriff. Jedenfalls, um auf meine Bemerkung zurückzukommen, solange jemand in ein Ermittlungsverfahren verwickelt ist, das mit dem Tod eines Menschen in Zusammenhang steht, kann er seine Erbschaft nicht antreten.«

Tim Stettler trotzte: »Der Reporter ist eher nicht gestorben.«

Der Detektiv sagte: »Von dem erben Sie ja auch nichts.«

»Sie meinen Martin Schnyder«, sagte Yvonne Käser und erblasste.

»Ich werde den Fall wiederaufnehmen«, drohte der Kommissar, »wenn ich heute keine zufriedenstellenden Antworten kriege.«

Tim versuchte, die Damen zu beruhigen: »Das betrifft euch nicht. Nach dem Gesetz bin ich der einzige Erbe.«

»Es sei denn, Herr Schnyder hat in der Karibik eine Familie und Kinder«, gab Müller zu bedenken.

Forrer doppelte nach: »Und für die Behörden auf den Cayman Islands bräuchten wir eine Vaterschaftsanerkennung. Ich hoffe, Sie können damit dienen«, sagte er an Ariane Stettler gewandt.

Diese stotterte: »Nur mündlich.«

»Dann haben wir sowieso ein Problem.«

Tim bockte weiterhin: »Dann sagen Sie mir erst mal, ob es sich lohnt, darum ein großes Aufsehen zu machen.«

»Das ist von den weiteren Ansprüchen abhängig.

Schließlich wird man die Einzahlungen verschiedener Leute ausgleichen müssen, wenn sie die entsprechenden Dokumente vorzeigen können. Und ein paar Betrogene müssen wohl entschädigt werden – sofern sie noch leben, denn sonst ist ein Nachweis schwierig.«

Müller ergänzte: »Außerdem gibt es da noch die Stiftung, die das Geld für den Bau der Alterswohnungen braucht. Damit sind Sie alle involviert. Und wo das Vermögen am Ende landet, ist noch offen.«

»Aber insgesamt geht es um dreißig Millionen Dollar«, ließ Forrer die Katze aus dem Sack.

Die Reaktionen waren unterschiedlich. Zwischen bloßem Erstaunen und blassem Entsetzen gab es alles. Als Heinrich Alexandra Stettler anschaute, die von den Anwesenden wohl am meisten mit Geldsorgen zu kämpfen hatte, sah er die junge, hoffnungsfrohe Frau vor seinem inneren Auge, wie er sie 1980 bewundert hätte, ungezügelt wild und begehrenswert, und er blickte auf die ältere Frau, die nun vor ihm saß und ihn das Vergehen der Zeit mit Wehmut erleben ließ. Er selbst mochte ähnliche Gefühle in anderen auslösen.

Plötzlich begannen Argumente für und gegen das viele Geld durch die Luft zu fliegen. Müller und Forrer begriffen anfangs nicht, worum es ging.

»Stopp«, rief der Kommissar in die Gruppe. »Kann mir jemand erklären, worüber Sie streiten?«

Wie stets, wenn ein heftiger Lärm abebbte, war die nachfolgende Stille greifbar, hier und heute war sie allerdings mit einem Knistern aufgeladen.

Dann begann Yvonne: »Wir hatten Martin Schnyder zu einem Treffen auf die Dachterrasse eingeladen.«

»Alle vier?«, fragte Forrer.

Yvonne nickte.

»Wann?«

»Am Abend vor seinem Tod.«

Forrer meinte: »Davon haben Sie bisher niemandem erzählt.«

»Ja. Nein. Natürlich nicht. Es hatte auch nichts mit seinem Tod zu tun, denn wir waren alle längst wieder unten oder auf dem Weg nach Hause, als sich das Drama über meinem Kopf abspielte.«

Markus wollte wissen: »Wie ist das Treffen abgelaufen?«

»Es lief auf einen Streit hinaus«, erzählte Ariane Stettler. »Wir wollten von ihm wissen, wie er sich sein weiteres Leben vorstellte. Ob er in Bern bleiben oder wieder in die Karibik zurückkehren würde. Und wie es mit seiner Krebserkrankung aussehe – denn davon hatte uns Yvonne erzählt. Daraufhin wurde er wütend und erklärte, das ginge uns nichts an. Als wir wiederum auf einer Antwort beharrten und drohten, wir würden die Leitung der Stiftung abgeben, brach er zusammen und bat uns um Geduld. Wir würden reich entschädigt werden, er müsse nur noch ein paar Dinge regeln. Aber er sagte nicht, was.«

»Wir wussten ja nicht einmal«, fuhr Yvonne fort, »ob er seinen Wohnsitz auf St. Lucia behalten hatte oder nicht. Jedenfalls kam er nur mit einem Koffer bei mir an, was nicht gerade darauf schließen ließ, dass er sich hier niederlassen wollte. Ich habe angenommen, dass er sich gegen den Krebs behandeln lassen und danach wieder in die Karibik zurückfliegen wollte.«

Forrer wusste nicht, ob das der richtige Moment war, aber wann war schon der richtige Augenblick für eine bedeutsame Mitteilung? »Sie wissen inzwischen, dass Martin Schnyder gar keinen Krebs hatte? Jedenfalls ist bei der Autopsie nichts in dieser Richtung aufgefallen.«

»Sie meinen, er hat uns zum Narren gehalten?«, fragte Yvonne.

»Dich, meine Liebe, dich«, sagte Alexandra. »Deine Gastfreundschaft hat er ausgenutzt, und nur dir hat er das mit dem Krebs erzählt. Oder sollte ich sagen: Du hast ihn für dich beansprucht, damit du an einen Teil des Vermögens kommst?«

Der Streit drohte sogleich wieder aufzuflackern, als Forrer Ruhe gebot und einen Zettel hervorzog, auf dem der Schriftzug der Rechtsmedizin zu lesen war.

»Große Überraschung«, sagte er. »Vaterschaftstest. Der leibliche Vater von Tim Stettler ist nicht Martin Schnyder. Er heißt Benjamin Krebs.«

Drei Frauen begannen zu weinen, ein Mann wurde beinahe ohnmächtig.

Als sich alle wieder etwas gefasst hatten, fragte der Kommissar: »Sie scheinen den Mann zu kennen. Wer war dieser Benjamin Krebs?«

Ariane Stettler hatte sich zuerst zusammengerissen und sagte mit gebrochener Stimme: »Das war der Rivale von Martin. Ein hübscher, etwas schüchterner Junge, in den wir auch verliebt waren.«

»Und mit dem Sie offensichtlich das Bett geteilt haben«, erkannte Forrer.

»Ja«, gab sie zu. »Warum auch nicht?«

»Ich habe dazu keine moralische Haltung«, erklärte der Kommissar. »Ich möchte nur verstehen, was geschehen ist. Wie steht es mit den beiden anderen?«

Alexandra und Yvonne nickten. Tim schüttelte etwas verloren seinen Kopf.

Die drei Frauen schauten sich gegenseitig an, als Alexandra die entscheidende Frage stellte: »Wenn unsere abgetriebenen Föten auch von Benjamin und nicht von Martin …«

»Und wenn Martin das gewusst hätte?«, überlegte Käser. »Der war ja ziemlich jähzornig.«

»Wir haben ein Skelett gefunden«, ließ Forrer die nächste Bombe platzen. »Und zwar auf dem Baugelände für die Alterssiedlung. Wir konnten es dank seiner Schwester als dasjenige von Benjamin Krebs identifizieren.«

»Sie meinen«, staunte Ariane etwas zu offensichtlich, »Martin hat etwas damit zu tun? Klingt irgendwie logisch, denn wir wussten nie, warum er eigentlich abgehauen ist.«

»Nicht so schnell«, bremste der Kommissar. »Das liegt mir ein bisschen zu eindeutig auf der Hand. Die Schwester übrigens hat jahrelang Geld überwiesen, mit dem Schnyder diesen Benjamin im Ausland finanzieren wollte. Wieso hätte er sie abzocken und ausgerechnet das Grundstück kaufen sollen, auf dem wir Krebs gefunden haben? Von wem hatte er die Empfehlung dafür?«

Yvonne Käser streckte die Hand auf.

Der Detektiv meldete sich: »Man könnte sich also vorstellen, dass eine von Ihnen oder alle drei für den

Tod von Benjamin Krebs verantwortlich sind. Eventuell Ersticken, also eine ähnliche Methode wie bei Martin Schnyder.«

Forrer setzte noch einen drauf: »Dann wäre es Kalkül, dass das Skelett nach dem Tod von Martin Schnyder gefunden worden ist und man ihm Motive untergeschoben hat, als er sich nicht mehr dagegen wehren konnte.«

»Sie könnten es sogar zugeben, da der Tod von Herrn Krebs verjährt ist«, sagte Müller.

»Ebenso klar ist aber«, fuhr der Kommissar fort, »dass ich den Tod von Herrn Schnyder neu untersuchen muss. Und – wie gesagt – bei einem laufenden Verfahren wird kein Erbe ausbezahlt.«

Alle schauten die beiden entsetzt an.

»Was die Sache noch komplizierter macht«, erklärte Müller, »Tim Stettler ist nun nicht mehr der Erbe. Ob die Cayman Islands in dieser verworrenen Lage das Geld nicht einfach für sich behalten?«

»Ich will dieses unredlich erworbene Vermögen sowieso nicht«, platzte es aus Tim heraus. »Mir geht es so weit gut, und ich kann auf jahrelange Rechtshändel verzichten.«

»Und Sie alle wollen wahrscheinlich Untersuchungshaft und Knasterfahrung im Alter vermeiden«, folgerte Markus Forrer und sagte: »Ich schlage einen Deal vor: Zuerst einmal brauchen wir einen Vaterschaftsnachweis für Tim Stettler.«

»Zur Not einen leicht angepassten«, schlug der Detektiv vor, »der ihn als Erben ausweist.«

»Vorgängig schlagen Sie, Herr Stettler, das Erbe zugunsten der Stiftung aus«, skizzierte Markus die Reihenfolge. Dann sagte er: »Ebenfalls vorgängig bestätigen die drei Zeichnungsberechtigten, das rückgeforderte Geld bedingungslos auszuzahlen, wenn möglich mit Zinsen. Dann werden die Alterswohnungen gebaut. Damit genug Geld da ist, versucht man, die Geldgeber nicht zu entschädigen, sondern einzubinden, und offeriert ihnen ein Wohnrecht auf Lebenszeit. Dann wird ein neuer Stiftungsrat eingesetzt. Nach dem Ableben der drei anwesenden Damen werden die Wohnungen Bedürftigen zur Verfügung gestellt. Sind Sie damit einverstanden?«

Wie hypnotisiert antworteten alle mit einem deutlichen »Ja«.

»Ist dann auch die Pflastersteinattacke vom Tisch?«, wollte Tim wissen.

»Wenn das alles zu unserer Zufriedenheit abgeschlossen ist, werden wir nicht weiterermitteln, sofern Herr Bauer keine Anzeige erstattet«, versprach Forrer.

Als sie wieder draußen unter den Lauben standen, gratulierte Heinrich zu den erfolgreichen Verhandlungen, »selbst wenn du den Fall Krebs nicht befriedigend lösen kannst.«

»Der wird es verschmerzen«, sagte der Kommissar. »Ich halte mich an Lieutenant Leaphorn aus den Romanen von Tony Hillerman, der jeweils sagt, er glaube nicht an Glück und Zufälle. Das Leben und die Ermittlungen verlaufen nach einer ausweglosen Kette von Ursachen, die unvermeidbare Folgen nach sich ziehen.«

23

Hanna Dürst vom KTD kontaktierte Kommissar Forrer und erklärte: »Ich habe gerade einen seltsamen, aber möglicherweise interessanten Anruf erhalten. Von der Blumenbörse. Sie wissen schon, diesem Umschlagplatz am Löchliweg, hinter der Autobahnbrücke.«

Er bestätigte und wartete auf die weiteren Ausführungen.

»Also, jemand von der Geschäftsleitung hat sich gemeldet. Sie hätten einen Stellplatz für einen Container an einen Bekannten vermietet, der ihn für ein paar Monate deponieren wollte. Eigentlich machen sie keine derartigen Geschäfte, es war eher so ein Freundschaftsdienst. Genauer hat er sich nicht ausgedrückt, aber er schien den Mann von früher zu kennen.«

»Sie sollten zum Film gehen«, brummte Markus. »Sie beherrschen den Spannungsaufbau.«

»Nun gut«, seufzte Dürst. »Es ist Martin Schnyder. Er hat den Stellplatz bis Ende 2023 vorausbezahlt. Seither sei aber kein Geld mehr eingegangen, und auch auf telefonische Nachfrage hin sei kein Kontakt zustande gekommen. Das beunruhigte den Anrufer. Er müsse auch den Platz wieder freikriegen, und nun wisse er nicht, was er tun solle.«

»Wann fahren Sie hin?«, fragte der Kommissar.

»Wir sind schon unterwegs.«

»Ich komme nach.«

Er rief Manuela Eiholzer an, die junge Kollegin, von der er sich bevorzugt chauffieren ließ, auch weil sie neben einer ausgefeilten Fahrtechnik ein gutes Auge für Observation hatte und schon das ein oder andere Mal hilfreich gewesen war. Der Weg vom Nordring war nicht weit, man fuhr die Winkelriedstrasse stadtauswärts, nahm drei Viertel des unterirdischen Doppelkreisels beim Wankdorf, fuhr auf der Papiermühlestrasse bis Höhe Israelitischer Friedhof, wo man nach links auf die nach Worblaufen hinunterführende Straße gelangte und nur wenige Meter weiter wiederum nach links abbog und sozusagen von unten her den Parkplatz vor der Blumenbörse erreichte.

Forrer ließ sich von Frau Dürst und vom Geschäftsführer, einem Herrn Weber, instruieren. Man stand vor einem Bürocontainer.

»Sie kennen Herrn Schnyder?«, fragte Forrer.

»Nur flüchtig«, antwortete Weber. »Eigentlich gar nicht. Oder besser gesagt nur virtuell und telefonisch. Ich sag's lieber gleich: Ich habe bei ihm vor ein paar Jahren Geld investiert. Er ist mir von einem Kumpel empfohlen worden. Vor einem Jahr hat er mich kontaktiert und gebeten, für ihn diesen Bürocontainer zu kaufen. Dieses Modell kostet knapp fünftausend Franken und verfügt über einen Stromanschluss. Es gäbe natürlich auch noch die Luxusausgabe mit Wasseranschluss und Toilette, aber Schnyder hat gesagt, das genüge für seine Zwecke, Hauptsache, genügend Licht komme durch die beiden Fenster, er bleibe ja nur so lange vor Ort, bis er eine ständige Bleibe gefunden habe, und er könne nachher verkauft werden. Dann kam eines Tages ein Schiffscontainer aus der Karibik und verstopfte den Parkplatz. Schnyder hat den umgeladen, damit wir ihn wieder entfernen konnten. Dabei habe ich ihn ein paar Mal aus meinem Bürofenster gesehen, aber nicht mit ihm gesprochen.«

»Sie haben ihn nie persönlich kennengelernt?«, unterbrach der Kommissar den reumütigen Redefluss und wunderte sich.

»Nein. Halten Sie auf einem Parkplatz Small Talk mit Ihrem Investmentbanker?«

»Da ist was dran«, entgegnete Forrer, »mal abgesehen davon, dass ich mir keinen Investmentbanker halte.«

Die KTD war bereits an der Arbeit, die Türe, in der eines der beiden Fenster integriert war, stand offen. Sabine Schwarz, die Spezialistin für Urkunden und Schriften, war voll in ihrem Element.

»Schon etwas gefunden?«, fragte Markus zur Tür hinein.

»Auch dir einen schönen Tag«, begrüßte Sabine ihn.

»Entschuldige, bin etwas angespannt«, gab Forrer zurück. »Damit haben wir nicht gerechnet.«

»Wir haben hier einige Ordner mit Bankdokumenten und Kontoauszügen«, fuhr Schwarz fort. »Ich muss sie im Büro genauer unter die Lupe nehmen, aber ich habe den Eindruck, das hier beantwortet die Fragen, die du zu den Geldgebern hast. Gibt aber viel zu tun, wenn man die alle kontaktieren muss.«

»Das ist zum Glück nicht meine Aufgabe«, sagte der Kommissar.

»Danke für die Blumen«, erwiderte Sabine. »Du bist heute wirklich unausstehlich.«

»Nimm's nicht krumm«, meinte Markus. »Ich lade dich zum Essen ein.«

An der einen Wand hingen etwa ein Dutzend Fotos mit Menschen, die man wahrscheinlich St. Lucia zuordnen konnte. Forrer nahm eines nach dem andern herunter, drehte sie um und las die Namen. Nirgends ein Kind, das Schnyder genannt wurde. Andererseits, würde man beim eigenen Kind den Nachnamen hinschreiben?

Jonas Klein und Severin Blindenbacher hatten nichts gefunden, das mit ihren Spezialgebieten zusammenhing, und so bemühten sie sich darum, den Container von den andern Inhaltsstücken zu leeren.

»Wohin damit?«, brummte Klein und blickte auf einen ganzen Berg voller Material, bei dem es sich um Kunstwerke handelte: bunte Skulpturen, farbenprächtige Bilder von Menschen, von Märkten, von Menschen auf Märkten, von Landschaften. Forrer konnte die Qualität und den Wert der Ware nicht einschätzen, die beiden andern offensichtlich auch nicht.

»Passt bloß auf, dass nichts kaputtgeht«, beschied sie der Kommissar. »Am Ende reklamieren noch irgendwelche Erben, auch wenn sie bisher nichts davon geahnt haben.«

»Könnten wir nicht einfach den gesamten Container neben dem Hauptgebäude am Nordring aufstellen? Das würde viel Arbeit ersparen. Man könnte die Ware dann zur Abholung ausschreiben«, sagte Blindenbacher.

Dann rief Markus Sabine zu sich, zeigte auf einen gelben Briefumschlag, den sie in der obersten Schublade eines einfachen Schreibtisches gefunden hatte, und erklärte: »Darauf steht: ›Bei meinem Tode zu öffnen.‹ Müssen wir noch forensisch untersuchen, nachweisen, dass ausschließlich Schnyders Fingerabdrücke darauf zu finden sind.«

Dann leerte sie den Inhalt auf die Platte. Es fanden sich: ein abgelaufener Schweizer Pass und zwei in separaten Couverts abgelegte Dokumente, im ersten eine Vaterschaftsanerkennung für Tim Stettler, im zweiten einen Brief, in dem er darum bat, man möge sein Handeln verstehen, auch wenn man es nicht entschuldigen könne.

»Die Vaterschaftsanerkennung hätte ich gerne möglichst rasch auf meinem Tisch. Die löst ein riesiges Problem.«

»Hier sind noch ein paar Briefe an Martin Schnyder mit einer Adresse auf St. Lucia«, sagte Sabine.

»Schau sie durch und gib mir Bescheid, ob sie für uns wichtig sind«, bat Forrer, bevor er sich verabschiedete und ins Büro zurückfahren ließ.

Am späten Nachmittag erhielt der Kommissar einen Anruf auf sein Smartphone. Sabine Schwarz sagte: »Die Briefe stammen von einer Alexandra Zbinden, und du musst sie unbedingt anschauen. Sieht so aus, dass die Frau in einer engeren Beziehung zu diesem Schnyder stand und dass sie aufgrund der gemeinsamen Vergangenheit, die heraufbeschworen, aber nicht näher erklärt wird, eine ebenso gemeinsame Zukunft planten. ›Ich lasse mich nicht verunsichern‹, hat sie im letzten geschrieben. ›Komm erst mal zurück, dann sehen wir weiter. Die andern Weiber müssen ja nichts davon wissen.‹«

Kommissar Forrer schickte einen Streifenwagen nach Luterbach, wo die Polizisten aber nur einen aggressiven Berner Sennenhund und ein leeres Haus vorfanden.

»Der Vogel ist ausgeflogen«, schrieben sie dem Kommissar.

*

Poesie

AJZ subito!
Nieder mit den Alpen, freie Sicht aufs Mittelmeer.
Wir sind die, vor denen uns unsere Eltern gewarnt haben.
Hugo Niemer und Maikäfer Lukas (die Anstifter der Jugend-Cravalle).
Freiheit für Grönland – schmelzt das Packeis!
Ohne Polizei kein Krawall!
Amore e Anarchia
Macht aus dem Staat Gurkensalat!
Wir haben Grund genug zum Weinen – auch ohne euer Tränengas!
Besser den Pflasterstein in der Hand als das AJZ auf dem Dach.
Die Schweine von heute sind die Schinken von morgen.
Wir haben keine Chance – aber wir nehmen sie uns.
Wir haben nichts außer unserer Angst.

Das Füttern von Jugendlichen ist strengstens untersagt!
Es ist verboten zu verbieten!

*

Todesanzeige

Unsere heissgeliebte
Demokratie
Allzulange in rauchigen Parlamentssälen
Eingesperrt, ist letzten Samstag beim Versuch,
Frische Luft zu atmen, in einem Meer von
Tränengas ertrunken.

Die trauernden Jugendlichen

24

»Der Vogel« befand sich etwa zur selben Zeit bei Simon Bauer zu Hause. Alexandra Zbinden hatte den Reporter kontaktiert und um ein Gespräch unter vier Augen gebeten. Sie wolle ihm eine Geschichte erzählen, mit der er seine Reportage ausschmücken könne. Also hatte er zugesagt.

Alexandra wirkte unruhig und darüber hinaus irgendwie verändert. Hatte sie etwas mit ihren Haaren gemacht? Sie trug sie offen, nicht mehr unter einem Kopftuch verborgen, deswegen flossen sie leicht über die Schultern.

Das war es jedoch nicht. Als Simon genauer hinschaute, fiel es ihm auf: Alexandra hatte die Haare schwarz nachgefärbt, und sie hatte Stirnfransen geschnitten, wie sie vor ein paar Jahren modisch waren. Außerdem trug sie eine Brille.

Er spürte: Sie war zur Flucht bereit.

Dann nahm sie das zerknitterte Foto einer jungen Frau aus ihrem Portemonnaie und begann zu erzählen: »Von der jugendlichen Schönheit ist nicht viel übrig geblieben.«

Bauer wollte widersprechen, doch das Bild zeigte schon eine gewisse Melancholie, die sich über die Jahre noch verstärkt hatte.

»Schon als Mädchen war ich von allen bewundert worden, die Jungs stellten mir nach, und ich fand das toll und mich selbst schon früh erwachsen. Allerdings hielt die innere Entwicklung nicht mit dem mit, was ich nach außen mit meinem Körper vermittelte. Oder was die Männer missverstanden, denn für die Sorgen einer spätpubertären Jugendlichen interessierte sich keiner. So wurde ich auf eine schwierige Art zu früh in die Welt hinausgeworfen. Natürlich fand ich es toll, wenn man mich nächtelang in der Gegend herumschleppte und mich als stolze Beute präsentierte. Trotzdem hat es mir nicht gutgetan. Irgendwie bin ich der Entwicklung ständig hinterhergehinkt. Mit achtzehn kippte das Ganze, und meine Bewunderung wandelte sich um in Abscheu und Hass. Bis zu dem Tag, als ich zum letzten Mal auf einen Blender hereinfiel.«

»Auf Martin Schnyder«, konstatierte Simon.

»Und dann war da noch dieser Benjamin, ein süßer Junge, der kein Wässerchen trüben konnte. Du weißt Bescheid?«

Bauer sagte: »So in etwa. Heinrich hat mich angerufen und informiert.«

»Ich stand also plötzlich zwischen zwei Männern, die mich beide in ihrer unterschiedlichen Wesensart anzogen.«

»Hast du dich für den einen entschieden?«, fragte Simon.

»Die Zeit hat mir die Entscheidung abgenommen. Benjamin war eines Tages verschwunden, niemand kannte seinen Aufenthaltsort, und es gab viele Gerüchte. Ich konnte mir nicht vorstellen, dass er in den revolutionären Untergrund abgetaucht war, wie manchmal behauptet wurde. Aber stille Wasser sind tief.«

Bauer seufzte und erklärte sich: »Das hat jemand über dich gesagt.«

»Tatsächlich?«, wunderte sie sich. »Nun gut, er mag recht haben. Jedenfalls habe ich mich mit Martin getröstet, bis auch der abgehauen ist und mich schwanger zurückgelassen hat. Den Rest der Geschichte kennst du.«

»Da gäbe es schon noch ein paar Lücken, die man füllen könnte. Zum Beispiel, wann du zum ersten Mal wieder von ihm gehört hast.«

Alexandra musste nicht lange überlegen. »Nach ein paar Jahren hat er angefangen, mir Briefe zu schreiben. Als ob wir uns nur kurz aus den Augen verloren hätten. Und ich habe wie ein verliebtes Girl zurückgeschrieben, zuerst an eine Adresse auf Trinidad. Die Insel hatte ich in einem alten Schulatlas noch gefunden, ein paar kleinere, von denen ich Postkarten bekam, allerdings nicht.«

»Er hat also auch dir Postkarten geschrieben«, stellte der Reporter fest. »Davon war bisher nicht die Rede.«

»Ich habe auch alle Beweismittel vernichtet«, sagte sie. »Das hat er mir empfohlen und geschrieben, er halte es ebenso. Ich bin dann doch wieder auf ihn hereingefallen und habe seine Businesspläne bewundert. Ich hatte ja noch viele Kontakte hier in der Gegend, und er bot an, Geld diskret zu investieren, und warb mit hohen Renditen, die sich im Dollarraum erzielen ließen. Also habe ich das Angebot an einige Leute weitergeleitet. Und weil ich eine so erfolgreiche Vermittlerin war, hat er mich damals nach St. Lucia eingeladen.«

»Habe ich das falsch verstanden? Er hat doch euch alle drei eingeladen, und du warst die Einzige, die hingeflogen ist.«

»Das stimmt schon. Kann natürlich sein, dass auch die andern in das Geschäft involviert waren. Darüber haben wir nie gesprochen. Es ging ihm darum, dass es eine geschäftliche Flaute gab und er gewisse Gelder nicht zurückzahlen konnte. Deshalb wollte er das Geschäft neu ankurbeln und hoffte auf meine Hilfe. Dazu war ich jedoch nicht mehr bereit. Daraufhin erläuterte er mir seine Pläne mit dem sozialen Wohnungsbau, woraus inzwischen die geplante Alterssiedlung geworden ist, von der auch noch niemand weiß, ob sie je zustande kommt.«

Bauer fragte: »Wovon hat er in der Karibik gelebt? Die vielen Reisen sind ja auch nicht gratis.«

»Soweit ich es verstanden habe, sind seine Konten anfangs kräftig angewachsen. Es gab ein paar Erbschaften in Millionenhöhe, die er investieren konnte. Das alles unterlag höchster Diskretion, sodass bestenfalls die Geldgeber davon Kenntnis hatten. Und wenn einer davon ohne direkte Erben verstarb, dann hat er seinen Namen in den Verzeichnissen gelöscht und das Geld auf ein eigenes Konto transferiert. Damit hat er seine Kosten ausgeglichen.«

»Wie konnte er davon wissen?«, hakte Simon nach.

»Ich denke, seine Kontakte nach Bern waren zwangsläufig eingeschränkt.«

»Habe ich schon erwähnt, dass ich nach wie vor etwas naiv unterwegs war?«

»Du hast das jeweils recherchiert?«, staunte der Reporter.

Selbst unter der Wintersonnenbräune errötete Zbinden.

»Ich habe mich gewundert, dass Martin stets unter dem Radar der Steuerfahnder durchsegelte. Nur weil er nie auffällig wurde, konnte er in die Schweiz zurückkehren. Gut, dazu mag auch sein Pass aus St. Lucia beigetragen haben.«

»Du hast auch eigenes Geld investiert«, mutmaßte der Reporter.

»Ja«, gab sie zu. »Ich habe natürlich auch gehofft, wieder Zugriff darauf zu haben, denn hier konnte Schnyder nicht schalten und walten, wie es ihm beliebte. Und seit er die Stiftung eingerichtet hatte, war ein Teil des Vermögens sowieso gebunden. Diese Hoffnung wurde durch immer neue Ausflüchte schwer enttäuscht. Und dass er sich ausgerechnet wieder an Yvonne herangemacht hat, war der Gipfel. Andererseits war die dumm genug, sich von der Krankengeschichte beeindrucken zu lassen.«

»Das hat dich wütend gemacht?«

Alexandra erklärte: »Das nicht. Doch dann kam die ganze Geschichte mit Benjamin Krebs wieder hoch. Ich wusste ja immer noch nicht, was damals geschehen war. Eines Nachts, als er betrunken war, hat er mir gestanden, dass er vom Verschwinden von Benjamin profitiert und dessen Schwester überredet habe, eine monatliche Zahlung auszulösen. Er habe gewusst, dass Benjamin nicht zurückkehren würde. Dann hat er noch behauptet, er habe persönlich nichts mit seinem Verschwinden zu tun. Da bin ich innerlich ausgerastet, aber gegen außen so ruhig geblieben wie möglich.«

»Was ist weiter geschehen?«

»Irgendjemand musste es ja tun. Die Jungs interessierten sich längst nicht mehr für die vergangenen Geschichten, und die Mädels ließen sich auch nach vierzig Jahren noch von Martins Charme einlullen. Also blieb wer übrig? Das Flintenweib, das damals schon hinter allen aufgeräumt hat und sich auch heute noch nicht zu schade dafür ist. In voller Diskretion und deshalb ohne jeden Dank. Wahrscheinlich wird man mich verurteilen für den Dienst, den ich der Menschheit erbracht habe. Gut, Menschheit ist etwas hoch gegriffen. Wenigstens für die Stadt Bern. Ich nenne das ›aktive Geschichtsschreibung‹, und es ist mir egal, ob ich in künftigen Chroniken erwähnt werde.«

Simon Bauer schluckte leer ob des plötzlichen Ausbruchs und der Selbstbezichtigung, die vor ihm auf dem Tisch lag. »Was ist denn genau passiert?«, wollte er wissen.

»Es war ganz einfach«, fuhr Alexandra fort. »Nach dem gemeinsamen Abendessen auf der Terrasse ging man im Streit auseinander. Das heißt, alle gingen außer meiner Wenigkeit. Ich musste dann nur ein paar Sexspielchen andeuten, du weißt schon, in Erinnerung an alte Zeiten, aber, dem Alter geschuldet, durch Strangulationsfantasien etwas verschärft, und schon hing er in den Seilen.«

Simon musste zugeben, das war ihm neu, er kannte es nicht.

»Dann den nackten Unterkörper gegen sein Gesicht und die Beine mit vollem Gewicht rittlings auf die Schultern. Er zuckte nicht lange. Es war sozusagen eine assistierte Selbsttötung.«

Bauer spürte die Erlösung, die diesem Geständnis folgte. »Warum erzählst du mir das alles?«

»Es ist etwas peinlich«, sagte sie. »Aber du erinnerst mich an den Sohn, den ich nie gehabt habe. So wie dich hätte ich ihn mir vorgestellt.«

Das war nun nicht geplant, dass Simon Bauer in seinem ersten Fall eine geständige Mörderin in seiner Wohnung bewirtete. Was wurde von ihm erwartet? Was musste er tun?

Vorerst einmal erlöste Alexandra Zbinden ihn von seinen Gedanken, sie stand auf, zog ihn zu sich heran, gab ihm einen Kuss auf die Lippen und sagte: »Ich gehe jetzt. Lass es, wie es ist. Fahndet nicht nach mir. Ihr werdet mich nicht finden. Ich habe vorgesorgt. Und wenn ihr auf die glorreiche Idee kommen solltet, irgendwo auf der Welt eine Landwirtschaftsmaschinenmechanikerin zu suchen ... Ich muss nie mehr für Geld arbeiten.«

Dann war sie weg. Wie lange es gedauert hatte, bis er Heinrich Müller und Markus Forrer benachrichtigte, konnte Simon Bauer am Ende auch nicht mehr sagen. Aber es war genügend Zeit vergangen, dass sich alle Spuren von Alexandra Zbinden in der Schweiz verloren hatten.

25

Lucy war rollig, sofern man das bei einer kastrierten Kätzin noch sagen konnte. Jedenfalls streckte sie Heinrich, wenn er sie am Kopf streichelte, in beinahe schon obszöner Manier das Hinterteil entgegen. Auch drückte sie das Köpfchen aggressiv gegen seine Finger, was er genau beobachtete, damit sie nicht danach schnappte oder in ihrem Übermut gar zubiss. Unter lautem Schnurren und mehrfachem Drehen des Körpers endete dann das Vorspiel dergestalt, dass Lucy in den Garten rannte und einen Kater suchte, denn dafür war Heinrich nicht auch noch zuständig.

Sie trafen sich zu viert im Schwarzen Kater, denn Gespräche, die dort geführt wurden, hatten einen inoffiziellen Charakter. Kommissar Forrer würde später entscheiden, was für ihn wichtig war. Also sprach er zu Simon Bauer: »Du hast von Alexandra Zbinden ein Geständnis erhalten?«

»Das war so«, erklärte der Reporter und räusperte sich, »und ihr könnt mir glauben, dass ich nichts davon geahnt habe, als sie sich für einen Besuch angemeldet hat.« Dann wiederholte er, was ihm Alexandra anvertraut hatte.

Nicole nickte anerkennend mit dem Kopf. »Tolle Geschichte. Eine Tötung mittels sexueller Verführung von Oma zu Opa. Kommt auch nicht alle Tage vor.«

»Hat Frau Zbinden für ihre originellen Ausführungen einen Beweis vorgelegt?«, wollte Forrer wissen.

Bauer zögerte und meinte: »Nicht direkt. Aber sie hatte so viele Erfahrungen und genaues Hintergrundwissen, dass ich ihr geglaubt habe.«

Der Detektiv hakte nach: »Auf diesem einseitigen Bericht baust du nun deine Reportage auf?«

Simon schluckte leer, als ihm ganz langsam bewusst wurde, dass er nichts Verwertbares in der Hand hatte und dass er unter diesen Voraussetzungen angreifbar war. Kein seriöses Blatt würde die Geschichte ohne Unterlagen übernehmen.

»Für unsere Zwecke mag es ein Ansatzpunkt sein«, beruhigte der Kommissar, »denn darauf lässt sich aufbauen, will heißen, wir können nach Indizien suchen, die diese Aussagen bestätigen oder widerlegen. Mit der Reportage musst du allerdings noch warten.«

»Ich wechsle den Beruf«, seufzte der Reporter.

»Nicht die schlechteste Idee«, sagte Heinrich. »Leute, die denken können und dazu noch etwas Glück haben, sind gesucht.«

»Schauen wir mal, ob wir damit weiterkommen«, schlug Forrer versöhnlich vor. »Zuerst einmal stellen wir fest: Der Wahrscheinlichkeitsgehalt der Aussagen schwankt zwischen null und hundert. Zbinden könnte alles erfunden haben, um sich wichtig zu machen, oder sie sagt die Wahrheit, oder ein bisschen etwas von beidem. Wenn ich dich richtig verstanden habe, hat sie das Verschwinden von Benjamin Krebs nach über vierzig Jahren noch so aufgewühlt, dass sie sich zum Handeln veranlasst sah, obwohl der Fall doch längst verjährt ist.«

»Verjährung ist ein Konzept aus der Rechtsprechung«, wandte Nicole ein, »die sie selbst bei Mord nach dreißig Jahren in Kraft setzt. Verjährung ist aber nichts, was ein gebrochenes Herz kennt.«

»Das hast du schön gesagt«, meinte Müller. »Das gilt vor allem auch, wenn man der verdächtigen Person über Jahrzehnte nicht habhaft wird.«

Bauer wehrte sich: »Auf mich hat sie überzeugend gewirkt. Aber ich habe mich natürlich schon gefragt, warum sie das Ganze ausgerechnet mir erzählt hat.«

»Du bist nicht vom Fach«, sagte Nicole. »Du kannst niemanden einsperren.«

Der Kommissar meinte: »Für die Geschichte spricht, dass Alexandra Zbinden tatsächlich unauffindbar ist. Möglicherweise mit einem falschen Pass außer Landes gereist. Ein Foto hast du nicht gemacht? Dann hätten wir ein aktuelles Fahndungsbild.«

Simon griff in seine Hemdtasche und zog ein zerknittertes Bild heraus. »Das ist runtergefallen. Sie hat es wohl nicht bemerkt.«

Forrer blickte auf das Foto und schüttelte den Kopf. »Vielleicht können wir eine KI bitten, das Gesicht um vierzig Jahre altern und es durch die von dir erwähnten Parameter verändern zu lassen. Das ergäbe eine Grundlage für die Steckbriefzeichner. Aber der Reihe nach. Alexandra Zbinden hat behauptet, sie habe von Martin Schnyder Post bekommen.«

Simon Bauer nickte. »Karten und Briefe.«

»Und die will sie zerstört haben?«, überlegte der Kommissar. »Dann frage ich mich, weshalb Martin Schnyder die Briefe der Zbinden nicht auch vernichtet hat.«

»Beweismaterial?«, schlug Nicole vor. »Er wusste ja nicht, was ihn in Bern erwarten würde. Er hatte jedenfalls noch nicht vor zu sterben. Sonst hätte er den Bürocontainer nicht so eingerichtet, wie du es erzählt hast.«

»Aus dem Rennen um die Erbschaft hat sich die Frau auf jeden Fall verabschiedet, wenn sie sich der Justiz entzogen hat und mit unbekannter Adresse abgereist ist«, stellte Müller fest.

»Ich bedaure schon«, sagte der Kommissar, »dass wir Frau Zbinden nicht in die Mangel nehmen können.«

Der Detektiv meinte augenzwinkernd: »Wenn es niemandem wehtut, sollte man keine schlafenden Drachen wecken. Altes chinesisches Sprichwort.«

Nicole wandte sich an Markus: »Der Vorteil ist: Wenn du keine glaubwürdige Aussage vorliegen hast, musst du auch keine Tatortrekonstruktion durchführen. Es sei denn, du hast eine akrobatisch begabte Polizistin zur Verfügung.«

»Mir sind zum Glück die Hände gebunden«, wehrte der Kommissar ab. »Muss ich den Fall nun wirklich als ungelöst zu den Akten legen, nachdem ich ihn gerade wieder aufgerollt habe?«

»Sieh's doch positiv: Du hast einen alten Vermisstenfall lösen und die sterblichen Überreste den Verwandten übergeben können«, fasste der Detektiv zusammen. »Der Fall Schnyder ist virtuell geklärt, offiziell ändert sich nichts. Der Pflastersteinwurf auf Simon ist geregelt, wenn die versprochenen Bauvorhaben der Stiftung Bären Bau umgesetzt werden.«

»Dank der Vaterschaftsanerkennung, die wir im Container gefunden haben, kriegen unsere Kollegen von der

Bundespolizei Zugriff auf das Vermögen der Heimweh AG«, führte Forrer befriedigt an.

»Und wir haben in unseren Reihen zwar einen verhinderten Reporter, aber hoffentlich bald einen neuen Ermittler«, schloss Nicole, die sich darüber freute, dass die Jugend den Rentner ablöste.

26

»Was hast du für uns?«, fragte Amanda Bergmann, als sich Simon Bauer an ihren Tisch gesetzt hatte, wo Leo Feuz bereits an einer Cola schlürfte. Sie befanden sich im Migros-Selbstbedienungsrestaurant im Breitenrain, wo der Nachmittagskaffee nur zwei Franken kostete, wenn man etwas vom Patisserie-Buffet konsumierte.

Die finanzielle Basis der »Sondernummer« war schmaler geworden, dachte Simon, aber die Kalorien einer Schwarzwälder Torte begleiteten einen auch durch den Tag ... Dann gestand er: »Ich bin gescheitert. Ich habe zwar unendlich viel Material und ein paar spannende Geschichten auf Lager. Aber die Beweislage ist so dünn, dass wir es nicht verantworten können, den Text auf die Leserinnen und Leser loszulassen.«

Feuz machte eine verkniffene Grimasse, schüttelte seine etwas fettigen, langen Haare und spuckte: »Du hast also ein paar Monate mit einer Recherche verschwendet, die ohne Ergebnis daherkommt? Das sieht dir nicht ähnlich. Kannst du nicht das eine oder andere etwas aufbauschen, damit es wenigstens nach Substanz aussieht? Wie sollen wir denn unsere Webseite füllen?«

Die beiden schimpften weiter vor sich hin. Bauer konnte nicht feststellen, ob sie selbst substanziellere

Beiträge auf Lager hatten oder ob sie sich nur als miserable Arbeitgeber kaprizierten, denn Geld hatte er bisher keines gesehen. So hörte er nur mit halbem Ohr zu, wie über ihn und sein Versagen geurteilt wurde.

Plötzlich registrierte er am Rande seines Sichtfelds hinter der Salatbar eine Bewegung, er erkannte eine ältere, elegante Frau mit kurz geschorenen weißen Haaren, die ihn lange musterte und dann mit hastigen Schritten das Restaurant verließ, als habe man sie bei etwas Unanständigem ertappt. Erst als er den wackelnden, die Umgebung aufmerksam beobachtenden Hund bemerkte, dessen lange schwarze Haare er nur noch von hinten sah, fiel es ihm wie Schuppen von den Augen. Er wollte hinterherrennen, blieb jedoch wie angewurzelt auf seinem Stuhl kleben.

Bauer konzentrierte sich wieder auf das Gespräch, aber langsam sickerte in sein Gehirn, dass er Alexandra Zbinden zum zweiten Mal hatte entkommen lassen. Vielleicht einfach deswegen, weil sie so gute Geschichten erzählte? Ein Lächeln umspielte seine Lippen. Er hätte gern mehr davon gehört. Und der Wahrheitsgehalt war ihm dabei komplett egal.

Die beiden anderen wandten sich empört ab, weil er ihre Einwände nicht ernst zu nehmen schien. Amanda Bergmann wischte sich ein paar Krümel vom türkisen Deuxpièces, das sie immer in der Öffentlichkeit trug. Ob sie auch nur einen Pyjama besaß, fragte sich Simon. Vielleicht wohnte sie in einem Tiny House auf zwanzig Quadratmetern, aber dann mit zehn Aren Umschwung, denn sie musste die offene Natur um sich spüren und fühlte sich in der Stadt bereits eingeengt.

Dann plingte sein Smartphone. Eine ihm völlig unbekannte Verna Xena, eine Frau aus China möglicherweise, hatte ihm eine Nachricht auf Messenger geschickt. Sie hatte ein Foto kopiert, das er vor längerer Zeit auf Facebook gepostet hatte, und fragte ihn nun, wo sich der gezeigte Ort befinde. Er hätte natürlich antworten können, dass es sich um die Außenanlagen des Nationalen Pferdesportzentrums handle, andererseits fragte er sich, weshalb das jemand wissen wollte, der von sich preisgab, als Fashion Model bei Shanghai Grey Mushroom Model Service gearbeitet zu haben. Ob es in China wirklich graue Pilze gab, die irgendwie mit Schönheit in Zusammenhang standen, entzog sich seinem Wissen, und er überlegte noch, ob er die Dame, die immerhin mit zwei hyperkritischen Männern befreundet war, ignorieren oder blockieren sollte, als er realisierte, dass er sich mitten in einem Redaktionsmeeting befand. Dennoch: Immer wieder lustig, wenn sich ältere Männer, die alles hinterfragten und denen man es nie recht machen konnte, auf die plumpste Anmachmasche hereinfielen, wenn ein hübsches Gesicht damit verbunden war.

Endlich entschloss sich Bauer, ihnen die Geschichte mit dem Ableben von Martin Schnyder zu erzählen. Die Chefredaktorin nestelte an ihren Ohrringen und errötete bis in die Haarspitzen hinein, was Simon doch erstaunte, jedoch gleichzeitig auf die Wirksamkeit des Erzählten verwies.

»Tolle Geschichte«, schloss er, »findet ihr nicht?«

»Unbedingt«, antwortete Feuz. »Die hat durchaus ihren Reiz. Die Polizei hat doch bestimmt Spuren gefunden, die sie möglich machen?«

»Nein, leider nicht«, bedauerte Simon. »Das ist das Dilemma. Es ist eine große Erzählung von Liebe und Leidenschaft, Hass und Intrige, Beharrlichkeit und Flucht, Karibik und Bern, Betrug und Geldwäscherei. Belege gibt es nur für Letzteres, und das ist ein sehr technokratisches Thema, das noch in Bearbeitung ist und unsere Leserschaft kaum interessieren dürfte, es sei denn, wir hätten ein paar prominente Namen, die wir publizieren dürfen, ohne uns strafbar zu machen. Ihr seht also, ich habe effizient gearbeitet und vieles aufgedeckt, oder zumindest dabei mitgeholfen. Verwertbare Ergebnisse sind bisher nicht rausgekommen. Und da fast alle Beteiligten noch leben, könnten wir uns bei einer verfrühten Publikation einen Haufen Schwierigkeiten einhandeln.«

Bergmann erkannte, dass Bauers Argumente durchaus nachvollziehbar waren, dennoch bedauerte sie: »Damit entgeht uns natürlich eine bedeutende Reportage. Ich gebe zu: Wenn sie auf so dünnen Beinen steht, kann man auch leicht hinfallen und sich dabei verletzen. Was gedenkst du, weiter zu tun?«

»Das kann euch egal sein«, entgegnete Simon. »Ich habe bisher keinen einzigen Rappen erhalten, und ich sehe nicht, wie sich das ändern sollte. Insofern bin ich euch keine Rechenschaft schuldig. Inzwischen habe ich einen Einblick gehabt darin, wie Detektiv- und Polizeiarbeit funktioniert. Das ist durchaus ausbaufähig. Es wird wohl ohne euch geschehen. Danke für Kaffee und Kuchen.«

Die »Sondernummer« machte keine Sonderanstrengung, um Simon Bauer zurück ins Boot zu holen. Er erhob sich von seinem Stuhl und suchte den Ausgang. Vielleicht war es tatsächlich eine Option, den Beruf zu wechseln?

Alexandra Zbinden war also doch nicht abgehauen. Sie hatte ihn zum Narren gehalten. Aber solange niemand aktiv nach ihr suchte, war es auch egal, wo sie sich aufhielt.

27

Am frühen Morgen des Gründonnerstags hatte Frau Holle ihre Kissen geschüttelt. Riesige Nassschneeflocken fielen wie ein Vorhang auf die Erde. Es herrschte eine melancholische Stimmung. Selbst Lucy schaute indigniert auf den Brachialkater Charlie, der zu ihrem Fressnapf eilte, und blickte Heinrich herausfordernd und anklagend an, weil er nichts dagegen unternahm.

Der Detektiv aber hatte keine Zeit, denn er wollte seine Abschiedsparty vorbereiten. Und nicht nur das, sie hatten auch zwei Fälle gelöst, teilweise unbefriedigend, aber soweit dies unter den gegebenen Umständen möglich war. Es war nur ein kleines Puzzleteil in einer Weltlage, welche die Menschen depressiv werden ließ. Das Hoffnungsbarometer stand tief unten, die meisten Schweizerinnen und Schweizer blickten pessimistisch in die Zukunft. Ob er dieser Grundstimmung wenigstens heute etwas entgegensetzen konnte?

Bei den Organisationsarbeiten lief im TV ein aufgezeichnetes Konzert der neuen englischen Starsängerin Raye, aufgenommen in der Royal Albert Hall. Von Song zu Song entblätterte sich die Dame um ein weiteres Kleidungsstück, bis sie beim symphonisch angelegten Konzert in Unterwäsche vor dem Piano saß und in einer Mischung von Rap und Amy Winehouse etwas von

»honesty« hauchte: Wahrscheinlich ging es um Body Positivity, einen anderen Sinn erkannte Heinrich nicht dahinter. Aber Rayes Stimme begeisterte ihn schon.

Während Müller die letzten Einkäufe tätigte, riss die Wolkendecke auf, und die Sonne trat immer mehr hervor, begleitet von einem veritablen Föhnsturm, der ihm die spärlichen Haare zerzauste. Als er zurückkam und das Buffet errichtete, auf dem sich die Herrlichkeiten aus den Exklusivmarken der beiden Supermärkte im Quartier stapelten, und Weißwein sowie Champagner kalt gestellt und der Rotwein chambriert war, musste er nur noch das Steinhauerbrot aus der Bäckerei Bohnenblust aufschneiden, das er gleich als ganzes Wagenrad von mehr als einem Kilo gekauft hatte.

Er legte die Langspielplatte von Jimmy Cliff auf »The Harder They Come«, die Musik aus dem gleichnamigen Kult-Film aus dem Jahr 1972. Er erinnerte sich knapp daran, dass er den Jamaikaner 1979 in Zürich live gesehen hatte, als zu den lieblichen Reggaerhythmen ein Rebellensong erklang, in dem von Unterdrückern erzählt wurde, die einen unten hielten und gegen die man sich wehren müsste, um zu erreichen, was man sich vorgenommen hatte. In diesem Moment traten passenderweise die beiden Gruppen der Police Bern, die zur Erfolgs- und Abschiedsparty eingeladen waren, durch die Tür des Schwarzen Katers: Kommissar Markus Forrer mit seinem Team, Manuela Eiholzer, Sven Koch, Lorenz Schurter, Fredi Wartburg und Salome Kissling. Man holte sich damit etwas jugendliche Frische ins Haus, ebenso mit der Gruppe aus dem KTD mit Hanna Dürst, Sabine Schwarz, Jonas Klein und Severin Blindenbacher.

Auch die drei Grazien waren eingeladen, selbst wenn sie mit diesem Fall nichts zu tun hatten. Denn erstens war dies Heinrich Müllers Abschiedsparty, zweitens kannten sie die meisten anderen, und drittens verjüngten Gwendolin Rauch, Melinda Käsbleich und Phoebe Helbling das Publikum. Sie waren auch deswegen überpünktlich, weil sie spürten, dass die Zukunft ihrer gemeinsamen Wohnung im Haus auf dem Spiel stand. Und obwohl sie Veränderungen inzwischen gewohnt waren, wären sie mit dieser einen nicht glücklich. So fläzten sie sich auf die Eckbank rund um den Stammtisch und harrten der kommenden Dinge.

Die Gespräche kamen nur zögerlich in Gang, und man wartete noch auf die Rechtsmediziner Dr. Augsburger und Laura de Medico, den Reporter außer Dienst Simon Bauer und auf Nicole Himmel. Die drei Witwen und den Sohn hatte man nicht eingeladen, da der Fall nicht zu letzter Zufriedenheit geklärt und die eine davon unauffindbar war.

»Valerie« von Amy Winehouse war ein langsamer Blues mit jazzigem Bläserarrangement, aber Heinrich stellte bald einmal fest, dass sie von einem Beziehungszerwürfnis und von Kummer sang, als sie über das Wasser der Meere der entschwindenden Liebe nachtrauerte. Auch kein wirklich aufmunternder Song, was aber im jetzt langsam lauter werdenden Trubel unterging.

Müller hatte sich vorgenommen, heute wieder selbst als DJ zu amten, auch wenn es bedeutete, dass er von Anfang bis Ende eingespannt blieb. Nur Nicole würde ihm mit dem Nachschenken der Getränke und dem Auffüllen der Esswaren helfen. Andererseits würden die nächsten Tage sehr leer werden, und so machte es ihm nichts aus, dass er noch einmal in die Vollen ging.

Nun sangen TLC, drei stimmgewaltige Frauen, die in den Neunzigerjahren ihre größten Erfolge feierten, über einer kargen Instrumentalisierung und einem zurückhaltenden Rhythmus darüber, dass man keine »Waterfalls« jagen, sondern sich mit den gewohnten Flüssen und Seen begnügen solle, was Heinrich nicht einleuchtete, erst als er merkte, dass das durchaus lebendige Lied ein Anti-Gang-Song über eine besorgte Mutter war, deren Sohn auf die schiefe Bahn geraten war, weil der kleine Liebling eine natürliche Neigung zur Versuchung mit sich herumtrug und somit psychisch anfällig war.

»Zum ersten Mal höre ich bei all den Songs genauer hin«, erklärte er zur Begrüßung, »und stelle fest, dass das, was ich zur Aufheiterung gedacht habe, alles irgendwie mit schwierigen Schlüsselmomenten eines Lebens zu tun hat. Ich weiß nicht, ob das im Verlauf des Abends besser wird. Aber hört einfach nicht genau hin und tanzt, wenn euch danach ist. Für all diejenigen, die es noch nicht wissen oder bereits wieder verdrängt haben: Wir haben die *Detektei Müller & Himmel* geschlossen, und ich stehe nur noch für Beratungen zur Verfügung, warum nicht auch für unseren im Augenblick unglücklichen Reporter, wenn er denn einen Berufswechsel vornehmen will.«

Dann hob er das Glas zu einem Trinkspruch, und man stieß reihum an, sodass Lucy bei diesem ungewohnten Glockenspiel einen Satz aus dem offenen Fenster machte. Es hatte eindeutig zu viele Leute, sie musste raus, vielleicht gab es auch eine Party im Katzenrevier.

Nun sang jemand den Resistenza-Klassiker aus Italien, »Bella ciao«, allerdings in einer dynamischen Balkan-Version. Es war Goran Bregović, den Heinrich auch schon live gesehen hatte und der den kämpferischen Volksliedcharakter in einer rasanten Version in die heutige Zeit übertrug.

»Wie stellst du dir deine Zukunft vor?«, wollte Markus Forrer von seinem alten Kumpel wissen, an den er sich über die Jahre hinweg gewöhnt hatte und ohne den er sich seine Arbeit kaum mehr vorstellen konnte.

»Weiß noch nicht«, seufzte der. »Finanzielle Probleme haben wir keine, aber den ganzen Tag nur herumsitzen kann ich auch nicht. Und auch wenn Lucy ein bisschen anhänglicher geworden ist, die Katze allein stellt keinen Lebensmittelpunkt dar.«

»Schreib doch ein paar der Geschichten, die wir zusammen erlebt haben, auf«, schlug der Kommissar vor.

»Ich soll für dich den Watson spielen?«, fragte Müller, schüttelte erst den Kopf, um dann zu sagen: »Eigentlich ist die Idee gar nicht so schlecht. Ich überleg's mir. Man kramt ja sowieso gern in der Vergangenheit herum.«

Dann gesellte sich Simon Bauer zu den beiden und erklärte: »Das mit der Detektei hast du wohl nicht ernst gemeint.«

»Wieso nicht?«, erwiderte Müller. »Sie wird niemandem fehlen. Ich mache dir einen Vorschlag: Wir gehen morgen auf eine kleine Wanderung, und dann reden wir an einem ruhigen Ort darüber, dort, wo uns keiner stört.«

»Abgemacht«, antwortete Bauer und schlug in die angebotene Hand ein.

Nicole fragte: »Darf ich mitkommen?«

»Nein«, erwiderte Heinrich kurz, »wir beide haben noch so viele andere Ausflüge und Museumsbesuche vor uns, da nehme ich mir diese private Zeit mit unserem neuen Freund.«

Dann sang Kuno Lauener von Züri West die Ballade »Irgendeinisch fingt ds Glück eim«, die schon die Berner Young Boys beim ersten Fußballmeistertitel nach jahrzehntelanger Durststrecke begleitet hatte, ein Lied für die Zukunft, das aber nur wenig Hoffnung machte, da diese irgendeinmal durchaus längere Zeit auf sich warten lassen konnte.

»Einen habe ich noch«, sagte Heinrich, kurz bevor er sich von allen verabschiedete. Stiller Has trat auf, minimalistische Begleitmusik von Balts Nill und Schifer Schafer für die raue Stimme von Endo Anaconda, die den Berner Voralpenblues anstimmte und über seinen Moudi namens Mao sang, den Kater, der gefährlich war wie ein schwarzer Panther, und als Endo grochzte: »... dem muesch bständig Whisky gäh«, öffnete der gewesene Detektiv eine Flasche sechzehnjährigen Lagavulin Single Malt und gab sich seinem melancholischen Elend hin.

EPILOG: ZUKUNFT

Das unscheinbare Haus am Ende der asphaltierten Straße, die Heinrich Müller und Simon Bauer hochgewandert waren, wirkte abweisend, aber wahrscheinlich war es mit seinen kleinen Fenstern und den rötlich braunen, dicken Fensterläden nur besonders gut geschützt gegen die rauen Fallwinde und die langen Wintermonate mit ihrer durchdringenden Kälte. Es brannte kein Feuer mehr wie zu Zeiten der Glasbläser, die ursprünglich nur in den kalten Monaten gearbeitet hatten. Im Sommer wäre es zu heiß geworden, dann musste man das Holz schwemmen, das im Herbst trocknen sollte, bevor es im Winter verbrannt wurde.

Heinrich zog einen Ausdruck aus seinem Rucksack und zeigte Simon einen Text, der in Dr. Louis Pappenheims »Handbuch der Sanitäts-Polizei nach eigenen Untersuchungen« 1858 in Berlin erschienen war, in zwei umfangreichen Bänden, die alles bearbeiteten, was an gefährlichen Substanzen in dieser Zeit zu befürchten war. Mehrere Seiten handelten von der Glasindustrie, man lernte alle Materialien kennen, die zu dieser Arbeit benötigt wurden, erfuhr aber auch: »Die enormen Schweissmengen, welche die Arbeiter der Glashütten, besonders die eigentlichen Glasmacher, vergiessen, machen sie fortwährend durstig, und dieser Durst bürgert den Branntwein in den Hütten ein, deren Arbeiter meist der Meinung sind, dass blosses Wasser oder Bier ihnen den Schweiss noch vermehre, und dass der kalte Trunk ihnen während der Arbeit gefährlich sei.«

Nur kurz blickte eine schmale schwarze Katze unter einem Scheunentor hervor und hetzte rund ums Haus, als sie die beiden erblickte. Sie mochte keine Fremden.

Neben dem kleinen, gekiesten Parkplatz unterhalb des hintersten Hauses im Kragen lag eine Beige geschälter Holzstämme, die auf den Abtransport warteten. Auf den zweitvordersten setzten sie sich, den Blick talauswärts gerichtet, und wunderten sich darüber, dass frühindustrielle Fertigungsstätten einfach so verschwinden konnten, ohne auch nur die geringste Spur zu hinterlassen, mal abgesehen von den Hinweistafeln, welche die Gemeinde Flühli hin und wieder aufgestellt hatte.

Immerhin waren bis zu hundert Menschen in qualifizierten Berufen beschäftigt gewesen, die gemäß alten Dokumenten bis zu sechzig Haushaltungen bildeten, die also irgendwo unterkommen und verpflegt werden mussten.

»Wenigstens gab es für die Glashütte eine vom Kanton Luzern genehmigte Schanklizenz für Wein und eine weitere für das Bäcker- und Metzgergewerbe«, sagte Heinrich, der bereits hungrig und vor allem durstig war, aber auf keine Linderung hoffen konnte. Auch eine Kirche musste gebaut werden. »Bei einer archäologischen Grabung würde man vielleicht auf ein paar Grundmauern stoßen und auf etwas glasartiges Material, das aber nur geschmolzener, zusammengebackener Quarzsand war, ein Abfallprodukt der Glashütte.«

Müller erkannte die Felsfluh und den Rotbach, der weiter hinten in seinem Zufluss, dem Grönbach, als Wasserfall über eine Felsstufe in einen Kessel stürzte, den man Chessiloch nannte, das über eine wacklige Hängebrücke zu erreichen war. Wenn man denn wollte. Er suchte hingegen die abgeholzten und wieder aufgeforsteten Bergwälder ab, die zum Zwist mit den Behörden geführt hatten, weil sich die Bauern über den massiven Holzschlag beschwert hatten, was wiederum das Überleben der Glashütte gefährdete.

»1781–1817 wurde im Kragen gearbeitet, dann zog die gesamte Hütte um ins Tal hinunter nach Flühli-Thorbach, wo fast fünfzig Jahre lang eine große Glashütte stand, von der aber auch nichts übrig geblieben ist, nachdem man die Gerätschaften in die nächste Fabrik verlagert hatte«, dozierte Müller. Sein junger Kollege hörte gespannt zu. »Den Todesstoß erhielt Thorbach jedoch erst durch den Fortschritt. Was früher ein Standortvorteil war, die Nähe zu Fels, Wasser und Wald, wurde bald zum Nachteil, weil man die fertigen Produkte, also das robuste Alltagsglas und die zerbrechlicheren Spezialgläser wie medizinische Produkte oder Taufflaschen auf dem Rücken von Saumpferden über den Sattelpass nach Obwalden oder mit Glasträgern über die bei Regenwetter sumpfigen Pfade entlang der Waldemme nach Schüpfheim und weiter ins Berner oder Luzerner Unterland befördern musste, während andernorts bereits die ersten Eisenbahnen die Transporte übernahmen. So beendete man das Kapitel des Flühli-Glases im Jahr 1869. Der ganze Tross der Glasbläser und ihrer Angehörigen verschob sich nach Hergiswil an den Vierwaldstättersee, aus dem Vorgebirge hinaus ins beinahe flache Land nahe Luzern.«

Der Detektiv kramte in seinem Rucksack und zog ein Blatt Papier hervor.

»Das ist ausgezeichnet dokumentiert in zwei Briefen, die an Xaver Siegwart gerichtet waren, der den Betrieb in diesen Jahren von seinem Vater übernommen hatte. Im ersten schreibt er diesem: ›Wenn es einen Himmel & eine Hölle giebt und diese schon wie je als Strafort und als einen Ort der Belohnung, so hoffe ich nun ganz zuversichtlich auf den Himmel, weil mir sozusagen die Hölle diese Welt war.‹«

»Nicht besonders hoffnungsfroh«, meinte Simon Bauer.

»Nein, aber es kommt noch besser, oder vielmehr schlechter, als ihn gegen Ende der Flühli-Zeit im November 1858 folgendes Schreiben erreichte: ›Da ich gesonnen bin kürzlichst unsere Rechnung gänzlich auszugleichen, und nachher kein Glas mehr auf Rechnung zu nehmen, sondern alles nach Empfang sogleich zu bezahlen, so ersuche ich Sie mir mitzutheilen wie viel Sconto Sie mir beÿ Barzahlung bewilligen, mit den anerbotenen 5 % bin ich nicht zufrieden, und erwarte Sie werden mir alle Vortheile geben, wo Ihnen möglich sind daß ich nicht veranlaßt werde mich anderswo zu wenden.‹ Und weiter: ›Beÿ letzter Sendung sind Sie bezüglich des Transports meiner Vorschrift nicht nachgekommen und haben diese Sendung anstatt durch Gumbel durch die Eisenbahn gemacht, was mir Fr. 2 mehr Fracht verursachte, welche ich Ihnen zur Last geschrieben habe.‹«

»Das tönt eher nach Erpressung als nach Geschäftsbeziehung«, folgerte der Reporter. »Kein Wunder, mussten sie diese Glashütte bald darauf schließen.«

Heinrich konnte sich nicht überwinden aufzustehen. Seltsamerweise suchte er nach einer Gemeinsamkeit zwischen der Glasindustrie im neunzehnten Jahrhundert und der Jugendbewegung der Achtzigerjahre. Sinnlos, sagte er sich immer wieder, bevor ihm die Parallele unerwartet aufschien.

»Es verhält sich wie mit der schwarzen Katze«, begann Müller zum Erstaunen des Jüngeren. »Sie erhascht einen Blick auf die Welt, der ihr nicht gefällt, verharrt den Augenblick einer Sternschnuppe und verschwindet, ohne Spuren zu hinterlassen. Genauso haben es die Glasbläser getan. Wenn ihr Daseinszweck an einem bestimmten Ort erloschen war, packten sie alles zusammen und ließen sich an einem neuen Ort nieder. Das Zusammenpacken war wörtlich gemeint: Sie nahmen alles mit, Brennöfen, Gerätschaften, Wohnhäuser. Was nicht mehr zu gebrauchen war, wurde zum letzten Brandfeuer für ein paar Butzenscheiben. Nachdem sie abgezogen waren, erinnerte nichts mehr an ihr Wirken an diesem Ort. Und wenn das Gras über die letzten Brandnester gewachsen war, hätte man ihre Anwesenheit binnen weniger Jahre vergessen, wenn nicht ein paar amtliche Eintragungen vorhanden gewesen wären, ein paar Sammler, die Gefallen an den Gläsern und Flaschen fanden, und einige Industriearchäologen, die doch noch die einen oder anderen Mauerreste ausgruben. Aber grundsätzlich: das perfekte Recycling, das spurlose Verschwinden.«

Da leuchtete die Parallele zum abgeschlossenen Fall auf: Ein Mensch hatte die Spuren seiner Existenz verwischt.

Heinrich redete weiter: »Wäre Martin Schnyder nicht in Bern, sondern in der Karibik gestorben, dann hätte keiner nachgefragt, welches Leben er geführt hatte. Wie ein Asteroid hätte er seine Spur über den Himmel gezogen, wäre vor über vierzig Jahren kurz aufgeglüht, bevor er in der dunklen Materie wieder verschwunden wäre. Seine Spur war nur deswegen sichtbar geworden, weil er zum falschen Zeitpunkt vor einer Supernova vorbeiflog und auf seiner Passage einen dunklen Fleck verursachte, den zuerst niemand bemerkte und der nur sichtbar geworden war, weil du, Reporter Simon Bauer, ausgesprochen genau hingeschaut hast.«

»Zu viel der Ehre«, winkte dieser ab.

»Keinesfalls«, sagte Müller. »Als ich zum ersten Mal mit Nicole Himmel über mein Hobby gesprochen habe, haben wir die Vergangenheit gesehen. Mit Kommissar Forrer bin ich in die Gegenwart gerückt. Nun sitzt neben mir die Zukunft.«

»Wie meinst du das?«, fragte Bauer etwas eingeschüchtert.

»Du wirst die Detektei übernehmen und sie in deinem Sinne weiterführen.«

Simon hakte nach: »Das ist dein Wunsch?«

»Das ist mein Wunsch, und es ist deine Bestimmung.«

PERSONEN

Heinrich Müller: Privatdetektiv *Detektei Müller & Himmel*, Ex-Polizist, wohnt in Bern, 69 Jahre alt

Nicole Himmel: Anthropologin und Privatdetektivin *Detektei Müller & Himmel*, völlig überraschend 43 Jahre alt

Simon Bauer: Reporter, 35 Jahre alt

Markus Forrer: Kommissar bei der Kriminalabteilung der Police Bern, 51 Jahre alt

Dr. Augsburger: Rechtsmediziner, ein immer noch junger Mann ohne Eigenschaften, 56 Jahre alt

Laura de Medico: Rechtsmedizinerin, 36 Jahre alt

Dr. Ulrich »Ueli« Schneider: Staatsanwalt, 46 Jahre alt

Die drei Grazien, immer noch jugendlich ungestüm mit ihren 28, 29 Jahren:

Melinda Käsbleich: studiert Design

Phoebe Helbling: studiert Wirtschaftswissenschaften, möchte aber lieber »etwas mit Film« machen
Gwendolin Rauch: besucht Biologievorlesungen

Polizisten:
Sven Koch, 36
Fredi Wartburg, 40
Salome Kissling, 39
Manuela Eiholzer, 30
Lorenz Schurter, 27

Kriminaltechnischer Dienst:
Hanna Dürst: 42, die Chefin
Severin Blindenbacher: 38, Spezialist für Schusswaffen
Jonas Klein: 30, Spezialist für Bodenspuren
Sabine Schwarz: 28, Spezialistin für Urkunden und Schriften

Journalisten:
Leo Feuz: freier Journalist, 30
Amanda Bergmann, Redaktorin, 38

Die Bewegten:
Martin Schnyder: ein zu früh Verstorbener, 64
Alexandra »Alex« Zbinden: 63
Ariane Stettler: 62
Tim Stettler: Sohn von Ariane Stettler, 44
Yvonne Käser: Detailhandelsangestellte, 62
André Pulfer: 62
Adrian Messerli: 66

Benjamin Krebs: 60
Stephan Kaufmann: 67
Der Echsenmann: ein Mann ohne Eigenschaften, 72
Stefanie Meier, 63
Susanne Wirth: 70
Claire Zwahlen: 61

Detektive Müller und Himmel ermitteln:

1. Fall: Salztränen
ISBN 978-3-89977-757-4

2. Fall: Wursthimmel
ISBN 978-3-89977-785-7

3. Fall: Feuerwasser
ISBN 978-3-8392-1011-6

4. Fall: Gnadenbrot
ISBN 978-3-8392-1087-1

5. Fall: Mordswein
ISBN 978-3-8392-1189-2

6. Fall: Schokoladenhölle
ISBN 978-3-8392-1391-9

7. Fall: Burgunderblut
ISBN 978-3-8392-1602-6

8. Fall: Nelkenmörder
ISBN 978-3-8392-1770-2

9. Fall: Goldstern
ISBN 978-3-8392-1957-7

10. Fall: Die sieben Weisen von Bern
ISBN 978-3-8392-2203-4

11. Fall: Der Tote vom Zibelemärit
ISBN 978-3-8392-2401-4

12. Fall: Schwarzes Porzellan
ISBN 978-3-8392-2591-2

13. Fall: Emmentaler Alpträume
ISBN 978-3-8392-2819-7

14. Fall: Berner Totentanz
ISBN 978-3-8392-0106-0

15. Fall: Berner Strategie
ISBN 978-3-8392-0339-2

16. Fall: Berner Gerechtigkeit
ISBN 978-3-8392-0559-4

17. Fall: Berner Revolte
ISBN 978-3-8392-0751-2

WOLFGANG BORTLIK
Die drei schönsten Toten von Basel
KRIMINALROMAN
GMEINER